MARTHA GRIMES

Inspektor Jury lichtet den Nebel

Buch

England, im ländlichen Dorset: Ein zwölfjähriger Metzgersohn und ein Chorknabe sind brutal ermordet worden, und Superintendent Jury von Scotland Yard soll den Schuldigen finden. Der ortsansässige Kommissar berichtet ihm, dass ein gewisser Sam Waterhouse vor wenigen Tagen aus dem Gefängnis entlassen wurde. Neunzehn Jahre zuvor war Waterhouse eines grausamen Mordes für schuldig befunden worden. Hat er auch die beiden Jungen auf dem Gewissen? Aber wer ist die geheimnisvolle Fotografin, die das Cottage an der Küste bewohnt? Auf einer Mole unweit von ihrem Haus wird die Leiche eines weiteren Kindes gefunden. Der Verdacht erhärtet sich, dass zwischen der Serie von Kindsmorden und dem Verbrechen von damals ein Zusammenhang besteht ...

Autorin

Martha Grimes zählt zu den erfolgreichsten Krimiautorinnen unserer Zeit. Sie wurde in Pittsburgh geboren und studierte an der University of Maryland. Lange Zeit unterrichtete sie Kreatives Schreiben an der Johns-Hopkins-University. Martha Grimes lebt heute abwechselnd in Washington, D.C., und in Santa Fe, New Mexico. Weitere Informationen zur Autorin unter www.marthagrimes.com

Mehr von Martha Grimes:

Inspektor-Jury-Romane

Fremde Federn · Inspektor Jury gerät unter Verdacht · Inspektor Jury geht übers Moor · Karneval der Toten (🅔 auch als E-Book erhältlich) · Inspektor Jury spielt Katz und Maus · Inspektor Jury kommt auf den Hund · Auferstanden von den Toten (🅔 auch als E-Book erhältlich) · Inspektor Jury lässt die Puppen tanzen · All die schönen Toten (🅔 auch als E-Book erhältlich)

Emma-Graham-Romane

Still ruht der See · Die Ruine am See · Das verschwundene Mädchen (🅔 auch als E-Book erhältlich)

Weitere Romane

Mordserfolg (🅔 nur als E-Book erhältlich) · Die Nacht des Verfolgers

Martha Grimes

Inspektor Jury lichtet den Nebel

Roman

Aus dem Englischen
von Dorothee Asendorf

GOLDMANN

Die Originalausgabe erschien 1985 unter dem Titel
»Help the Poor Struggler«
bei Little, Brown and Company, Boston/Toronto

Dieses Buch ist auch als E-Book erhältlich.

Verlagsgruppe Random House FSC® N001967
Das FSC-zertifizierte Papier *Holmen Book Cream* für dieses Buch
liefert Holmen Paper, Hallstavik, Schweden.

1. Auflage
Taschenbuchausgabe März 2015
Wilhelm Goldmann Verlag, München,
in der Verlagsgruppe Random House GmbH
Copyright © der Originalausgabe 1985 by Martha Grimes
Deutsche Erstausgabe Rowohlt Verlag GmbH,
Reinbek bei Hamburg 1992
Copyright © der deutschsprachigen Ausgabe 2009
by Wilhelm Goldmann Verlag, München,
in der Verlagsgruppe Random House GmbH
Alle Rechte an der deutschen Übersetzung
bei Rowohlt Verlag GmbH, Reinbek bei Hamburg
Umschlaggestaltung: UNO Werbeagentur, München
Umschlagfoto: FinePic, München
AG · Herstellung: Str.
Satz: DTP Service Apel, Hannover
Druck und Bindung: GGP Media GmbH, Pössneck
Printed in Germany
ISBN 978-3-442-48229-0

www.goldmann-verlag.de

*Für Leon Duke,
der mir mit Rat und Tat
zur Seite stand*

*und für Mike Mattil,
der einem verirrten Wanderer
zu Hilfe kam*

In ihrem Kopf geht Ordnung vor,
Hier zählt nicht Not noch Schmerz,
Dem Frost verriegelt sie das Tor,
Im Regen bleibt ihr weinend Herz.

Dorothy Parker

In einem kühlen Grunde,
Da geht ein Mühlenrad,
Mein Liebchen ist verschwunden,
Das dort gewohnet hat.

Sie hat mir Treu' versprochen,
Gab mir ein' Ring dabei,
Sie hat die Treu' gebrochen;
Das Ringlein sprang entzwei.

Hör' ich das Mühlrad gehen,
Ich weiß nicht, was ich will –
Ich möcht' am liebsten sterben,
Dann wär's auf einmal still.

Volkslied

Prolog

Das kleine Mädchen im Flanellnachthemd hielt den Hörer in der Hand und wählte bedachtsam die Nummer, die ihre Mutter immer wählte, wenn sie die Vermittlung erreichen wollte.

Die Katze mit dem seidigen Fell zu ihren Füßen machte einen Buckel, gähnte und begann, sich zu putzen, während das kleine Mädchen mehrere *Brr-brrs* lang darauf wartete, dass bei der Vermittlung jemand abnahm. Die scheinen spät aufzustehen, dachte das kleine Mädchen. Mami sagte immer, sie sind faul. Die Kleine sah aus dem Fenster, das mit seinen Butzenscheiben fast unter dem Überstand des reetgedeckten Daches verschwand, sah, wie es im Frühlicht perlmuttfarben zu schimmern begann, während über dem Moor dahinter noch der Morgennebel lag. Zwischen Reet und Fenster hing ein Spinnennetz mit Tautropfen. Es hatte noch immer niemand abgenommen. Sie zählte zehn *Brr-brrs*, legte auf und griff erneut zum Hörer. Die Katze sprang auf den Tisch, setzte sich in Positur und beobachtete die Spinne, wie sie ihr Netz gewissenhaft fertigspann.

Diese dämliche Vermittlung, sagte ihre Mami immer, wenn sie hier am Tisch saß und wie die Katze durchs Fenster und übers leere Moor blickte, das sich rings um ihren Weiler erstreckte. Der Schleier aus grauem Licht hob sich wie ein zarter Vorhang und gab den Blick auf den fernen Horizont frei, auf eine goldene Linie, so fein gesponnen wie das Spinnennetz.

Es klickte, jemand hatte abgenommen. Die Stimme schien von weit her zu kommen, so als riefe jemand draußen im Moor.

Das kleine Mädchen umklammerte den schwarzen Hörer und bemühte sich, klar und deutlich zu sprechen, denn wenn sie einen bei der Vermittlung nicht mochten, legten sie einfach auf. Das behauptete jedenfalls ihre Mutter. *Unverschämt, alle miteinander. Was die sich einbilden! Benehmen sich, als seien sie die Queen höchstpersönlich!* Ihre Mutter telefonierte viel, und oft knallte sie den Hörer auf.

»Meine Mami ist tot«, sagte sie.

Stille. Hoffentlich würde die Telefonistin nicht auflegen wie die Queen. Nein, das tat sie nicht. Sie bat sie zu wiederholen, was sie gerade gesagt hatte.

»Meine Mami ist tot«, sagte das kleine Mädchen geduldig, und dabei fürchtete es sich so sehr. »Sie ist noch kein Mal gestorben.«

Jetzt hörte sich die Telefonistin viel näher an – nicht mehr wie von weit her aus dem Moor –, sie klang nett, als sie weiterfragte. »Wie heißt du denn, und wo wohnst du?«

»Ich heiße Tess. Wir wohnen im Moor.« *Dieses blöde Moor,* sagte ihre Mutter immer. Sie wohnte gar nicht gern hier. »Meine Mami ist in der Küche. Sie ist tot.«

»Nachname?«

»Mulvanney.«

Das weiße Fell der Katze schimmerte im Schein der eben aufgegangenen Sonne. Das Spinnennetz war mit glitzernden Diamanten besetzt, und während Tess sich alle Mühe gab, die Fragen der Telefonistin zu beantworten, zerriss es, und die Spinne – klitzeklein und braun – hing an einem Silberfaden herab. Die Katze zuckte mit dem Schwanz. Die Telefonistin fragte nach der genauen Adresse und Telefonnummer.

»Clerihew Marsh«, sagte Tess und gab der Telefonistin die Nummer durch, die auf der Wählscheibe stand. »Sie ist in der Küche und will nicht aufstehen. Ich hab gedacht, sie spielt bloß. Rufen Sie jetzt das Krankenhaus an, und schicken Sie einen Krankenwagen?«

Die Telefonistin war sehr nett, sie sagte, ja, natürlich doch. Und sie meinte, vielleicht wäre ihre Mami ja gar nicht tot, bloß krank, und sie würden einen Arzt schicken. Die Telefonistin bat sie nachdrücklich, sie solle ja nicht auflegen, sie würde jemanden anrufen und sich dann gleich wieder mit ihr unterhalten.

Erneut Stille. Die Katze trug jetzt einen Heiligenschein aus Licht, und die Spinne flickte ihr Netz mit unendlicher Geduld.

Dann meldete sich die Stimme der Telefonistin wieder, und Tess versuchte, sich ihr verständlich zu machen: »Ich hab gedacht, sie spielt bloß mit meinen Fingerfarben. In der Schule haben wir so Farben. Ich hab gedacht, sie hat sich das Rot genommen. Die Küche ist ganz rot. Sie hat sich geschnitten. Sie blutet. Sie hat Blut auf ihrem Kleid und im Haar.«

Die Telefonistin redete beschwichtigend auf Tess ein, sprach mit ihr über Schule und dergleichen. Ja, sagte Tess, sie gehe schon in die Schule. Die anderen Kinder ärgerten sie, aber sie sei kein Baby mehr. Sie sei schon fünf. Sie erzählte der Telefonistin von ihrer Lehrerin, die potthässlich war. Sie unterhielten sich lange, und Tess begriff jetzt, warum die Vermittlung so selten abnahm: Sie hörten nicht zu, sie schwatzten die ganze Zeit.

Die Katze gähnte und sprang vom Tisch, und Tess wusste, sie wollte Frühstück haben und würde in die Küche gehen. »Ich muss jetzt auflegen. Ich möchte nicht, dass Sandy, unsere Katze, in die Küche geht.« Tess hängte auf.

Rose Mulvanney lag mit verrenkten Beinen und in einem blutgetränkten Kleid unter dem Küchentisch. Überall Blutspritzer: auf dem Fußboden, auf den weiß getünchten Wänden, sogar auf den dunklen Balken der niedrigen Decke.

Teresa Mulvanney überlegte, wie das Blut dorthin gekommen sein mochte. Sie stand da und schüttelte unaufhörlich den Kopf, aber dann vergaß sie alles, ihr Verstand verwirrte und trübte sich. Sie schloss die Augen und kratzte sich am Ellbogen. Sie hatte wohl wieder einmal eine schlechte Nacht, wahrscheinlich träumte sie bloß. Vielleicht war es nur Farbe oder Tomatenketchup. Rose, ihre Mutter, hatte ihr erzählt, dass man den immer beim Film nahm. Tess kniff fest die Augen zu und sagte zu ihrer Mutter, ist ja gut, aber jetzt kannst du aufstehen. Es war ein Spiel und sowieso alles nur ein Traum. Sogar das *Brr-brr* des Telefons und die Sirene in der Ferne, die sich nach dem Martinshorn eines Krankenwagens anhörte: Es fühlte sich an, als handele es sich um die Machenschaften dunkler Gestalten im Nebel. Und Teresa summte ein Lied, das Rose Mulvanney ihr vorgesungen hatte, als sie noch ganz klein war.

Sie vergaß, die Katze zu füttern.

Als Detective Inspector Nicholson und Sergeant Brian Macalvie von der Devon/Cornwall-Polizei das kleine Cottage in Clerihew Marsh betraten, summte Teresa Mulvanney vor sich hin. Und schrieb mit dem Blut ihrer Mutter ihren Namen auf die weiße Wand.

So etwas hatte Brian Macalvie noch nie im Leben gesehen, und er würde es nie vergessen. Damals war er dreiundzwanzig und wurde von allen für den besten Kriminalbeamten der Polizei von Devon und Cornwall gehalten. Selbst Macalvies Feinde dachten so. Er nahm nur ungern Befehle entgegen und wurde ständig befördert. Andauernd redete er von seinen schottisch-irisch-amerikanischen Vorfahren und hätte England lieber heute als morgen den Rücken gekehrt.

Auch als die Akte über den Mordfall Rose Mulvanney längst offiziell geschlossen war, beschäftigte er sich noch damit. Drei Monate nach dem Mulvanney-Mord hatte man einen jungen Medizinstudenten, der in Clerihew Marsh wohnte und an der Universität Exeter studierte, verhaftet, der unschuldig war, wie Macalvie beharrte. Man hatte ihn auf Grund von fadenscheinigen Beweisen festgenommen, ein reiner Indizienprozess. Der Angeklagte war leidenschaftlich in die fünfzehn Jahre ältere Rose Mulvanney verliebt gewesen. Man hatte auf das Motiv Eifersucht geschlossen.

Zur gleichen Zeit klärte Macalvie ganze sechs weitere Fälle auf, sodass der Divisional Commander nicht recht wusste, auf welcher Grundlage er ihm den Fall Mulvanney entziehen sollte. Macalvie ersetzte eine ganze Polizeitruppe. Wenn er ins Laboratorium kam, hielten sich Pathologen und Assistenten an ihren Mikroskopen fest. Macalvie behauptete, die Leutchen vom Erkennungsdienst könnten nicht einmal einen Stiefelabdruck auf einem Krankenhauslaken finden. Und das gesamte Ressort sei nicht dazu in der Lage, einen direkt vor dem Polizeipräsidium in Moorcombe abgestellten Rolls-Royce aufzufinden.

Als ihm der Divisional Commander dann befahl, den Fall Mulvanney endlich zu vergessen, warf Macalvie seine Polizeimarke auf den Schreibtisch und sagte: »Ich kündige!« Er hatte die Tür noch nicht erreicht, da änderte sich der Ton seines Vorgesetzten. Solange die Mulvanney-Sache Macalvie nicht von seinen anderen Pflichten abhielte …

»Sagen Sie das Sam Waterhouse«, sagte Macalvie und ging.

Sam Waterhouse war der Medizinstudent, den man ins Gefängnis von Dartmoor gesteckt hatte. Lebenslänglich, vielleicht würde er mit Bewährung eher rauskommen, da er nicht vorbestraft war und der Mord an Rose Mulvanney als *crime passionnel* angesehen worden war.

Die Polizei von Devon und Cornwall hatte Macalvies Zorn tüchtig zu spüren bekommen: Sie hatte das Leben des jungen Mannes und möglicherweise eine brillante Karriere zerstört.

Und wenn sich einer mit brillanten Karrieren auskannte, dann Brian Macalvie.

Der Weiler Clerihew Marsh bestand aus ein paar gedrungenen Cottages, die sich beiderseits einer Straßenbiegung eng zusammenduckten, und wirkte wie das Zerrbild eines Dorfes, so als sei man in einem Spiegelkabinett. Als Erstes kam eine Gruppe Häuser, die aussah, als bedeckte ein einziges Reetdach sie alle, die übrigen Häuschen standen einzeln darum herum. Das Cottage der Mulvanneys war das Letzte am Dorfrand. Es stand allein, hatte Fenster nach allen Seiten und war nicht zu übersehen.

Aber anscheinend war niemand vorbeigekommen, als jemand Rose Mulvanney mit dem Messer so übel zugerichtet hatte. Kein Zeuge hatte jemanden hinein- oder hinausgehen sehen. Niemand hatte einen Fremden herumlungern sehen. Niemand hatte etwas gehört. Und niemand, der Sam Waterhouse kannte, traute ihm eine solche Tat zu.

Macalvie ging allen nur erdenklichen Spuren nach – und das waren nicht allzu viele. Er befragte sogar den Milchmann und ließ sich von dem komischen Vogel in der Zweigpoststelle fast täglich etwas über Rose vorzwitschern, zum Beispiel, was sie so einkaufte. Macalvie schüchterte die Lehrerin des Kindergartens ein, wollte ihr das bisschen aus der Nase ziehen, was sie über Teresa Mulvanney wusste. Und er quetschte Teresas Schulkameradinnen aus, jede, die er zu fassen bekam, bis sich die Schulleiterin schließlich bei der Polizei von Devon und Cornwall beschwerte.

Eine der wichtigsten Personen in diesem Fall hatte er anfangs völlig übersehen, nämlich Roses ältere Tochter Mary. Sie war auf Klassenfahrt gewesen, als ihre Schwester die schaurige Entdeckung machte.

Eines Tages kam Mary Mulvanney in Macalvies Büro gestürmt, ein schlaksiges, fünfzehnjähriges Gör mit dürren Armen, flacher Brust und langem Haar. Da stand sie, und ihre Augen sprühten Feuer, sie schrie ihn an und warf ihm die schlimmsten Beleidigungen an den Kopf. Man hatte ihre kleine Schwester Teresa ins Krankenhaus gebracht. Teresa war Katatonikerin. Sie lag nur noch im Bettchen, hatte sich zusammengerollt wie ein Baby und nuckelte am Daumen.

Macalvie fühlte sich, als hätte er bisher in seiner eigenen Unfehlbarkeit gebadet wie in warmem Wasser (der Gedanke, er könnte einen Fall nicht aufklären, war ihm noch nie gekommen), und da platzte dieses junge Mädchen herein und zog den Stöpsel aus seiner Badewanne. Sie fegte hysterisch mit dem Arm über seinen Schreibtisch und warf Papiere, Kulis und gebrauchte Kaffeebecher auf den Boden. Das Mädchen sah er nie wieder.

Und es gelang ihm einfach nicht, den Mordfall Mulvanney aufzuklären.

Zwanzig Jahre später

ERSTER TEIL

DIE GASSE
BEIM STÄNDEBAUM

1

SIMON RILEY HATTE gar nicht gemerkt, was mit ihm geschah.

Das jedenfalls meinte der Polizeiarzt, den die Beamten von Dorset zum Schauplatz des Verbrechens gerufen hatten. Ein schneller, zielsicherer Stoß in den Rücken, mit einem rasierklingenscharfen Messer. Der Pathologe pflichtete ihm bei und setzte noch hinzu, man könne an der Stoßrichtung erkennen, dass der Messerstecher merklich größer als Simon gewesen sein musste. Was der Polizei von Dorset nicht viel weiterhalf, denn Simon war ein zwölfjähriger Schüler. Zum Zeitpunkt seines Todes hatte er eine schwarze Jacke und einen Schlips, seine Schuluniform, getragen.

Man hatte den Jungen in der Gasse beim Pub »Der Ständebaum« gefunden. Er lag mit dem Gesicht auf der Erde da, in Fötushaltung vor der fensterlosen, zur Gasse gehenden Mauer des Gebäudes zusammengekrümmt. Neben dem Toten fand man eine Zehnerpackung John Players Special und einen Playboy. Simon hatte dem Doppellaster aller halbwüchsigen Schüler gefrönt – Zigaretten und Pornos –, als sich der Mörder von hinten angeschlichen hatte. So jedenfalls rekonstruierte Detective Inspector Neal von der Polizei Dorsets den Mord, und es gab keinerlei Grund, seine Theorie anzuzweifeln.

Die arme Küchenhilfe des Pubs hatte den Jungen am schrecklichen Abend des 10. Februar gefunden, als sie die Seitentür öffnete und einen Beutel Abfall in die Mülltonne werfen wollte. Die Polizei hatte sie derart in die Mangel genommen, dass man ihr ein Beruhigungsmittel geben musste.

»Der Ständebaum« lag versteckt in einer Seitenstraße von Dorchester. Die düstere, kleine Gasse, wo man den Jungen gefunden hatte, endete vor einer nackten Wand. Günstig gelegen für Simon Rileys geheime Vergnügungen. Leider auch günstig gelegen für einen Mord.

2

RILEYS FLEISCH- UND WILDSPEZIALITÄTEN. Superintendent Richard Jury und Detective Sergeant Alfred Wiggins sahen im Schaufenster vor baumelnden Fasanen ihr Spiegelbild. Ein junger und ein älterer Mann bedienten die Frauen, die mit Körben und Einkaufsnetzen bewaffnet im Laden Schlange standen. Nach der Beschreibung, die man Jury gegeben hatte, musste der ältere Mann Albert Riley sein, der Vater des Jungen. Der Mord war erst zwei Tage zuvor geschehen, und am nächsten Tag sollte die Beerdigung sein. Jury wunderte sich ein wenig darüber, dass Riley trotzdem arbeitete.

Es schien eine besonders starke Nachfrage nach bestem britischem Rindfleisch oder aber einen Versorgungsengpass zu geben, denn die Frauen straften Jury und Wiggins mit strengen Feldwebelblicken, als die beiden direkt zum Tresen gingen. Allgemeines Gemurre setzte ein, man fragte die beiden, ob sie denn blind seien, und wollte sie ans Ende der Schlange schicken.

Jury zückte seinen Ausweis, und der junge Mann wurde so weiß wie der fleckenlose Teil seiner Schürze. Dann drehte er sich zu seinem Meister um, der gerade dabei war, rasch und sachkundig Koteletts von Fett zu befreien. Makaber, aber als Jury das sah, musste er unwillkürlich an die Autopsie von Rileys Sohn denken. Riley erstarrte und hielt das Messer vor sich in der Luft fest, als sein Gehilfe ihn auf die Beamten von Scotland Yard aufmerksam machte.

Er überließ dem jungen Mann die Koteletts, während die Frauen hinter Jury und Wiggins die Neuigkeit weitergaben wie Feuerwehrmänner ihre Wassereimer. Scotland Yard. Wahrscheinlich werden Rileys Fleisch- und Wildspezialitäten heute besonders gefragt sein, dachte Jury. In der Regel brachten Mordfälle so etwas mit sich.

Simons Vater wischte sich mit einem Lappen die Hände ab und befreite sich von seiner Schürze. Durch seine dicken Brillengläser wirkten seine kleinen Augen noch kleiner und sein rundes Gesicht noch runder. Er sprach leise und verschüchtert, und es war ihm sichtlich unangenehm, dass man ihn, den engsten Verwandten Simons, bei der Arbeit »ertappt« hatte. Der messerschwingende Meister war, kaum dass er das Messer aus der Hand gelegt hatte, ein absoluter Niemand.

»Gestern war geschlossen«, sagte er. »Aber ich bin fast verrückt geworden, immer nur im Zimmer auf und ab, und dann meine Frau, also Simons Stiefmutter, die mir die Ohren volljault.« Während er das sagte, führte er sie zu einer Tür hinten im Laden. »Auf Sie mag das kaltblütig wirken, ich und bei der Arbeit –«

Worauf Wiggins, der ja sonst alles andere als ironisch war, erwiderte: »Ob kalt oder warm, darüber steht uns kein Urteil zu. Hauptsache, Blut.«

Riley zuckte zusammen und stieg vor ihnen eine Wendeltreppe hoch. »Scotland Yard. Ich hab zu meiner Frau gesagt, sie soll das mit ihrem Bekannten, diesem Staatsanwalt, sein lassen. Hab gesagt, die Polizei von Dorset kommt schon allein zurecht. Andererseits können die natürlich immer Hilfe brauchen. Wir wohnen in der Wohnung über dem Laden. Wir haben noch ein anderes Haus, aber das hier ist praktischer. Meine Frau macht uns sicher ein Tässchen Tee. Ich könnte allerdings gut was Stärkeres vertragen.«

Mit »was Stärkeres« meinte Riley Jameson's, wie sich herausstellte, und Rileys Frau machte keinerlei Anstalten, Tee zu kochen. Zwar war es Mittagszeit, aber ihr war mehr nach Whisky als nach Lunch oder Tee. Sie kippte ihr Gläschen mit ruhiger Hand, die ihres Mannes zitterte allerdings wie bei einem Spastiker. Als Riley die Brille abnahm und sich den Nasenrücken rieb, sah Jury, dass er rot geränderte Augen hatte, wohl vom Weinen. Mrs. Rileys Augen waren auch rot, doch es sah aus, als sei das eher auf den Schnaps zurückzuführen. Schließlich war sie nicht die leibliche Mutter, und sie schien zu glauben, dass diese Tatsache sie jedweder tränenreichen Trauerbekundung enthob.

Beth Riley war eine große, ordinäre Frau, der eine schlichtere Frisur besser gestanden hätte als die rot gefärbte Wellenpracht, die ihren Kopf umgab. Sie konnte sich geschickter ausdrücken als ihr Mann, und das, obwohl ihre Zunge schon ziemlich schwer war. Sie durfte dem Jameson's schon tüchtig zugesprochen haben.

»Beth musste ja unbedingt diesen Staatsanwalt aus London einschalten und Sie hinzuziehen –«

»Gut, dass wenigstens einer von uns jemand höher Gestellten kennt«, antwortete Rileys Frau und erklärte Jury: »Leonard Matching, Staatsanwalt. Er will für Brixton ins Parlament.« Nach dem wenigen, was Jury über den Maulhelden Matching gehört hatte, bezweifelte er stark, dass Brixton ihn im Parlament haben wollte. Dass Jury und Wiggins hier waren, verdankten sie der Tatsache, dass ein Assistant Commissioner mit Chief Superintendent Racer befreundet war und auf dem Dienstweg um Amtshilfe gebeten hatte, woraufhin Racer Jury ruckzuck in die Pampas geschickt hatte. Zu schade (so mochte Racer denken), dass es statt Belfast nur der alte Marktflecken Dorchester war, schlappe einhundertsechzig Meilen von London entfernt. Jury konnte sich vorstellen, wie erbaut Inspector Neal wohl darüber war, dass man ihm jemanden vor die Nase gesetzt hatte; doch Neal war zu fair, um Jury deswegen das Leben schwer zu machen. Nicht jeder wäre so großmütig gewesen.

»... und keine zwei honorigen Verwandten kriegt der zusammen«, sagte Beth Riley gerade in erschreckend bissigem Ton. Das Kind war tot. Was konnte da der gesellschaftliche Status irgendwelcher Verwandten für eine Rolle spielen?

»Schon gut, schon gut, Herzchen«, sagte Riley, damit sie endlich den Mund hielt. Dass der leibliche Vater die herzlose Stiefmutter tröstete – Jury konnte es einfach nicht begreifen. Irgendwie passten die beiden überhaupt nicht zusammen. Sie nutzte jede Gelegenheit, um ihm unter die Nase zu reiben, dass sie gebildeter war als er. Jury ließ sie reden und musterte das Zimmer. Auf dem Kaminsims standen Fotos, die wohl ein harmonisches Familienleben belegen sollten, aber dennoch wirkte das Ganze ziemlich frostig. Außerdem hingen ein Mahagoniwappen und Diplome an der Wand, eins davon mit Siegel.

»Tut mir leid, dass ich Sie in Ihrem Kummer belästigen muss«, sagte Jury zu Mrs. Riley. Sein Ton war eisig. »Aber wir haben da ein paar Fragen.«

Beth Riley lehnte sich zurück, sagte kein Wort und überließ es ihrem Mann zu antworten. Schließlich, so erinnerte sie Jury, war Simon Alberts Sohn gewesen.

»Ist Ihnen seit Ihrer Unterhaltung mit Inspector Neal noch etwas eingefallen, Mr. Riley? Freunde Ihres Sohnes? Oder Feinde?« Wie erwartet, hatte Simon keine Feinde gehabt – ein Zwölfjähriger und Feinde? Und Mr. Rileys Aussage entsprach den Ermittlungsergebnissen der Polizei von Dorset: Simon war bei seinen Klassenkameraden nicht außergewöhnlich beliebt gewesen, doch gehasst hatte ihn auch keiner. Außerdem ging eigentlich sowieso niemand davon aus, dass ein Schuljunge ein Messer von der Größe der Tatwaffe mit sich herumtrug.

Inspector Neal hatte, als er »Psychopath« sagte, womöglich noch besorgter dreingeschaut als Simons Vater. Aber wie sonst sollte man jemanden bezeichnen, der so einen Mord begangen hatte? *Superintendent, Sie wissen, was das heißt. Ein Kindsmörder. In Dorchester.*

Und Jury hatte bei sich gedacht, in London hätte ich so was auch nicht gern.

»... Psychopath«, wiederholte Albert Riley. Er wischte sich die Augen mit einem oft benutzten Taschentuch. Jury dachte mittlerweile anders über ihn; der Mann musste wohl einfach arbeiten, sonst würde er vermutlich vollkommen zusammenbrechen. Und seine Frau war ihm ja nicht gerade ein großer Trost.

Die Person, die Simon auf dem Gewissen hatte, schätzte Jury allerdings anders ein als Neal und Riley. Ein einziger Stich in den Rücken, sauber, präzise, schnell – nicht ein blindwütiges Drauflosstechen, wie es für einen Mörder typisch wäre, der blutrünstig kleinen Jungs nachstellte. Und es gab keine Anzeichen sexuellen Missbrauchs. Das genügte Jury, um zu der Schlussfolgerung zu kommen, dass der Mord geplant gewesen war, dass der Mörder es auf Simon und auf niemand anders abgesehen hatte. Neals Bericht zufolge hatten Simons Klassenkameraden – mit denen er kaum Kontakt hatte – nicht gewusst, dass er sich regelmäßig in die Gasse verkroch, um zu rauchen und sich Pornohefte anzusehen. Vielleicht wurden ja die falschen Fragen gestellt. Möglicherweise hatte Simon doch einen Feind gehabt. Oder das Ehepaar Riley. Diese Überlegungen stellte Jury jetzt jedoch nicht zur Debatte. Er sagte nur, er glaube nicht, dass ein Geisteskranker der Mörder sei. Riley sah ihn verwundert an. »Aber wer sonst könnte es getan haben? Sie scheinen davon auszugehen, dass jemand ganz gezielt Simon ermorden wollte. Aber warum?«

»Dafür könnte es alle möglichen Gründe gegeben haben, Mr. Riley.« Jury ließ sich von Mrs. Riley nachschenken, eher weil er sie bei Laune halten musste, als weil er wirklich etwas trinken wollte. Jurys Spekulationen schienen Beth zu interessieren. Sie lebte ein wenig auf. Doch Beths Neugierde und ihre plötzliche Lebhaftigkeit schlugen genauso aufs Gemüt wie der graue, bleierne Himmel. »Vielleicht wollte jemand wirklich Ihren Sohn umbringen – tut mir leid«, setzte Jury hinzu, als Riley bei seinen Worten zusammenzuckte. Jury trank einen Schluck Whisky, und Beth Riley blickte ihn beifällig an. Weil er als Polizist im Dienst trank? Oder weil jemand ihren Stiefsohn hatte umbringen wollen? »Vielleicht wusste Simon etwas, was er nicht wissen sollte. Oder er hatte etwas gesehen, was nicht für seine Augen bestimmt war. Vielleicht ist er unfreiwillig Zeuge von irgendetwas geworden. Tatsache ist, er hielt sich in einer Gasse auf, und keiner seiner Schulkameraden wusste das. Sie liegt nicht auf seinem Nachhauseweg. Und die Schule war schon über eine Stunde aus, wenn der Polizeiarzt Recht hat und Simon zwischen fünf und ungefähr acht Uhr abends getötet wurde. Da kommt einem doch der Gedanke, dass ihm vielleicht jemand gefolgt ist.«

Riley war mittlerweile beim dritten Glas angelangt, er

trank mit leerem Blick und hielt sich das Taschentuch ans Gesicht. »Vielleicht hat man ihn hingezerrt.«

Jury schüttelte den Kopf. »Nein. Dafür müsste es Spuren geben. Blut, blaue Flecke –«, deutete Jury an.

Die Rileys wechselten einen Blick und schüttelten den Kopf.

»Wollte er sich vielleicht mit jemandem treffen?«

Ausdruckslose Mienen.

»Kinder kommen auf die komischsten Ideen.«

Riley schoss vom Stuhl hoch. Reichte es nicht, dass der Junge tot war? Musste die Polizei nun auch noch seinen Charakter anzweifeln? Jetzt mischte sich sogar Beth ein. Auch wenn sie Simon nicht sonderlich zu vermissen schien – nun stand der gute Ruf der Familie auf dem Spiel.

Jury erhob sich, entschuldigte sich für die Störung und riskierte noch einen Blick auf die Fotos, die Erinnerungsstücke auf dem Kaminsims. Beth als junges Mädchen. Beth als junge Frau. Kein Foto von Riley, soweit er sehen konnte. Wiggins stand neben ihm, klappte das Notizbuch zu, steckte den Kuli weg und griff zu seinen Halspastillen.

Der Februar hier an der Küste war fürchterlich ungemütlich. Dorchester lag zwar zehn Meilen landeinwärts, aber für Wiggins war das immer noch zu nahe.

Draußen blieben sie kurz stehen, und Jury zündete sich eine Zigarette an. »Mehr hätten wir sowieso nicht aus ihnen herausgequetscht. Und morgen wird der Junge beerdigt. Lassen wir's für heute gut sein.«

In Rileys Laden stand nun niemand mehr an. In den Gesichtern der Passanten las Jury eher Furcht als Neugier. Sie gingen an der Bürgersteigkante, als ob man sich am Schauplatz einer Tragödie anstecken, als ob sich die Gefahr auf ihre eigenen Kinder übertragen könnte.

Das »Geschlossen«-Schild hing ein wenig schief. Wiggins musterte das Fasanenpärchen, das, an den Beinen zusammengebunden, mit dem Kopf nach unten im Schaufenster baumelte. »Die dürften auch einiges durchgemacht haben.« Jury dachte, er meinte die Rileys, doch dann sagte Wiggins: »Da könnte man glatt zum Vegetarier werden.«

Jury grübelte immer noch über den Mann nach, der seinen Sohn verloren hatte, und über den Sohn selber, doch dann schob er diese Gedanken beiseite und sagte: »Nie mehr Fisch und Chips, Wiggins? Kann ich mir kaum vorstellen.«

Wiggins überlegte. »Fisch mag ja noch angehen. Aber Fleisch nicht.«

Jury lächelte müde »Etwas die Straße runter ist das Restaurant ›Zum fröhlichen Richter‹. Haben Sie Hunger? Es geht doch nichts über ein Mahl unter dem wachsamen Auge der Justiz.« Jury sah erneut die Fasane an.

Mensch, Wild, Geflügel. Was galt schon ein Leben.

*

WIE WENIG EIN LEBEN TATSÄCHLICH GALT, das wurde ihm klar, als sie in Wynchester das Polizeipräsidium von Dorset betraten.

»Ein neues Opfer«, sagte Inspector Neal mit noch düsterer Miene als bei ihrer letzten Begegnung. »In Wynchcoombe. Wieder ein Junge, Davey White, ein Chorknabe.« Neals Stimme zitterte. Es schien ihn überhaupt nicht zu freuen, dass er mit seiner Theorie wohl richtig gelegen hatte. Erleichtert und gleichzeitig ein wenig schuldbewusst sagte er: »Gott sei Dank sind wir nicht zuständig. Wir sind das Revier der Polizei von Devon und Cornwall. Wynchcoombe liegt in Dartmoor.« Das Telefon unterbrach ihn – offenbar ein Anruf seines Vorgesetzten, denn er nickte unentwegt. »Ja, ja, ja.

Wir haben jeden verfügbaren Mann darauf angesetzt ... Ja, ist mir auch klar, dass die ganze Stadt in Panik ist –« Schließlich legte Neal kopfschüttelnd auf.

Jury fragte nur: »Wie weit ist es nach Wynchcoombe?«

Neal antwortete verwundert: »An die vierzig Meilen.«

Ein Wachtmeister – ein netter, junger Mann – zeigte Jury den Ort auf der Landkarte an der Wand. »Sicher wollen Sie zuerst ins Präsidium. Es liegt etwas außerhalb von Exeter.«

»Was sollte ich da? Wie komme ich am schnellsten nach Wynchcoombe?«

»Ich dachte nur, Sie würden sich auf dem Präsidium melden wollen, Sir«, fügte der junge Mann leise hinzu.

»Reine Zeitverschwendung.«

Neal wühlte in den Papieren auf seinem Schreibtisch, es war nicht zu übersehen, dass er demnächst einmal aufräumen musste. »Sie trampeln in Divisional Commander Macalvies Blumengarten herum, Mr. Jury.«

»Und wenn es der Blumengarten des Kaisers von China wäre! In Dorchester ist ein Junge ermordet worden, in Wynchcoombe ein zweiter. Ich muss auf dem schnellsten Wege dorthin. Und der Divisional Commander wird dafür bestimmt Verständnis haben.«

Der Wachtmeister blickte Jury nur an. Schließlich sagte er: »Mit dem hab ich mal zusammengearbeitet. Hab ein bisschen Scheiße gebaut, und dann –« Er zeigte seine Zähne und lispelte: »Zähne futsch. Alles Kronen.«

Jury nahm die Landkarte, auf der der Wachtmeister ihm die Strecke markiert hatte. Wiggins beugte sich vor und begutachtete die Zähne. »Toll, Ihren Zahnarzt möchte ich haben.«

ZWEITER TEIL

DIE KIRCHE IM MOOR

3

DER SILBERNE KELCH lag noch auf dem Boden der Sakristei, und die Flecken waren dunkel, denn dieser Wein war mit Blut und nicht mit Wasser vermischt. Vor Eintreffen der Spurensicherung hatte niemand den Kelch anfassen dürfen. Aber auch als die Männer ihre Arbeit getan hatten, wagte sich niemand daran. Die Labormannschaft der Polizei von Devon und Cornwall schien abergläubisch zu sein, denn sie hatte sich die Sakristei nur ungern vorgenommen. Und sogar der Polizeifotograf hatte sich beim Pastor dafür entschuldigt, dass er in der Kirche mit Blitzlicht arbeitete.

Überall wimmelte es von Polizisten, ob uniformiert oder in Zivil. Sie durchsuchten den Chorumgang, das Kirchenschiff, die Sakristei. Wiggins und ein paar Polizisten nahmen sich den Dorfplatz vor der Kirche vor, dann den verlassenen Kirchweg, der auf der anderen Seite der Kirche zur Sakristeitür führte.

Dr. Sanford, der Dorfarzt, war mit seiner Untersuchung fertig. Der Junge sei vermutlich seit zehn Stunden tot, sagte er. Der Pastor konnte es nicht fassen, dass die Leiche so lange dort gelegen haben sollte, aber erst vor drei, vier Stunden entdeckt worden war.

Darüber wunderte sich auch Jury, der jetzt mit Detective Constable Coogan vor dem Altar stand. Er blickte zum Altar hoch, und in seinem Kopf herrschte Leere. Die Kirche von Wynchcoombe war wirklich schön. Trotz des hohen Turms wirkte sie von außen kleiner als von innen. Altarraum und Schiff waren zusammen mehr als dreißig Meter lang.

Ihm wollte nichts einfallen, was die weinende Betty Coogan getröstet hätte. Sie könne nichts dafür, sagte sie, sie habe Davey und seinen Großvater, den Pastor von Wynchcoombe, gekannt: »Wie konnte jemand Davey White so was antun?«

Eigentlich wäre Constable Coogan – rote Haare, hübsche Beine – eine Augenweide gewesen. Aber nicht in diesem Zustand.

Es war Davey Whites klares Gesicht, das Jury am meisten erschüttert hatte – nicht Entsetzen war darauf abzulesen, sondern eher verschmitzte Überraschung. Daveys Mund war leicht geöffnet, ja, man konnte sagen, er lächelte, so als hätte er den plötzlichen Stoß für einen lustigen Streich gehalten. Da lag er nun, zehn Jahre alt, auch er ein Schuljunge, tot, und das zwei Tage, nachdem man Simon Riley gefunden hatte.

Betty Coogan ließ sich über den Jungen in Dorchester aus. Sie putzte sich die Nase mit Jurys Taschentuch und schloss sich der Meinung der Polizei von Dorset an: Bei dem Mörder musste es sich um einen Geisteskranken handeln. Mittlerweile war Jury schon eher geneigt, sich dieser Einschätzung anzuschließen, doch er hielt mit seiner Meinung zurück. Die Methode war jedenfalls die gleiche. Ein Messer in den Rücken. Ruckzuck.

Ein Mann von der Spurensicherung trat zu ihnen. »Wo zum Teufel steckt Macalvie?«

Sie schüttelte den Kopf, kurz davor, erneut in Tränen auszubrechen. »In Exeter, ermittelt in einem Raubüberfall. Ich habe versucht, ihn zu erreichen. Inzwischen hat man ihn wohl –«

Der Mann brummelte: »Sollte sich lieber hierherbemühen –«

Aber er hatte sich schon bemüht. Divisional Commander – oder Detective Chief Superintendent – Brian Macalvie kam durch das schwere Eichenportal der Kirche von Wynchcoombe gefegt wie der eisige Wind von Dartmoor. Er jedenfalls schlich nicht auf Zehenspitzen durch diese Kirche.

Der Blick, den er Constable Betty Coogan zuwarf, beruhigte diese nicht im Geringsten. Sie schien ein wenig zu schwanken, und Jury stützte sie am Unterarm ab.

Chief Superintendent Macalvie blickte kurz zum Altar auf, schaute dann abfällig in ihre Richtung und sagte zu Jury: »Wer zum Teufel sind Sie?«

Jury zückte seinen Dienstausweis. Macalvie schaute erst ihn und dann wieder Constable Coogan an. Schließlich sagte er: »Sie haben doch gewusst, wo ich stecke. Warum zum Teufel haben Sie mich nicht schneller rufen lassen?«

Sie schaute zu Boden.

»Wo verrrstecken Sie die Leiche, Betts? Dürrrfte ich mal einen Blick rrriskieren?«

Ein schottisch gerolltes ›R‹, das er sich irgendwann angeeignet zu haben schien. Macalvie sprach eine abstruse Mischung aus amerikanischem und britischem Englisch. Im Moment jedoch hatten die schottischen Ahnen die Oberhand: Akzent, kupferfarbenes Haar, Augen so blau wie kleine Lötlampen.

Betty Coogan sagte mit gesenktem Kopf: »Sie ist in der kleinen Sakristei.«

Da stand Macalvie nun in der Sakristei, die Hände tief in den Hosentaschen, den Regenmantel zurückgeschoben, genauso, wie er hereingestürmt war. »Inzwischen sind fünfzig Prozent aller Spuren den Dart runter.« Er redete, als gäbe es eine unsichtbare Welt der Beweise, zu der normalsterbliche Polizisten (die Jurys auf dieser Erde) keinen Zugang hatten. Macalvie hatte sich die Leiche angesehen, und wie er jetzt zur Sakristeitür hinausschaute, die Hände noch immer in den Hosentaschen, sah er aus wie jemand, der über einen plötzlichen Wetterumschwumg nachdenkt.

Kendall, ein Kriminalbeamter, sprach Macalvie von hinten an: »Wir haben nichts angefasst, Sir. Nur Dr. Sanford, der hat die Leiche untersucht.«

»Genauso gut könnten Sie melden, dass ein Archäologe die Ausgrabungsstätte so ordentlich hinterlassen hat wie die Stube meiner Großmutter«, sagte Macalvie in den Nebel, der sich über den Kirchweg gesenkt hatte.

Jury sah, wie Dr. Sanford Macalvie wütend anblitzte – da stand dieser Mensch und hielt Zwiesprache mit den Bäumen. Der Arzt machte den Mund auf, klappte ihn aber sofort wieder zu.

Constable Coogan, rot vor Zorn, entschloss sich zur Gegenwehr: »Sie glauben wohl, es braucht sich nur jemand den Schauplatz des Verbrechens anzusehen, und schon sind alle Spuren futsch –«

Macalvie sagte spitz: »Ganz genau.«

Er deutete mit dem Kopf auf den Kelch. »Was hat der in der kleinen Sakristei zu suchen?« Er kniete jetzt mit einem Bein am Boden und musterte den toten Davey White.

Dr. Sanford verkörperte den Typ des guten Onkels. Er lächelte herablassend, sein erster Fehler. »Chief Superintendent, ich kann Ihnen versichern, dem Jungen wurde nicht mit dem Kelch der Schädel eingeschlagen. Er wurde erstochen.«

Macalvie sah Dr. Sanford genauso an, wie er vorher Constable Coogan angesehen hatte. »Habe ich etwa behauptet, dass ihm der Schädel eingeschlagen wurde? Ich bin ein einfacher, direkter Mensch. Und ich habe eine einfache, direkte Frage gestellt.« Damit wandte er sich wieder dem Toten zu.

Niemand beantwortete seine Frage, und Dr. Sanford füllte die Schweigepause: »Er ist schätzungsweise seit sechs Uhr früh tot. Natürlich –«

»... könnte es auch früher oder später gewesen sein«, beendete Macalvie den Satz für ihn. »Nicht einmal Sie können den genauen Todeszeitpunkt feststellen. Ich übrigens auch nicht.«

Dr. Sanford ließ sich nicht aus der Fassung bringen: »Die Totenstarre hat bereits eingesetzt, die Leichenflecken jedoch –«

»Sie halten sie für Hypostase.«

»Natürlich.« Dr. Sanford fuhr fort mit seinen Ausführungen über ausgeflossenes Blut und die dunkleren Hautflecken, dort, wo der Körper mit dem Boden in Berührung gekommen war.

Macalvie blickte immer noch den toten Davey White an, Dr. Sanford schien für ihn nicht mehr zu sein als ein Kirchenstuhl oder ein Gebetskissen. Er streckte die Hand aus: »Ihr Skalpell, bitte.«

Dr. Sanford war sichtlich entsetzt. Mit frostiger Stimme fragte er: »Sie haben doch nicht etwa vor, die Autopsie hier vor Ort vorzunehmen? Dafür ist doch der Pathologe –« Er verstummte, und man konnte sehen, dass ihm äußerst mulmig zu Mute war. Für Macalvie schien er Luft zu sein. Der Arzt jedoch ließ nicht locker. »Ich finde wirklich –«

Macalvie hielt immer noch die Hand ausgestreckt. Jury dachte, dass Macalvie seine Gedanken offenbar nicht mit Subalternen – Polizistinnen, Ärzten, selbst Scotland Yard – diskutieren wollte.

Dr. Sanford öffnete seine Tasche und holte ein Skalpell heraus.

Macalvie machte einen kleinen Schnitt in einen der blauroten Flecken, etwas Blut tröpfelte heraus. Er gab das Skalpell zurück, zog dem Jungen das Unterhemd herunter und äußerte sich nicht weiter dazu.

Sergeant Kendall fühlte sich aufgerufen, Macalvies Schweigen zu brechen und sagte: »Es will dem Pastor nicht in den Kopf, dass der Junge die ganze Zeit hier gelegen haben soll –«

»Hat er ja auch nicht. Das da ist ein Bluterguss, keine Hypostase«, sagte er zu Jury und ignorierte Dr. Sanford. Er wollte wohl wissen, ob wenigstens einer hier die Situation richtig einschätzte. Es war das zweite Mal, dass er das Wort an Jury richtete; Wiggins übersah er völlig. »Was meinen Sie?«

»Sie dürften recht haben«, sagte Jury. »Wahrscheinlich ist er nicht hier umgebracht worden, und mit Sicherheit hat er nicht zehn Stunden hier gelegen.«

Macalvie starrte Jury weiter an, sagte aber nichts. Dann wandte er sich an den Mann von der Spurensicherung und deutete auf den silbernen Kelch, der sorgfältig eingestaubt und fotografiert worden war. »Sind Sie damit fertig?«

»Sir.« Als er ihm den Kelch reichte, fehlte nicht viel, und er hätte die Hacken zusammengeknallt.

Zwar war der Kelch bereits gründlich untersucht worden, aber Macalvie fasste ihn trotzdem mit einem Taschentuch an und hielt ihn hoch, als wollte er das Abendmahl austeilen.

Betty Coogan, mit der Divisional Commander Macalvie wohl einmal ein Verhältnis gehabt hatte, wie Jury vermutete, fragte fassungslos: »Sie meinen also, er ist irgendwo anders ermordet und dann hierhergebracht worden? Aber warum? Das ergibt doch keinen Sinn.«

»Ach nein?«, sagte Macalvie in gewohnt schwatzhaftem Ton.

Jury schüttelte den Kopf. »Bei so was riskiert ein Mörder doch Kopf und Kragen. Aber vielleicht war es ja Absicht. Der Kelch gehört nicht in die kleine Sakristei, jemand wollte ihn mit dem Blut des Jungen beschmieren. Ihn entweihen.«

Macalvie vergaß sich beinahe und lächelte. »Okay, auf geht's, nehmen wir uns mal den Vater des Jungen vor.«

»Großvater. Daveys Vater ist tot«, sagte Wiggins und schob sich ein Hustenbonbon in den Mund.

»Okay, dann eben den Großvater.« Macalvie streckte die Hand aus wie vorher nach dem Skalpell. »Hätten Sie vielleicht noch eins? Ich gewöhne mir gerade das Rauchen ab.«

»Prima«, sagte Wiggins und ließ ein paar Fisherman's Friends in Macalvies Hand fallen. »Sie werden es nicht bereuen.«

*

Die Haushälterin weinte, als sie die Tür öffnete, aber die Augen von Pastor Linley White waren so trocken wie seine Stimme.

Wiggins wurde darauf angesetzt, so viel wie möglich aus der Haushälterin herauszuquetschen (und wenn dabei nur eine Tasse Tee herausspringen würde), und Jury und Macalvie nahmen gegenüber von Mr. White, vor seinem großen Schreibtisch, auf Binsenstühlen Platz. Zwei statt drei Polizisten im Zimmer, doch auch das Verhältnis zwei zu eins schien der Pastor unfair zu finden, obwohl doch Gott angeblich auf seiner Seite war. Wie auch immer, er konnte Jury und Macalvie rein gar nichts erzählen, was Licht in diese »traurige Angelegenheit« gebracht hätte – eine Formulierung, die ihm zu gefallen schien, denn immer wieder verwendete er sie, um die Ereignisse der letzten Tage zu resümieren.

»Sicher können Sie etwas Licht in die Sache bringen«,

sagte Macalvie freundlich. »Zum Beispiel, indem Sie uns erzählen, warum Sie Davey nicht mochten.«

Der Pastor wehrte sich heftig gegen die Anschuldigung, zumal sie von jemandem kam, den er noch nicht einordnen konnte. »David hat über ein Jahr hier gelebt. Mein Sohn und seine Frau Mary« – die Art, wie er ihren Namen aussprach, ließ darauf schließen, dass er sie lieber unterschlagen hätte – »sind bei einem Motorradunfall ums Leben gekommen, und kurz danach hat eine Tante David im wahrsten Sinne des Wortes vor meiner Haustür abgesetzt. Für ein paar Tage, wie sie sagte, aber seither habe ich die Frau nicht mehr zu Gesicht bekommen. Hätte mich eigentlich nicht überraschen sollen.« In den Augen des Pastors, unter den grauen, überhängenden Brauen, blitzte es vor unchristlichen Gefühlen.

Jury fragte sich, ob der Pastor im Kampf gegen seine Gefühle für Mary zwar die Schlacht gewonnen, aber den Krieg verloren hatte. Mochte Pastor White Daveys Mutter noch so vehement eine »irische Schlampe« schimpfen, Jury spürte in diesen Tiraden ein Gefühl, vermutlich sexuelle Anziehung.

Macalvie sagte: »Mary mochten Sie also auch nicht.«

»Ich muss doch sehr bitten, Superintendent –«

»Chief«, ergänzte Macalvie automatisch und sah White dabei nicht einmal an. Sein Blick wanderte, seit er Platz genommen hatte, durch den Raum.

»Verzeihung, *Chief* Superintendent. Dies ist eines meiner schrecklichsten Erlebnisse!«

Macalvie sah den Pastor an. »Und das andere?«

»Wie bitte?«

»Das Leben muss Ihnen ja ganz schön mitgespielt haben, wenn der Mord an Ihrem Enkel für Sie nur ein schreckliches Erlebnis unter vielen ist. Mehr als zwei von der Sorte nehme ich Ihnen aber nicht ab. Wenn ich Sie recht verstanden habe, haben Sie die Mutter gehasst und deshalb Davey nicht gern um sich gehabt. Hat Sie dauernd mit der Nase darauf gestoßen, stimmt's?« Er hatte sich gerade ein Fisherman's Friend in den Mund gesteckt, das er jetzt lutschte.

Aus dem Gesicht des Pastors war alle Farbe gewichen, es war so weiß wie die Porzellanstatuette auf seinem Schreibtisch. »Aber natürlich hatte ich Davey gern. Was wollen Sie damit sagen?«

»Ich will nie etwas sagen. Ich sage es einfach. Die Mutter war also der einzige Grund, warum Sie Davey nicht leiden konnten?«

Der Pastor sprang fast aus seinem Stuhl hoch. »Wenn Sie weiter derart über mich richten –«

»Das Richten überlasse ich Gott. Setzen Sie sich. Er ist irgendwann in aller Herrgottsfrühe umgebracht worden. Gegen fünf, sechs. Was hat er um diese Zeit draußen im Wald gemacht?«

Mr. White staunte. »Aber er wurde doch in der Kirche ermordet.«

Macalvie schüttelte den Kopf. »Man hat ihn in die Kirche gebracht, als er schon tot war. Wahrscheinlich war sie um diese Zeit leer. Und ziemlich dunkel. Aber ist heute Morgen niemand in der Kirche gewesen? Eine Putzfrau? Sonst jemand?«

Der Pastor schüttelte den Kopf. »Nein, warum auch? Und niemand hatte Veranlassung, die kleine Sakristei zu betreten.«

»Sie haben nicht gerade gut auf Ihren Enkel aufgepasst, was?«

Jury unterbrach Macalvie zu dessen Ärger. »Warum war Davey bloß schon so früh draußen?«

Mr. White lief rot an. Hat sich noch nicht von Macalvies

Bemerkung erholt, dachte Jury, wahrscheinlich, weil sie der Wahrheit entspricht.

»Davey war etwas eigenartig –«

Macalvies ungeduldiger Seufzer machte deutlich, was er von dieser Ausrede hielt.

»Ich meine ja nur, dass er gelegentlich vor dem Frühstück, vor der Schule, das Haus verließ und in den Wald ging, weil er, wie er sagte, ›nachdenken‹ wollte. Er hatte nicht viele Freunde in der Schule –« Der Pastor verstummte unter Macalvies blauem Funkelblick.

Jury musste an Simon Riley denken. Vielleicht hatte Davey unter dem Vorwand »nachzudenken« geraucht. Oder er hatte einfach einmal entkommen wollen. Vielleicht noch so ein einsamer Junge in einem lieblosen Haus. Aber er behielt seine Meinung für sich.

Macalvie aber war in seinem Redeschwall nicht zu bremsen. »Muss hier ja ein tolles Leben geführt haben, Ihr Davey. Haben Sie sich denn keine Sorgen um ihn gemacht, wenn er frühmorgens oder abends im Dunkeln allein in den Wald ging?« Macalvie war aufgestanden, strich durchs Zimmer und musterte die Bücherschränke des Pastors.

»Im Wald von Wynchcoombe ist noch nie etwas passiert.«

Macalvie riss den Blick von einem alten Buch los. »Jetzt aber schon. Haben Sie denn nicht von dem Jungen in Dorchester gelesen, Mr. White?«, fragte er ganz nebenbei.

Auf einmal sah Pastor White erschrocken aus. »Ja. Wollen Sie damit andeuten, dass ein geisteskranker Mörder frei herumläuft?«

Macalvie antwortete mit einer Frage. »Fällt Ihnen jemand ein, der Ihren Enkel nicht leiden mochte?«

»Nein. Niemand«, blaffte der Pastor.

»Und gibt es vielleicht jemanden, der Sie nicht ausstehen kann?«

Dem Pastor verschlug es die Sprache. Er musste erst einmal nachdenken.

*

Was Wiggins aus der Haushälterin herausbekam, entsprach den Aussagen des Pastors. Mit dem einzigen Unterschied, dass die Haushälterin sich sehr wohl gewundert hatte, dass Davey weder zum Frühstück erschienen war noch seine Schulbücher geholt hatte. Wiggins las seine Notizen vor, und die waren wie üblich gründlich. Jury schickte ihn los, um im Wald von Wynchcoombe weiterzumachen. Macalvie schnorrte sich ein paar Fisherman's Friends und sagte zu Wiggins, Kendall und seine Jungs sollten sich jeden Quadratzentimeter vom Kirchweg vornehmen. Vielleicht war Davey ja gestolpert, gefallen oder geschleift worden. Was die Blutergüsse erklären könnte.

Wiggins steckte sein Notizbuch ein. »Sehr wohl, Sir. Haben Sie Ihre Mannschaft schon beisammen, Sir?«

Macalvie bejahte unwirsch. »Sagen Sie Kendall, er soll ein mobiles Büro anfordern und sich mitten auf dem verdammten Dorfplatz breitmachen.« Er deutete mit dem Kopf auf eine Gruppe Dorfbewohner, die vor dem »George« und dem Café herumlungerten. Sie schienen sich auch vor Macalvies Blick zu fürchten: Obwohl der Chief Superintendent in einiger Entfernung von ihnen dastand, wichen sie ein wenig zurück. »Nein, Wiggins«, sagte Macalvie matt, während der Sergeant alles notierte. »Bauen Sie sich auf dem Parkplatz da drüben auf –« Macalvie deutete nach rechts auf den großen Parkplatz, der wohl für die Autos und Wohnwagen der Sommergäste gedacht war. »Und sagen Sie Kendall, er soll es mit

Männern vom Präsidium besetzen, die nicht über ihre eigenen Füße stolpern. Vor allem nicht über meine.«

Die Kirche war abgesperrt worden. Einige Dorfbewohner verzogen sich jetzt in das Pub – vielleicht hatten sie genug vom Schauplatz der Tragödie (oder von Macalvies stierem Blick) – und revidierten ihr früheres Urteil über das Leben in ihrem verschlafenen, kleinen Wynchcoombe.

»Nettes Nest«, sagte Macalvie, schränkte aber sofort ein: »Sofern man für diese Art von Kaff was übrighat.«

Mit seinen Cottages aus Stein, die sich um den Dorfplatz drängten, und mit seinem hochaufragenden Kirchturm war Wynchcoombe in der Tat ein nettes Nest. Die Kirchturmglocken, um deren Klang man Wynchcoombe beneiden konnte, läuteten sechs Uhr.

»Ich muss was trinken«, sagte Macalvie.

»Wie wär's mit dem ›George‹?« Das Wirtshausschild verriet, dass es sich um eine Kutschenstation aus dem vierzehnten Jahrhundert handelte.

Macalvie knurrte: »Machen Sie Witze? Wo sich da drinnen die ganze Stammkundschaft das Maul zerreißt! Ein paar Meilen von hier gibt es ein Pub, das genau das Richtige ist, wenn ich in masochistischer Stimmung bin. Wie die gute Freddie – sie wird Ihnen mächtig gefallen – an der Straße zu Kundschaft kommt, ist mir ein Rätsel.«

Macalvie starrte in den aufsteigenden Nebel. »Liegt nicht weit von einem Dorf entfernt, das Clerihew Marsh heißt. Ich möchte Ihnen eine Geschichte erzählen, Jury.«

4

»Zum verirrten Wandersmann«, so hieß das Pub. Es war eine trübe Spelunke an einem trostlosen Stück Straße. Die ursprünglich ockerfarbenen Wände waren durch den Rauch, der aus dem Schornstein auf dem Dach drang, graugelb geworden. Über dem Eingang baumelte an einer Eisenstange das Wirtshausschild, und durch die Fenster konnte man vor lauter Dreck nichts mehr sehen. Das Gebäude hatte Schlagseite, entweder von der Trockenfäule oder von der aufsteigenden Feuchtigkeit. Ein so heruntergekommenes Pub konnte eigentlich nur heruntergekommene Gestalten anlocken.

Einen Parkplatz gab es auch nicht. Gäste, die sich hierherverirrten, mussten mit dem Straßenrand vorliebnehmen. Zwei Wagen standen schon da, als Macalvie und Jury ihr Auto abstellten.

Mit dem ihm eigenen Charme bombardierte Macalvie eine arthritische ältere Frau, die gerade die Theke abwischte, mit Fragen. Durch das Pub verlief eine unsichtbare Grenze zwischen dem eleganteren und dem einfacheren Teil. Im einfachen Teil ging es weitaus lebhafter zu; es gab einen Billardtisch, Videospiele, und aus einer Art déco-Jukebox bedröhnte Elvis Presley die Gäste mit »Hound Dog«.

»Wo ist Sam Waterhouse, Freddie?« Macalvie fragte nicht einfach nur, er forderte eine Antwort.

»Weissich nich«, sagte Freddie. »Ist ja nich zu fassen! Sie gem woll nie auf, wa?« Freddie hatte auswärtsschielende Augen, dürre Arme und war überhaupt mager. Sie trug das graue Haar hochfrisiert, eine Frisur, die nicht von ungefähr Hahnenkamm hieß.

»Ich gebe nie auf, Freddie. Sie haben Sam, weiß Gott, richtig bemuttert.«

»Ha! Wenn man vonnen Teufel spricht, dann kommter, wa, Mac? Bei Sie zischt ja der Cider bein Runterkölken.«

»Gottverdammich, Ihr Cider zischt sogar auf Stein. Sie sind doch völlig vernagelt, und Ihre rechte Hand weiß seit vierzig Jahren nicht mehr, was die linke tut«, sagte Macalvie, griff nach seinem Apfelwein und suchte sich einen Tisch.

Freddie grinste Jury an. »Was soll's für Sie sein, Baby?«

Jury erwiderte das Grinsen. »Ich probiere den Cider, man lebt nur einmal.«

»Das war die blödeste Verhaftung, die die Polizei von Devon und Cornwall jemals vorgenommen hat.« Die Rede war vom Fall Rose Mulvanney. »Ausgerechnet Sam, ein Neunzehnjähriger, der in Clerihew Marsh lebte, Luftschlösser baute und vielleicht für Rosilein schwärmte. Rose Mulvanney war scharf auf alles, was Hosen anhatte. In den Vereinigten Staaten hätte sie sich noch von einer Vogelscheuche antörnen lassen.«

Aus dem, was der Divisional Commander Macalvie Jury auf dem Weg zum Pub erzählt hatte, wurde klar, dass er mit dem Herzen in Amerika war – seine Mutter war halb Irin, halb Amerikanerin –, auch wenn sein Leib in Devon weilte. Er war zwar besessen von seinem Beruf als Polizist, nahm aber trotzdem jedes Jahr Urlaub, den er immer in New York verbrachte. Er spickte seine Rede mit altmodischen, knallharten Wörtern aus Bogart-Filmen: Weiber, Miezen – diese Richtung.

»Woher wissen Sie diese ganzen Sachen über Rose Mulvanney?«

»Weil ich den Einwohnern von Clerihew Marsh äußerst

delikate Fragen gestellt habe«, sagte Macalvie. »Ob Rosilein rumbumste und so –«

»Kann ich mir vorstellen, dass Sie so gefragt haben.« Jury trank einen Schluck Cider. Es war wirklich ein Teufelszeug, und er verzog das Gesicht.

»Vorsicht, Freddie braut ihn selber. Meine Fragen an die Dorfbewohner waren diskreter, geradezu widerlich diskret. Aber als ich den Milchmann und die alte Schrulle in die Zange nahm, die den Laden und die Poststelle führt, da stellte sich doch heraus, dass Rose Mulvanney ein paar Tage vor ihrem Tod plötzlich mehr Milch und mehr Brot gekauft hat. Und das, obwohl ihre Tochter Mary auf Klassenfahrt war. Gute fünf Tage lang hatte sie diesen erhöhten Lebensmittelbedarf. Eins steht jedenfalls fest, Sammy Waterhouse hat nichts davon abgekriegt. Der wohnte direkt in Clerihew Marsh.«

»Wollen Sie damit sagen, dass jemand bei ihr wohnte?«

»Genau.«

Jury unterdrückte ein Lächeln. Wenn Macalvie von etwas überzeugt war, dann von Macalvie. »Möglich wäre es.«

»Schön. Das reicht mir.« Macalvie steckte sich noch ein Fisherman's Friend in den Mund.

»Die Polizei von Devon und Cornwall hat sich also auf Sam Waterhouse eingeschossen. Aber warum? Sie haben gesagt, es dauerte Monate bis zu seiner Verhaftung.«

»In einer Mordsache zu ermitteln, ist eine teure Angelegenheit, das wissen Sie selber. Sie wollten schon viel früher zupacken, aber ich habe ihnen Knüppel zwischen die Beine geworfen, habe versucht, die Scheißbullen aus Devon davon zu überzeugen, dass sich Sam Waterhouse nicht bei Rose eingemietet haben konnte.«

»Ob Sie aus einem gesteigerten Verbrauch an Milch und Brot nicht etwas viel ableiten?«

»Nein! Rose hat das Brot sicher nicht für den Kirchenbasar gekauft.«

»Es muss doch aber Beweismaterial gegen Sam Waterhouse gegeben haben. Welches?«

»Dass er Rose immer so angehimmelt hat. Mein Gott, er war neunzehn.« Macalvie schob den Aschenbecher zur Tischkante. »Und die alte Tante von nebenan hat ausgesagt, sie habe ein paar Abende vor Roses Tod einen Riesenkrach mitangehört. Sie hat Sam wutschnaubend aus dem Haus kommen sehen.«

»Und Waterhouse? Was hat der dazu gesagt?«

»Hat es nicht abgestritten. Er war wütend, weil Rose ihn heißgemacht hat und er sich einbildete, sie hätte ernsthaft was für ihn übrig. Erzählte ihm, sie habe einen Freund, so ähnlich jedenfalls.«

»Was hat die Gerichtsmedizin herausgefunden?«

»Nichts. Die haben nur die Achseln gezuckt. Klar, dass überall Fingerabdrücke waren. Sam hatte ja auch zugegeben, im Haus gewesen zu sein. Aber auf dem Messer? Nichts. Mein oberschlauer Vorgesetzter behauptete, er hätte es abgewischt. Ich fragte ihn, wieso er dann nicht auch alles andere abgewischt hat, was ihm zwischen die Finger gekommen war. Und nachdem man die Fingerabdrücke von den beiden Töchtern und von ein paar Bekannten aus Clerihew Marsh identifiziert hatte, blieben noch die Abdrücke von zwei Unbekannten. Hätte jeder sein können, und einer war sicher der, der einige Tage bei ihr gewohnt hatte.«

»Und die Mädchen? Die Töchter? Wo waren die?«

»Die Fünfzehnjährige war auf Klassenfahrt. Die Kleine dürfte zu Haus gewesen sein, abgesehen vielleicht von ein, zwei Abenden, an denen sie bei einer kleinen Schulfreundin zum Spielen war.«

»Das heißt aber doch, sie muss den Mann irgendwann gesehen haben – vorausgesetzt, dass Sie Recht haben.«

Macalvie sah Jury mit messerscharfem Blick an. Wagte da jemand seine Theorie anzuzweifeln? »Stimmt. Sie hätte nur sagen müssen ›Nein, Sammy war es nicht‹. Und Sie können mir glauben, das hätte sie auch getan. Hing wie eine Klette an Sam. Beide Mädchen übrigens. Er hatte sie sehr gern. Sie hätte also sagen können, dass er es nicht war, und den Mörder vielleicht identifizieren können. Nur dass Teresa nie wieder ein Wort gesagt hat.« Macalvie starrte in die Kaminecke, schien selbst nie wieder ein Wort sagen zu wollen, ein ganz und gar untypisches Schweigen, fand Jury.

Im einfachen Teil des Pubs hatte Freddie jetzt einen Elvis-Gegner von der Jukebox verjagt und selber eine Münze eingeworfen. Nach dem »Jailhouse Rock« dröhnte jetzt »Are You Lonesome Tonight« durch das Lokal.

Jury sah, dass Macalvie zur Jukebox schaute, vielleicht wollte er Elvis' Frage beantworten – und nebenbei vielleicht auch Freddies Frage, die falsch und ziemlich angesäuselt mitsang: »D'ya miss me tooo-night?« Macalvie schnappte beide Gläser und sagte: »Es wäre ja alles noch zu ertragen, wenn Freddie bloß die Klappe halten würde.« Er ging zur Theke, sie kabbelten sich ein bisschen – das war anscheinend der übliche Umgangston zwischen den beiden –, kam zurück und nahm den Faden seiner Geschichte von den Mulvanneys wieder auf. Er berichtete über ihr Leben wie ein Verwandter. Die Einzelheiten hatte er im Laufe der Untersuchung zusammengetragen.

»Scheint mir immer noch ziemlich fadenscheiniges Beweismaterial zu sein«, sagte Jury.

Macalvie trank einen Schluck Cider. »Oh, natürlich hatte die Staatsanwaltschaft auch einen Zeugen. Allerdings hatte er nichts gesehen. Ein Freund von Sammy.«

»Hört sich nicht gerade nach einem Freund an.«

»Tja. Tue Recht und scheue niemand. Er studierte auch in Exeter. Jura. Behauptete, Sam Waterhouse hätte mehrfach gesagt, dass er sie umbringen würde. Und so stand denn der gute George im Zeugenstand und sagte aus, dass Sam in jener Nacht mit Blutflecken an den Kleidern nach Haus gekommen sei. Eine glatte Lüge.«

»Und was hat Sam Waterhouse dazu gesagt?«

»Dass er Rose umbringen wollte, hätte er nur so dahingesagt. Und das Blut sei sein eigenes gewesen, er hätte sich im Labor geschnitten. Na wunderbar. Der Staatsanwalt hat Sam natürlich in die Pfanne gehauen.«

Lag es am Cider oder an Elvis? Jedenfalls sang Freddie immer noch mit: »Doon yer haaaart fill wit pain?

Should ay come back a-gaaaiin? ...«, jaulte sie. Macalvie brüllte, sie solle endlich die Schnauze halten. Aber Freddie ließ sich nicht stören.

»Mein Gott, einmal ein Song von Elvis, der keine Mauern zum Einstürzen bringt, und schon muss sie mitsingen.« Dann fuhr er fort: »Das Mädchen, also Mary Mulvanney, habe ich nur zweimal gesehen. Zuerst, als das Ergebnis der Obduktion bekannt gemacht wurde. Da war sie kaum in der Lage, Fragen zu beantworten.«

Er verstummte, starrte die Jukebox an und dann zu Jury. »Leider war es ja nicht mein Fall. Pech für Devon. Was ich unternommen habe, das ging auf meine eigene Kappe. Musste mich zurückhalten. Ein paar Fragen hier, ein paar blaue Flecken da.« Seine blauen Augen glänzten im Widerschein des Feuers, ums Haar hätte er gelächelt. »Angeblich mein Stil: Drohungen, Einschüchterung, Schüsse in die Beine.« Er zuckte die Achseln.

»Ich pfeife auf Stil. Wann war das zweite Mal?«

Macalvie starrte ins Feuer und verrückte mit dem Fuß einen Riesenholzklotz, der im Kamin lag wie ein alter Köter.
»Was für ein zweites Mal?«

Jury wusste, dass Macalvie genau wusste, was er meinte.
»Das zweite Mal, dass Sie Mary Mulvanney gesehen haben.«

»Monate später. Nachdem sie Sam Waterhouse längst eingebuchtet hatten. Das junge Ding stürmt in mein Büro – fünfzehn, klapperdürr und voller Sommersprossen –, sah aus wie eine Vogelscheuche. Oh, Mann, ist die auf mich losgegangen. Die hatte Schimpfwörter auf Lager, die selbst mir neu waren; muss eine piekfeine Schule gewesen sein, auf die sie ging. So wütend habe ich in meinem ganzen Leben noch niemand gesehen.«

»Warum auf Sie? Wo Sie doch derjenige waren, der sich noch mit dem Fall beschäftigte und die ganze Arbeit machte.«

»Was für sie bedeutete, dass ich der Verantwortliche war. Sie wusste, dass Sam Waterhouse nicht der Mörder war. Und angebrüllt hat sie mich, wobei sie mit einer anmutigen Bewegung ihres Arms meinen ganzen Schreibtisch abgeräumt hat: *›Es ist meine Mami, die umgebracht wurde, und meine kleine Schwester, die im Krankenhaus ist. Und Sie setzen jetzt gefälligst Ihren Arsch in Bewegung und finden heraus, wer der Mörder ist, oder soll ich mich vielleicht darum kümmern?!‹* Mein Gott, war das Gör wütend!«

Aber Macalvie hatte sich nicht seine gute Laune verderben lassen und einfach gelächelt. Wahrscheinlich war er erleichtert gewesen, dass es jemanden gab, der keine Angst vor ihm hatte, wenn es auch nur ein klapperdürres junges Mädchen war.

»Und dann ist sie rausgestürmt. Ich habe sie nie wieder gesehen. Der einzige Fall, den ich nie aufgeklärt habe.«

Jury sollte denken, dass Macalvie wegen dieser Geschichte so betrübt war. Aber Jury war überzeugt davon, dass das nicht stimmte.

*

SIE HATTEN EIN PAAR MINUTEN still dagesessen, eine kleine Insel der Stille, denn die Stammkundschaft genoss den Klang der wunderbaren Stimme von Loretta Lynn. Leider übertönte Freddie die Bergmannstochter, sie stand hinter der Theke, trocknete Gläser ab und auch sie sang, dass sie einst am Brunnen Wasser geholt hatte.

Macalvie schrie zu ihr hinüber: »Das letzte Mal, dass du was anderes als Schnaps gesoffen hast, das war, als man dich ins Cranmere-Moor geschmissen hat.«

»Was ist mit der Kleinen, mit Teresa?«

»Was soll mit ihr sein?«

»Falls Sie Recht –«

Hochgezogene Brauen. Was hieß hier *falls*?

»Warum zum Teufel hat der Mörder einen Zeugen zurückgelassen?«

Dass seine Theorie hier brüchig war, schien Macalvie überhaupt nicht zu stören. Eine brüchige Theorie war ebenso reparabel wie ein gebrochener Deich. »Vielleicht dachte der Kerl, Teresa würde ihn nicht mit ihrer Mutter in Verbindung bringen. Vielleicht hat Teresa ihn überhaupt nicht gesehen. Sie kannte seinen Namen nicht oder war aus tausenderlei anderen guten Gründen nicht in der Lage, mit dem Finger auf ihn zu zeigen. Und Verbrechen aus Leidenschaft hin oder her, vielleicht hat er es dann doch nicht übers Herz gebracht, auch noch eine Fünfjährige umzubringen.«

»Und die Fünfjährige? Könnte sie vielleicht mit einem Messer auf ihre Mami losgegangen sein? Haben Sie auch darüber nachgedacht?«

Der Blick, den Macalvie Jury zuwarf, hätte ihn töten können. »Nein, ich mache grundsätzlich halbe Sachen, Jury. Ich bin ein schlampiger Polyp. Ich habe auch nicht die Blutspur gesehen, die sie auf dem Weg von der Küche zum Telefon hinterlassen hat, und das Blut auf ihrem Nachthemd und am Telefon ebenso wenig –« Er machte eine abweisende Geste. »Spielen Sie nicht den Klugscheißer, ja? Klar können kleine Kinder ausrasten. Aber nicht Teresa.« Nach einer kurzen Pause sagte er: »Ich habe sie im Krankenhaus besucht. Es war klar, zumindest waren sich die Seelenheinis in ihrem Elfenbeinturm darüber einig, dass Teresa nie wieder gesund werden würde. Persönlichkeitsspaltung. Katatonikerin. Hatte sich zusammengerollt wie ein Fötus. Am Ende hat man Teresa dann nach Harbrick Hall verlegt. Schon mal davon gehört? Wird auch ›Heartbreak Hall‹ genannt.«

Jury hatte davon gehört, wobei diese Anstalt zu den Dingen gehörte, von denen er lieber nicht gehört hätte. »Ich bin mal da gewesen.«

»Und? Fast geheilt?«

Jury überhörte die spitze Bemerkung, er musste an Harbrick Hall denken. Immer diese Vertrauen erweckenden, harmlos anmutenden Namen, die nicht verrieten, wie es in den riesigen, unterbesetzten, überfüllten Krankenhäusern tatsächlich zuging. Endlose Flure, verriegelte Türen, Gitter. Säuerlicher Krankenhausgeruch, nach Urin, und grau bemantelte Hausmeister mit Eimer und Scheuertuch auf Fluren, in denen eine Atmosphäre der Hoffnungslosigkeit herrschte, die einen schier erdrückte.

Macalvie fuhr fort: »Das Ding ist so groß, dass man sich sogar auf der Suche nach dem Ausgang garantiert verirrt. Es ging Teresa Mulvanney dann angeblich etwas besser, gesprochen hat sie noch immer nicht. Aber wenigstens lag sie nicht mehr zusammengerollt wie ein Baby da. Der Krankenwärter, ein Pakistaner, war ›sehr stolz auf ihre Fortschritte‹. Fortschritte. Wissen Sie, was die da Fortschritte nennen?«

Macalvies Ton verbot, dass Jury auf diese Frage antwortete. Und Jury hatte sowieso die Gesichter von Simon Riley und Davey White vor Augen: Sie wurden eins und teilten sich wieder, verschwommen wie kleine Gesichter hinter regennassen Butzenscheiben.

»Malte mit Fingerfarben«, sagte Macalvie. »Der Pakistaner kapierte nicht, ›wieso sie immer nur Rot nimmt‹.«

»Jetzt hören Sie endlich auf!« Er verdrängte den Gedanken an Fingerfarben und konzentrierte sich auf die Stimme der Sängerin, die jemand Gott sei Dank in der Jukebox entdeckt hatte. Jury war sicher, dass ihm die Schwäche, die er soeben gezeigt hatte, eine brummige Antwort eintragen würde.

Aber Macalvie sagte nur: »Wie Sie wünschen.« Er schaute auf die Uhr und drehte sich zur Jukebox um, aus der eine liebliche, traurige Stimme klagte:

> ... und regnet keinen Wein
> Drum kommst du auch nicht wieder ...

Macalvie holte Geld aus seiner Brieftasche und schoss von seinem Stuhl hoch. Mit einer geschmeidigen, katzenartigen Bewegung warf er Geld auf den Tisch des Mannes, der die zehn Pence in die Jukebox gesteckt hatte, zu der er dann hinüberging und den Stecker herauszog, bevor die Sängerin ihr »Herzallerliebster mein« zu Ende singen konnte.

Freddie warf ihr Geschirrtuch auf die Theke und setzte sich in Bewegung. Der Mann, der sich das Lied ausgesucht hatte, war größer als Macalvie. Er erhob sich von seinem Stuhl. Jury ahnte, dass Macalvie – obwohl er kleiner, schwächer und ohne Verstärkung war – den Mann ohne weiteres auf seinen Stuhl drücken würde, und wollte schon aufstehen. Verdammter Idiot. Dachte der denn nie daran, dass er Polizist war?

Es sah fast so aus. Die Jukebox befand sich im einfachen Teil des Pubs, desgleichen Macalvie und seine neuen Freunde; Jury bekam nicht mit, was er sagte, aber Macalvie hielt seinem Widersacher die Brieftasche unter die Nase und lächelte. Freddie stand daneben, die Hände in die mageren Hüften gestützt. Die Gäste am Tisch griffen schleunigst zu ihren Mänteln, und als sich Macalvie zu Freddie umdrehte, schlug diese ihm das Geschirrtuch um die Ohren.

Das wiederum gefiel den Stammkunden, die es zum Ausgang drängte. Macalvie zuckte nur die Achseln und kehrte zu seinem Platz zurück.

»Wohl den Polizisten herausgekehrt? Das kann Sie im Präsidium teuer zu stehen kommen«, sagte Jury.

Macalvie quittierte diese Äußerung mit einem verständnislosen Blick. Teuer zu stehen kommen? Ihm, Macalvie? »Ich kehre nie den Polizisten raus, Kumpel.« Er stützte den Ellbogen auf den Tisch und drehte seine Uhr herum, sodass Jury sie sehen konnte. »Schon mal was von Polizeistunde gehört? Ich habe bloß gesagt, dass Freddie früh schließen muss und gefragt, ob sie denn noch Auto fahren können, bei den Mengen von Cider, die sie sich hinter die Binde gegossen haben.« Er griff zu seinem und Jurys Glas und ging gemessenen Schrittes durch das Pub, das ihnen jetzt allein gehörte.

Abgesehen natürlich von Freddie, die die nächste Runde Bier zapfte und mit ihrer Meinung über Macalvie nicht hinter dem Berg hielt. Ihre Tiraden erfüllten den ganzen Raum, und Macalvie konnte sie erst zum Schweigen bringen, als er sich umdrehte und ruhig (denn Elvis war verstummt) zu ihr sagte: »Sie hätte ich schon vor Jahren in Princetown einbuchten können, aber da hatte ich Mitleid mit Mördern und Irren.«

Er knallte die Gläser auf den Tisch, dass der Cider überschäumte, und Freddie nahm das Telefon ab. »Mein Gott, was bist du für eine dämliche alte Ziege. ›Freddie‹ ist bestimmt nicht die Abkürzung für Friederike oder sonst einen Mädchennamen. Steht für ›Fred‹. Mami und Papi wollten wohl lieber einen Jungen haben, hätten vielleicht auch mit einem Mädchen vorlieb genommen, kriegten aber einen Wackerstein.« Er trank noch einen Schluck Cider.

»Telefon, mein Süßer«, flötete Freddie.

»Damit sind Sie gemeint, Jury. Mich würde sie nie so nennen.«

Es war Inspector Neal, der über Kendall herausgefunden hatte, wo er war. Bei seinen Nachforschungen war nur wenig herausgekommen. Aber Chief Inspector Racer hatte angerufen und gebeten, besser gesagt, gefordert, dass Jury Bericht erstattete. Neal erkundigte sich, wie Jury mit Divisional Commander Macalvie zurechtkam.

»Bestens«, sagte Jury. »Ein netter Bursche.«

»Eins a«, sagte Neal und legte auf.

Jury ging zum Tisch zurück und wollte zu seinem Mantel greifen. »Ich würde gern noch länger mit Ihnen zusammenhocken, aber wir haben zwei Morde am Hals.«

»Einer gehört mir. Nicht so raffgierig, Jury.«

»Einer gehört Ihnen. Hätte ich fast vergessen. Sie können gern hier sitzen bleiben, sich die Nacht um die Ohren schlagen und Freddie anbrüllen. Ich für mein Teil fahre zurück nach Dorchester.«

»Mein Gott, Sie haben aber Hummeln im Hintern. Setzen Sie sich und halten Sie den Mund. Meinen Sie vielleicht, ich bin wegen der viktorianischen Pracht dieser Kakerlaken-Kaschemme hier? Warum zum Teufel habe ich Ihnen wohl von dem Fall Mulvanney erzählt?«

»Vielleicht eine Art Besessenheit?«

Auf diese Provokation biss Macalvie nicht an. »Weil ich sicher bin, dass es eine Verbindung gibt.«

»Was für eine Verbindung?«, fragte Jury.

In diesem Moment ging die Tür zum »Verirrten Wandersmann« auf.

»Möglicherweise ist die Verbindung gerade hereinspaziert«, entgegnete Macalvie.

5

Jury hätte die bleiche Gesichtsfarbe von Häftlingen überall als solche erkannt, schließlich hatte er sie oft genug gesehen. Es war nicht einfach der blasse Teint von Menschen, die selten Sonne bekamen. Es sah eher so aus, als hätte jemand zum Pinsel gegriffen und alle Gefühle – Verzweiflung, Verlassenheit, was auch immer – mit einem kränklichen Grauweiß zu übertünchen versucht. Das blasse Gesicht, das soeben im Pub aufgetaucht war, wirkte durch die schwarze Kleidung noch blasser: baumwollene Arbeitshose, Rollkragenpullover, Parka. Das dunkle Haar und die dunklen Augen verstärkten diesen Eindruck noch. Der Mann war groß, dünn, sah eigentlich gut aus, obwohl ihm die Trauer über neunzehn verlorene Jahre ins Gesicht geschrieben stand.

»Hallo, Sam«, sagte Macalvie.

»Ich habe schon überlegt, wem das Auto gehört. Hätte ich mir ja eigentlich denken können.«

Freddie kam aus einem Hinterzimmer geschossen, als hätte ihr eine Antenne endlich einen willkommenen Besucher gemeldet. »Sammy!« Sie warf sich ihm so stürmisch an die Brust, dass Jury sich darüber wunderte, keine Knochen splittern zu hören. Sie trat einen Schritt zurück und fragte: »Wie geht's denn so, Sammy?«

»Gut, Freddie. Ich warte nur, dass die Luft hier rein ist.«

Macalvie grinste. »Ich weiß. Hab schon dafür gesorgt. Setzen Sie sich, Sammy.« Er schob ihm mit dem Fuß einen Stuhl zu. Und als wäre er mit Freddie ein Herz und eine Seele, sagte er zu ihr: »Bring dem Mann einen Cider und leg Elvis auf. Aber nicht den ›Jailhouse Rock‹, okay? Sonst breche ich dir alle Knochen. Wo haben Sie gesteckt, Sam? Sie sind doch schon vor vier Tagen entlassen worden.«

»Sind Sie hinter mir her, Inspector? Aber diese Anrede tut es ja wohl nicht mehr. Sie dürften inzwischen Chief Constable sein, oder?«

»Fast. Noch bin ich Commander. Oder Chief Superintendent. Aber erzählen Sie mal, was haben Sie denn die ganze Zeit getrieben?«

»Mir Dartmoor angesehen. In einer alten Zinnmine oder in den Felsen übernachtet. Ich mag das Moor. Dieser aufsteigende Nebel, in dem die ganze gottverdammte Welt verschwindet. Sind Sie schon mal oben auf dem Hundefelsen gewesen? Wirklich schön. An klaren Tagen kann man Exeter und das ganze Polizeipräsidium sehen. Warum geben Sie nicht auf, Macalvie?«

»Kürzlich mal in die Zeitung geguckt, Sam?«

Sam Waterhouse rutschte auf seinem Stuhl hin und her und trank fast das halbe Glas aus. »Klar. In ganz Dartmoor ist kein Entkommen vor den Zeitungsjungen des *Telegraph*.«

»Dann wissen Sie Bescheid«, sagte Macalvie.

»Ja, ich habe Zeitung gelesen. In Dorchester ist ein Junge umgebracht worden. Aber was hat das mit mir zu tun?«

»Und ein zweiter in Wynchcoombe. Das hat noch nicht in der Zeitung gestanden. Ich frage ja nicht nach Ihrem Alibi.«

»Wonach fragen Sie dann?«

Macalvie sagte kopfschüttelnd: »Ich weiß es auch nicht genau.«

Jury staunte. Das von Macalvie.

Sam Waterhouse nahm sich eine von Jurys Zigaretten. Er hatte die raue Stimme eines starken Rauchers. Kein Wunder, nach neunzehn Jahren in Princetown.

Sam schüttelte den Kopf: »Sie wollen den Fall also immer noch aufklären.«

»Ein dunkler Fleck in meiner Karriere.« Macalvie lächelte nun nicht mehr. »Übrigens sitzen Sie neben einem Kriminaler von Scotland Yard.«

»Richard Jury«, sagte dieser, Macalvies etwas knappe Vorstellung ergänzend. Er schüttelte Sam Waterhouse die Hand.

»Sie beackern doch nicht etwa das Revier unseres gemeinsamen Freundes Macalvie? Achtung, Minen, kann ich da nur sagen.«

»Jury bearbeitet den Fall in Dorchester. Der allerdings zieht seine Kreise ganz unerwarteterweise bis nach Devon.«

»Ihr Pech. Aber weder der eine noch der andere Fall hat auch nur das Geringste mit mir zu tun.«

»Hat das einer von uns behauptet?«

»Ist doch klar, dass ich es so verstehen muss. Ich spaziere bei Freddie rein, und wer lauert mir auf? Sie.« Er beugte sich vor. »Macalvie, ist Ihnen nie der Gedanke gekommen, dass ich nichts weiter möchte, als Rose Mulvanney vergessen?«

»Ist mir tatsächlich schon mal durch den Kopf geschossen.

Was ist eigentlich mit dem anderen ›Freund‹, den sie damals hatte?«

»Ich möchte nicht darüber sprechen.«

»Hat sie nie einen Namen genannt?«

Sam Waterhouse verzog gequält das Gesicht. »Mein Gott, dann wäre ich doch wohl schon längst damit herausgerückt. Ich habe ihr Tagebuch gelesen, ich habe ihren Schreibtisch durchsucht. Und was habe ich gefunden? Einen lumpigen verwackelten Schnappschuss von irgendeinem Mann. Ich habe sie gefragt, wer das ist, und sie hat gesagt, ihr Onkel.«

»Wir haben nichts dergleichen gefunden. Der gute Onkel muss Tagebuch, Fotos und Papiere weggeschafft haben.«

Sams Augen funkelten zornig. »Das haben wir doch schon tausendmal durchgekaut.« Er schaute wie der ewige Verlierer. »Du liebe Zeit, gab's denn in Devon in den letzten neunzehn Jahren keine anderen Mordfälle, die Sie mit dem Fall Mulvanney in Verbindung bringen können?« Macalvie schüttelte den Kopf. »Aber warum gerade diesen hier?«

»Rache, Sam. Zumindest behaupten das die Zeitungen –«

Sam Waterhouse sagte kopfschüttelnd: »Ich weiß nicht, wovon Sie reden. Sie haben es mit einem Geisteskranken zu tun –«

»Auf jeden Fall scheint es mir einen Zusammenhang zwischen den Morden zu geben.«

Freddie brachte einen dampfenden Teller mit Hammelfleisch, Salzkartoffeln und Gemüse herein. Sie stellte ihn vor Sam Waterhouse hin und bedachte Macalvie mit einem bösen Blick, so als sei er der Gefängniskoch. Sam machte sich über das Essen her.

Macalvie ließ nicht locker. »Sie haben sich also vier Tage lang im Moor rumgetrieben. Warum?«

»Weil ich neunzehn Jahre im Knast verbracht habe und

ein wenig Weite um mich haben wollte. Sowie ich fertig bin, können Sie mir die Handschellen anlegen. Ich leiste keinen Widerstand, Commander.«

»Ich wollte Sie eigentlich gar nicht verhaften. Haben Sie vor, hierzubleiben?«

»Schon möglich. Freddie ist wie eine Mutter zu mir.«

Macalvie tat erstaunt. »Eine Mutter? Man kann sie doch kaum eine Frau nennen. Ich wollte mich nur ein bisschen mit Ihnen unterhalten. Vielleicht können Sir mir ja helfen.«

Waterhouse lehnte sich zurück und lachte. Jury konnte sich ihn auf einmal als neunzehnjähriger Medizinstudenten vorstellen. »Ich und der Polizei von Devon und Cornwall helfen? Da gehe ich lieber gleich zurück in den Knast.« Sofort war die Jugendlichkeit wieder wie weggeblasen. »Selbst wenn ich helfen wollte, ich könnte es gar nicht. Ich weiß heute nicht mehr als damals. Und schon damals wusste ich nichts.«

»Wie können Sie sich da so sicher sein?«

Sam blickte von seinem Teller auf. »Was soll das heißen?«

»Sie könnten etwas wissen, was Sie nicht mit dem Mord an Rose in Verbindung gebracht haben, oder Sie wissen vielleicht etwas, wovon Sie keine Ahnung –«

»Ich hatte neunzehn Jahre Zeit, darüber nachzudenken. Für mich ist der Fall abgeschlossen.«

»Gehen Sie bitte davon aus, dass ich ihn gerade wieder aufgenommen habe.«

DRITTER TEIL

DIE STRANDPROMENADE

6

Angela Thornes Eltern hatten ihr untersagt, nach Einbruch der Dunkelheit noch draußen zu sein. Sie musste immer zur Teestunde zu Hause sein, durfte nicht am Cobb spazieren gehen und bei auflaufender Flut nicht am Kiesstrand spielen. Im Moment tat sie alles, was man ihr verboten hatte, und nur ihr Hund Mickey leistete ihr Gesellschaft.

Es war um fünf Uhr dunkel geworden, und zwei Stunden später war sie immer noch draußen. Eine Zeit lang war sie ziellos durch die gepflegten Gartenanlagen oberhalb der Strandpromenade gebummelt. Dann war sie eine halbe Stunde die kleinen Treppen entlang der Promenade rauf- und runtergelaufen, immer im Wettlauf mit der Flut in Richtung Strandmauer.

Und jetzt setzte sie sich über ein weiteres Verbot hinweg: Sie ging am dunklen Mündungsarm des Cobb entlang, der den kleinen Fischerbooten, die draußen auf dem Wasser im Winde knarrten, einen sicheren Hafen bot.

Mickey, der Terrier, lief schnaufend hinter ihr her. Er war zu fett, weil Angela ihn dauernd mit Bissen von ihrem Teller fütterte, eklige Sachen wie Steckrübengemüse oder Blutpudding oder Rochen, bei dem sie immer an die gestutzten Flügel eines großen Vogels denken musste. Eigentlich sollte Mickey nur Trockenfutter bekommen. Er war alt, und ihre Eltern befürchteten, er würde an Herzverfettung eingehen.

Sie hatte ihre Eltern satt und hasste die Schule. Es gab eigentlich kaum etwas, das sie nicht hasste. Vielleicht lag das daran, dass sie hässlich war, einen langen Zopf hatte und eine Hornbrille tragen musste. Niemand in der Schule hatte so dicke Gläser wie sie. Ihre Klassenkameradinnen machten sich andauernd über sie lustig.

Weit draußen am Cobb drehte sich Angela um und betrachtete die Lichter der Strandpromenade von Lyme Regis. So aus der Ferne und vor allem am Abend hatte sie Lyme noch nie gesehen. Das geradezu unwirkliche Licht gefiel ihr. Die kleine Stadt schien über der Schwärze des Meeres zu schweben.

Wie schön wäre es, einfach hineinzufallen und zu ertrinken. Denn auch von Lyme hatte Angela mehr als genug.

Mickey trappelte auf den Steinen hinter ihr her, als Angela weiterging. Mickey mochte das Meer. Bei Ebbe riss er sich gern von ihr los, ließ sich wie ein weißes Stück Stoff vom Wind treiben und jagte die Schaumkronen, als wäre er zum ersten Mal von der Leine los. Es machte ihm einen Heidenspaß.

*

SIE LEGTE IHR CAPE AB und deckte das kleine Mädchen damit zu. Lieber frieren, als das blutgetränkte Kleidchen der Toten auf den schwarzen Felsen sehen müssen. Der kleine Hund kam angerannt, beschnüffelte erst das Cape, dann Molly. Er schien vollkommen durcheinander zu sein.

Molly Singer stand auf den hochaufgetürmten Felsen am Ende des Cobb und fühlte sich der Realität entrückt, kam sich vor wie eine Gestalt aus einem Traum, die nach unten blickte, wie eine Unbeteiligte, wie das spähende Auge irgendeines Gottes.

Meer und Himmel gingen nahtlos ineinander über, der

Horizont war nicht auszumachen. Der Mond schien aus Kalk zu sein, der Himmel war sternklar. Weit in der Ferne funkelten die Lichter der Strandpromenade.

Der Hund rannte immer noch hin und her. Es musste etwas geschehen. Vor ihrem inneren Auge sah Molly das kleine Mädchen mit seinem Hund am Cobb entlangspazieren, zwei dunkle Silhouetten vor der noch dunkleren Strandmauer.

Der Hund musste zurück ans Ufer. Sie fror, aber wenigstens musste sie jetzt nicht mehr die Leiche sehen.

Den Hund fest an sich gedrückt, kletterte sie über die Felsen zur Strandmauer zurück. Am Hundehalsband hing ein Anhänger mit Adresse.

Sie fand Cobble Cottage und setzte den Hund hinter dem Gartenzaun ab.

Molly stand auf der verlassenen Strandpromenade vor dem Cottage, das sie gemietet hatte. Ans Geländer gelehnt, das die Flut mit Girlanden aus Tang geschmückt hatte, vergaß sie die Kälte. Die hölzernen Buhnen am Kiesstrand hielten den Sand fest. Könnte man doch im Kopf auch solche Schutzwälle errichten!

Sie ließ ihren Blick den Cobb entlang und zu den Felsen hinüberschweifen, von denen sie gekommen war.

Eine Zeile von Jane Austen schoss ihr durch den Kopf: *Die jungen Leute brannten darauf, Lyme kennen zu lernen.*

7

Es mochte bereits elf Uhr gewesen sein, doch der Wirt vom »Weißen Löwen« hatte seine eigene Lösung für die Sperrstunde. Er lächelte mit verständnisinnigem Blick und öffnete die Bar wieder, nachdem Jury und Wiggins sich Zimmer genommen hatten. »Zutritt nur für Sondergäste«, sagte er.

Wiggins ging gleich zu Bett, wohl um die grässlichen Auswirkungen der Seeluft zu kurieren. Das Wetter hatte Jury und Wiggins auf dem Rückweg von Wynchcoombe einen Strich durch die Rechnung gemacht und sie zu diesem Zwischenstop gezwungen. Regen und Schneeregen hatten sich in Hagel verwandelt, und bei jedem steingroßen Hagelkorn, das auf die Windschutzscheibe prallte, war Wiggins ins Schleudern geraten. Wiggins fühlte sich durch das Wetter grundsätzlich persönlich angegriffen: Der Frühling brachte Allergien, der Herbst düstere Prognosen von Lungenentzündung, der Winter (die mörderischste Jahreszeit) Erkältungen, Fieber und Grippe. Als sie die Dorchester Road entlangfuhren, wusste Jury genau, dass Wiggins wieder über seinen Gesundheitszustand nachdachte. Aber bevor er Jury darüber aufklären konnte, welche Krankheit ihn nun wieder plagte – wenn es um körperliche Beschwerden ging, machte er aus seinem Herzen grundsätzlich keine Mördergrube –, zeigte Jury auf die Abfahrt Lyme Regis.

Doch dem Meer konnte Wiggins auch nicht viel abgewinnen.

Jury holte sich sein Bier, fragte nach dem Telefon, rief die Polizeiwache in Wynchcoombe an und teilte mit, wo er war. Auf dem Rückweg zur Bar bemerkte er eine magere, ältere Frau mit Schlapphut, die vor einem Fernseher saß, der genauso altmodisch aussah wie sie.

Jury war dabei, Zehn-Pence-Stücke in einen einarmigen Banditen zu stecken, als sie hinter ihm vorbeikam und sagte: »In das Ding können Sie die ganze Nacht lang Geld stecken, aber rauskommen wird nichts. Da wurde dran rumgebastelt.«

Sie klopfte auf die Theke, um den Wirt auf sich aufmerksam zu machen und zu bestellen.

»Danke für den Tipp«, sagte Jury lächelnd. »Darf ich Sie zu einem Bierchen einladen?«

»Aber gern.«

Der Wirt tauchte aus einem Hinterzimmer auf und schien nicht überrascht, sie hier zu sehen.

»Sie wohnen also hier?«, fragte Jury.

»Ab und an.« Sie trug eine Brille, an der mit kleinen Scharnieren Sonnengläser befestigt waren. Dass sie im schummrigen Licht der Bar eine Sonnenbrille trug, wunderte Jury. Sie klappte die Gläser hoch und blinzelte Jury an, als sei er es, der sie blende. »Wie heißen Sie?«

»Richard Jury.«

Sie klappte die braun getönten Gläser wieder herunter. »Hazel Wing«, sagte sie. Der Wirt hatte Hazel Wing bereits ein Glas Guinness gezapft. Jury spendierte ihm auch eins.

Hazel Wing hob das Glas und sagte: »Darauf, dass wir wieder einen geschafft haben.«

»Einen was?«, fragte Jury.

»Einen Tag.« Schwupps, klappte sie die Sonnengläser wieder hoch und blinzelte ihn an. Sie wollte sich wohl vergewissern, ob er nicht etwa unterbelichtet sei.

»Darauf trinke ich mit.«

»Verzeihen Sie die unverschämte Frage, aber was treiben Sie denn so?«

»Ich bin Polizist.«

Das brachte sie nicht im Geringsten aus der Fassung. Sie sagte: »Ach. Hatte ich mir fast gedacht.«

»Wieso? Sehe ich so aus?«

»Nein. Viel besser. Sie sind wohl wegen des kleinen Mädchens da.«

Es lief ihm kalt über den Rücken. »Was meinen Sie damit?«

»Das Mädchen, das verschwunden ist. Ich kenne sie nicht. Ist noch jung. Ganz Lyme spielt verrückt. Sie wissen schon. Nach dem Jungen in Dorchester.« Hazel Wing schien zwar ihre Gefühle ebenso abzuhacken wie ihre Sätze, aber hier schauderte es sie sichtlich. »Kinder. Eltern lassen sie nicht mehr aus dem Haus. Dorchester ist nicht weit.«

Und Wynchcoombe auch nicht. »Entschuldigen Sie.« Jury stellte sein Bierglas hin und ging erneut zum Telefon.

Er starrte auf das Telefon im Empfangsraum des Hotels und schwieg. Constable Green von der Polizeiwache in Lyme fragte nach, ob Jury auch alles mitbekommen habe. »Ja. Und nichts anfassen.« Er legte auf.

»Schlechte Nachrichten«, sagte Hazel Wing, und das war eher eine Feststellung als eine Frage.

»Wie kommt man am schnellsten zum ›Schönen Cobb‹?«

»Zu Fuß oder mit dem Auto?«

»Was schneller ist.«

Hazel Wing taxierte Jurys hohen Wuchs von einsfünfundachtzig: Der war sicher gut zu Fuß. »Den Berg runter, dann rechts ab und die Strandpromenade entlang. Das Pub liegt genau am anderen Ende. Zehn Minuten. Wenn Sie die Beine in die Hand nehmen.«

»Danke«, sagte er.

»Viel Glück«, sagte sie wenig überzeugend. Glück war eben reine Glückssache.

*

Das kleine Mädchen lag unter dem Cape, als hätte man es wie einen kleinen Sack in eine Felsspalte gestopft.

»Halten Sie die Taschenlampe bitte dorthin.« Jury ging in die Knie und zupfte ihr den Tang von der eisigen Wange. Natürlich hätte er sie nicht anfassen dürfen, ehe der Arzt oder die Spurensicherung da waren, aber er konnte nicht anders, er musste das Zeugs entfernen. Blasentang. Den kannte er von einem anderen Städtchen am Meer, aber damals war er noch ein Kind gewesen. Eine Welle klatschte an die Felsen und Gischt sprühte ihnen ins Gesicht. Auf den nassen Felsen konnte man schnell den Halt verlieren.

»Ob sie wohl so weit rausgegangen ist, um den Hund zu holen, und dann von der Flut abgeschnitten wurde –?«, fragte Constable Green mit Hoffnung in der Stimme.

»Nein«, sagte Jury. »Es war ein Messer.«

*

AUF DER WACHE VON LYME REGIS wartete Chief Superintendent Macalvie seit einer Viertelstunde, und die Minuten waren vertickt wie der Zeitzünder an einer Bombe.

Während Green von dem anonymen Telefonanruf berichtete und erzählte, wie man die Leiche gefunden hatte, kippelte Macalvie mit dem Stuhl und lutschte ein Drops. »Und wo ist die Leiche jetzt?«

»Im Krankenhaus«, sagte Green. »Wir haben unseren Arzt hier –«

»Hat er sie gesehen, bevor man sie weggebracht hat?«

»Ja«, sagte Green einsilbig.

»Und diese Frau, diese Molly Singer –« Macalvie erwartete, dass er hier mit weiteren Erklärungen einhaken würde, aber Green sagte nichts, und so redete er weiter. »Wenn ich Sie richtig verstanden habe, haben Sie herausgefunden, dass das Cape der Singer gehört. Sie haben den Verdacht, dass sie den Köter zum Cottage der Thornes gebracht hat, und vermuten, dass sie die Anruferin war. Und trotzdem haben Sie sie nicht herbestellt, damit wir sie befragen können.«

»Wir sind zu ihrem Cottage gegangen, Sir.« Green blickte von Jury zu Macalvie, offensichtlich unsicher darüber, wer hier das Sagen hatte: Dorset, Devon oder etwa Scotland Yard? »Sie kennen Molly Singer nicht, Sir –«

»Na Kunststück, Green. Sie ist ja nicht hier, oder?« Macalvie sagte zu Wiggins, den man gegen zwei Uhr früh unter seinem Federbett hervorgezerrt hatte: »Geben Sie mir mal eins von Ihren Fisherman-Dingern.«

Wiggins gehorchte. Da er sich auf keinen Fall den Tod holen wollte, hatte er sich einen Stuhl an den Heizstab gezogen und die Füße neben der großen tigerfarbenen Katze abgestellt, die sich dort genüsslich zusammengerollt hatte.

Macalvie sagte: »Denn wenn sie daheim gewesen wäre, hätten wir drei nett miteinander plaudern und herausbekommen können, was sie verdammt noch mal heute Abend am Ende des Cobb zu suchen hatte.«

Constable Green verzog keine Miene und erwiderte: »Die Singer wohnt seit ungefähr einem Jahr in dem Cottage an der Strandpromenade. Niemand in Lyme kennt sie richtig. Sie macht nie mal ein Pläuschchen mit den Nachbarn. Sie ist nicht freundlich. Sie geht nicht aus, ich sehe sie nur manchmal abends, wenn ich Streife gehe. Man könnte sie als exzentrisch bezeichnen –«

Jury unterbrach ihn. »Nach dem, was Sie mir vorhin erzählt haben, hat sie vielleicht eine Phobie.«

»Darüber weiß ich nichts.« Green war erleichtert, als er sich an Jury wenden konnte: »Ich habe sie ein paar Mal gesehen, wenn ich Streife ging. Ich kenne das Cape. Aber ein Phantombild von ihr könnte ich nicht anfertigen. Man bekommt ihr Gesicht eigentlich nie zu sehen.«

Macalvies Stuhl knallte zu Boden. »Ich fasse es nicht, Green. Ich kann es einfach nicht fassen – eine Person, die Sie für eine Augenzeugin halten, die sogar die Hauptverdächtige sein könnte –«

»Das haben Sie gesagt«, warf Green alarmiert ein. »Sie will einfach nichts mit der Polizei zu tun haben.«

Macalvie sah Green an und schüttelte den Kopf. Er beugte sich über den Schreibtisch des Wachtmeisters, und aus seinen blauen Augen sprühten Funken. »Wir reden hier über einen Mord, und alles, was Sie zu sagen haben, ist, dass die Hauptzeugin Kommunikationsprobleme hat.« Macalvie stand auf. »Los«, sagte er zu Jury und ging zur Tür. Er warf Wiggins über die Schulter einen Blick zu, denn der war mittlerweile in eine ähnliche Trägheit verfallen wie die orangefarbene Katze, die die Beine ausgestreckt hatte und vor dem glühenden Heizstab lag. Dass sie quer über den Füßen von Scotland Yard ruhte, schien sie überhaupt nicht zu stören.

»Wiggins«, sagte Macalvie, »wollen Sie hier Wurzeln schlagen, oder kommen Sie mit?«

»Finden Sie wirklich, dass wir zu dritt bei Molly Singer einrücken sollen?«, fragte Jury.

»Ja, warum denn nicht?«

»Und die Tür eintreten? Ist es das, was Sie vorhaben?« Jury zog sich den Mantel an. Macalvie hatte seinen erst gar nicht abgelegt. »Versuchen Sie es bei jemandem, der unter Agoraphobie leidet, mal mit der Einschüchterungsstrategie. Sie werden schon sehen, wie weit Sie damit kommen, Macalvie. Nein danke, ich gehe allein. Wir sind hier in Dorset, vergessen Sie das nicht. Nicht Ihr Revier; momentan ist es meins.«

Macalvie lutschte immer noch an seinem Fisherman's Friend. »Sie lassen den Chef raushängen? Na schön. Was dagegen, wenn ich mir auf eigene Faust die Thornes vorknöpfe? Den Papi und die Mami? Und da Sie als Einzelkämpfer losziehen wollen, hätten Sie was dagegen, mir Ihren Sergeanten auszuleihen?«

Er wartete gar nicht erst auf die Erlaubnis. Die Tür der Polizeiwache knallte hinter Macalvie und Wiggins zu.

8

UNTER EINER EXZENTRISCHEN FRAU stellte sich Jury so etwas wie Hazel Wing vor. Molly fiel trotz ihrer Kleider aus dem Second-Hand-Laden nicht in diese Kategorie. Sie trug einen formlosen Pullover und einen langen, ebenso formlosen Rock. Jury schätzte sie auf ungefähr Mitte Dreißig. Er hatte mit einer weitaus älteren Frau gerechnet.

Gemütlich war in diesem Zimmer nur das Kaminfeuer und eine dösende Katze. Es war ein typisches Ferienhaus, die Möbel zusammengewürfelt wie Strandgut von einem gesunkenen Schiff: Korbstühle, die nicht zusammenpassten, ein Schränkchen, in dem ein paar Flaschen mit Spirituosen standen, ein durchgesessenes Sofa, das die Katze mit Beschlag belegt hatte. Vor dem Fenster ein Allzwecktisch. Nichts als das Allernötigste.

Sie schien zu ahnen, was er dachte. »Im Sommer kostet das Haus ein Vermögen. Es liegt direkt an der Promenade, hat Meerblick, und der Besitzer kümmert sich darum, dass regelmäßig geputzt wird.«

»Kann ich mir vorstellen«, sagte Jury.

»Die Lampe musste ich selber kaufen –« Sie deutete mit dem Kopf auf eine kleine Lampe mit blauem Schirm, eine

Funzel, die ein wässrig-diffuses Licht abgab, das nicht einmal zum Lesen taugte. »Hoffentlich stört es Sie nicht, dass es bei mir so dunkel ist. Ich habe mich inzwischen daran gewöhnt.«

Jury sah ein paar Lyrikbände auf dem Tisch liegen und überlegte, ob ihre Bemerkung doppeldeutig war. Emily Dickinson. Robert Lowell.

»Mögen Sie Gedichte? ›Das Licht an dem Ende des Tunnels / Ist das Licht eines nahenden Zugs‹. Diese Zeilen von Lowell haben mir immer besonders gut gefallen.« Sie redete aus purer Nervosität. »Man könnte sagen, die Katze habe ich mitgemietet. Sie spaziert jeden Tag hier herein und belegt den besten Platz.« Die Katze lag so regungslos da, dass man sie mit einem schwarzen Kissen hätte verwechseln können. Sie klappte ihre Topasaugen auf, musterte Jury argwöhnisch und döste dann wieder ein. Molly Singers schwarzen Haare und ihre topasfarbenen Augen glichen denen der Katze.

Sie standen immer noch. Molly Singer spielte mit der Karte, die Jury unter der Tür durchgeschoben hatte. »Sie haben ganz schön was riskiert mit Ihrer Botschaft, oder? ›Welche neue Hölle mag das sein?‹« Sie lächelte verkrampft. »Wer hat das gesagt?«

»Dorothy Parker. Immer, wenn es an ihrer Wohnungstür klingelte.«

»Nehmen Sie bitte Platz.«

Die Katze blickte Jury böse an, als Molly Singer sie hochhob und in einem der kalten Korbstühle absetzte.

Sie bot Jury zu trinken an, und als er annahm, holte sie aus dem Schränkchen neben dem Sofa ein zweites Glas und eine zu drei Vierteln geleerte Flasche Whisky. Sie reichte ihm das Glas und schenkte sich selber nach.

Jury fühlte sich unbehaglich in diesem Raum, der schon so viele Gäste beherbergt hatte und voller Geister zu sein schien. Ein Holzscheit zerfiel, und die Funken sprühten, als rühre einer dieser Geister in der Asche.

»Es ist wegen des Capes, ja?«

Jury hatte nicht mit der Tür ins Haus fallen und gleich von Angela Thorne anfangen wollen. Er nickte. »Constable Green hat es erkannt.«

»Dann sitze ich wohl ganz schön in der Tinte, was?«

»Sie müssen doch gewusst haben, dass man durch das Cape auf Sie kommen würde. Warum haben Sie das gemacht?«

»Sie meinen, sie umgebracht?« Ihr Gleichmut war provokanter, als lautstarker Protest es gewesen wäre.

»Ich habe nicht behauptet, dass Sie Angela Thorne umgebracht haben. Kein Mörder wäre so dumm, ein solches Beweisstück zurückzulassen. Aber jetzt erzählen Sie mal der Reihe nach, was eigentlich passiert ist.«

»Ich bin so gegen zehn, halb elf am Cobb spazieren gegangen. Da habe ich einen Hund bellen hören. Es hörte sich schrecklich an, fürchterlich aufgeregt. Ich bin dem Gebell bis zu den Felsen gefolgt, und da habe ich sie gefunden. Den Hund konnte ich heil zurückbringen, Angela nicht«, sagte sie mit einem Anflug von Bitterkeit.

»Haben Sie sie gekannt?«

Molly schüttelte den Kopf. »Ich habe sie, glaube ich, ein-, zweimal gesehen. Eigentlich kenne ich niemanden hier.«

»Wie leben Sie denn?«

Ihr Lächeln wirkte genauso unglücklich wie ihr Lachen. »Mit verriegelter Tür, Superintendent.«

»Sie wohnen hier seit fast einem Jahr. Warum? Gefällt Ihnen das Meer so?«

»Nein. Bei Sturm kommen die Brecher über die Strandmauer, manchmal sogar bis an die Ferienhäuser. Sie werfen Tang, Steine, alles Mögliche an Land. Das sind Elementargewalten.«

»Dann haben Sie also die Leiche gefunden, sie mit Ihrem Cape zugedeckt und den Hund zum Cottage der Thornes gebracht. Ist das alles?«

»Ja.«

»Aber Sie haben sich, als Sie die Polizei anriefen, nicht zu erkennen gegeben. Warum?«

»Ich wollte wohl nicht hineingezogen werden.«

»Warum haben Sie dann Ihr Cape dagelassen? Sie müssen doch unheimlich gefroren haben.«

»Ich habe noch eins«, sagte sie schlicht, als sei dadurch alles erklärt.

»Wo haben Sie früher gewohnt?«

»London, mal hier, mal da. Keine feste Adresse. Keinen Job. Hatte aber etwas Geld zurückgelegt. Früher war ich Fotografin. Mein Arzt hat mir geraten, mir eine nette, kleine Stadt am Meer zu suchen. Ich habe Fotos von Lyme gemacht.«

Jury betrachtete die beiden schönen Fotos über dem Kamin: die Küste bei Lyme und die Strandpromenade mit ihren einsamen Spaziergängern.

Sie stand auf und ging zu den Fotos. »Nicht ansehen, bitte! Ich bin nicht mehr gut. Dieses Meer, dieses Meer – das sind Elementargewalten.« Ihr Glas war leer, sie ging zum Schrank und schenkte sich noch einen Doppelten ein. »Ich trinke zu viel, wie Sie sicher bemerkt haben«, sagte sie achselzuckend und ging wieder zum Kamin zurück. Ihr Gesicht glühte im Feuerschein, ihre eigenartig dunkelgoldenen Augen funkelten. Sie hatte geradezu etwas Dämonisches und kam Jury vor wie eine jener mythologischen Frauengestalten, vor denen man den unseligen Fremdling – ob Rittersmann oder

Bauerntölpel – immer wieder, doch stets vergeblich gewarnt hatte.

»Haben Sie die Zeitung gelesen?«, fragte Jury. Sie schüttelte den Kopf. »Wo waren Sie heute Abend?«

»Hier. Ich bin immer hier. Warum?«

»Weil in Wynchcoombe ein Junge ermordet wurde. Und vor zwei Tagen einer in Dorchester. Das mit Dorchester haben Sie nicht gewusst, oder?«

Mit glasigem Blick sagte sie: »Mein Gott, nein! Sie meinen, ein Massenmörder läuft hier in der Gegend frei herum?«

»Könnte sein. Also hören Sie, Sie müssen sich mit der Polizei unterhalten. Und da Sie nicht auf die Wache wollen, kommen Sie doch morgen Früh in den ›Weißen Löwen‹.« Er verstummte, sah sie an und legte sich alle möglichen billigen Ermunterungen zurecht. *Wird schon nicht so schlimm werden; Macalvie ist ein netter Kerl; es sind ja nur wir drei.* Alles erstunken und erlogen. Es würde mit Sicherheit schlimm werden. Macalvie war kein netter Kerl. Und für Molly Singer war es egal, ob sie sich mit nur drei Beamten oder dem gesamten Polizeiaufgebot von Dorset und Devon/Cornwall auseinandersetzen musste.

»Um neun?«, war alles, was sie sagte.

»Gut.«

Jury griff nach seinem Mantel, wobei er die Katze erneut aus dem Schlaf reißen musste, und Molly brachte ihn zur Tür. Sie hielt immer noch seine Karte in der Hand, hatte sie zweimal gefaltet, als handele es sich um eine Flaschenpost, die ihr Kunde vom Festland gab.

9

»George Thorne.« Macalvie saß im Speisesaal des »Weißen Löwen« und spießte kopfschüttelnd ein Würstchen auf. »Er und kein anderer. Zeuge der Staatsanwaltschaft.«

»Dann steht es nicht gut für Sam Waterhouse, wie?«

»Er war's nicht, Wiggins. Reichen Sie mir doch mal bitte die Butter.«

Sowohl Wiggins als auch Macalvie langten mächtig zu. Jury, dem schon beim Anblick von Würstchen und Schinken beinahe übel wurde, hatte nur Kaffee und Toast bestellt. »Aber wer hätte ein einleuchtenderes Motiv?«

»Es war jemand anders«, sagte Macalvie im Brustton der Überzeugung.

»Aber, Sir –« setzte Wiggins an, verstummte aber sofort, als er sah, wie Macalvie ihn anschaute.

»Sie beide haben etwas Entscheidendes vergessen. Es war nicht Sam Waterhouse, der das Kind gefunden und mit seinem Cape zugedeckt hat. Natürlich tobte Thorne und wollte Waterhouse an den Kragen, um sich zu rächen. Der Kerl sah aus, als wäre er gerade von den Toten auferstanden.« Macalvie machte sich über seinen Schinken her, wobei er der Kellnerin mit ihrem Fin-de-siècle-Look – schwarzes, hochgestecktes Haar, schlanke Figur, weiße Rüschenbluse, schwarzer Rock und Porzellanteint – nicht den ersten anerkennenden Blick zuwarf. »Gestern hat Angela ›Theater gemacht‹ – sagt ihre Mutter –, wollte nicht zur Schule, hat Magenschmerzen vorgetäuscht und war einfach unausstehlich. Ihre Lehrerin hat ausgesagt, sie habe sich geprügelt, weil die anderen Kinder sich über sie lustig gemacht haben. Sie haben sogar ein Lied auf sie gemacht. ›Angela Thorne, Angela Thorne, ach wär es nicht schön, du wärst niemals geboren!‹ Kinder sind wirklich reizend, was?«

»Es war nach ein Uhr, als Sie mit den Thornes gesprochen haben. Wann um alles in der Welt haben Sie sich denn dann noch die Lehrerin vorgeknöpft?« Macalvie gehörte offenbar zu der Sorte Polizist, die überhaupt keinen Schlaf brauchte.

»Hinterher. Ich kann Ihnen sagen, die Thornes sind ein harter Brocken. Bei der Lehrerin bin ich gegen drei Uhr gelandet –« Macalvies blaue Augen glitzerten – »Sie wissen schon, was ich damit sagen will ... Jedenfalls fand es Miss Elgin – Julie – nicht gerade erbaulich, dass die Polizei von Devon und Cornwall ihr die Bude einrannte, und sie nur im leichten Morgenmantel –«

»So wie Sie das erzählen, scheint es ja eine Massenvergewaltigung gewesen zu sein. Vielleicht liest uns jetzt Wiggins einfach mal seine Notizen vor.«

Wiggins ließ zwar nur ungern von seinem gekochten Ei ab, aber er legte brav den Löffel hin und zückte sein Notizbuch.

»Verdammt noch mal, stecken Sie das weg«, sagte Macalvie. »Ich weiß sehr wohl, wer was gesagt hat. Die Kinder haben sich also diesen albernen Vers ausgedacht, das ist doch in dem Alter völlig normal. Julie –«

Jury dachte, dass Macalvie sich offenbar recht schnell zum Du entschloss.

»... also, Julie hat gesagt, dass Angela sich mächtig über diesen Reim geärgert hat. Keins von den Kindern mochte Angela Thorne leiden. Wieso?« Macalvie beantwortete seine eigene Frage. »Weil sie mürrisch, launisch und potthässlich war, weil sie eine dicke Brille trug und dabei aber so gut in der Schule war, dass selbst ihren Lehrern die Lust verging. Julie zufolge wünschte die Direktorin nichts sehnlicher, als dass Angela ihre Mittlere Reife machte, und dann nichts wie weg mit ihr. Wirklich eine komische Geschichte.« Bei diesen Worten schwelgte Macalvie sichtlich in seinen übrigen Erinnerungen an diese letzte Nacht.

»Nicht besonders komisch für Angela. War diese Julie Elgin nicht ein bisschen betroffen darüber, dass Angela ermordet wurde?«

»Klar. Hatte das Herz in der Hose vor Angst, genau wie alle anderen auch. Die Nachricht hatte sich natürlich im Nu verbreitet. Um Mitternacht riefen schon Eltern bei Julie an, um ihre Kinder für den nächsten Schultag zu entschuldigen. Der zentrale Punkt ist jedenfalls, dass niemand Angela mochte, nicht mal ihre eigenen Eltern.«

Jury setzte seine Kaffeetasse ab. »Hat das ihre Lehrerin gesagt?«

»Nein. Und das brauchte sie auch nicht, oder?« Wieder beantwortete er seine rhetorische Frage selber. »Die Augen von Angelas Mutter waren rot gerändert, aber wohl eher vom Schnaps als von Tränen. George sorgte sich mehr um seine weiße Weste als um den Tod seiner Tochter, obwohl er das natürlich zu vertuschen versuchte – aber es war eindeutig zu durchschauen, er fühlte rein gar nichts –, und die ältere Schwester, die Familienschönheit, wollte mir weismachen, sie stünde unter Schock, was allerdings klang, als müsste sie diesen Schock mir zuliebe erst anschalten, könne aber die Elektroden nicht richtig anbringen. Mit anderen Worten, alle spielten Theater. Ich bat um ein Foto von Angela. Die Eltern sahen sich entgeistert an, und Carla – die Schwester – musste dann erst lange nach einem Foto suchen. Wirklich komisch. Von Carla, der Rose, der großbusigen Schönheit, standen massenweise Fotos auf dem Kaminsims. Von Angela nicht mal ein Schnappschuss.«

»Dann dürfte sie ein einsames kleines Mädchen gewesen

sein. Aber zurück zu Ihrer Theorie, wie sich alles abgespielt hat.«

»Der Hund, sage ich nur.« Macalvie sah zu, wie sich Jury eine Zigarette anzündete, als wollte der ihn mittels Hexenzauber dazu bringen, dass er nach der Packung griff.

»Hund? Katze? Macalvie, wenn Sie mir jetzt mit der schwarzen Katze von links kommen, mache ich genau das, worauf Sie aus sind – ich gehe.« Jury lächelte.

Macalvies hoffnungsfroher Blick erlosch sofort wieder, denn Jury machte keine Anstalten, sich zu erheben. Dann zuckte er die Achseln: Mochte er gehen oder bleiben, Macalvie war es einerlei. »Der Mörder muss irgendwas mit Lyme Regis zu tun haben. Woher zum Teufel wusste der Mörder oder die Mörderin, wo der Hund hingehörte?«

»Vielleicht vom Hundehalsband.«

Macalvie sah Jury gequält an. »Jury, ich bitte Sie. Sie glauben doch nicht im Ernst, dass jemand, der sich überhaupt nicht auskennt, mit einem Terrier auf dem Arm auf der Suche nach Cobble Cottage durch ganz Lyme spaziert ist! Nix da. Es muss sich entweder um einen Fremden handeln, der sich mit der Kleinen und dem Hund der armen Kleinen angefreundet hatte (aha, auch Macalvie hatte einen weichen Kern, dachte Jury) oder es war jemand aus Lyme, der die Gewohnheiten der Kleinen kannte.«

»Also, nach dem, was Sie sagen, hielt sich Angela Thorne normalerweise an die Verbote ihrer Eltern.«

Macalvie schob sich ungeduldig ein Drops in den Mund und lutschte eifrig, gierte dabei aber deutlich nach Jurys Zigaretten. Schließlich legte er das Bonbon in den Aschenbecher. »Möchte mal wissen, wie Kojak das ausgehalten hat. Vergessen wir nicht Angelas Gefühle in punkto Eltern, Schule und so weiter. Jemand hätte sich durchaus mit ihr anfreunden, dann in Lyme rumlungern und die Gelegenheit abpassen können. Was meinen Sie?«

»Ich meine, das ist vollkommener Quatsch.« Jury hätte gern gelacht, wenn Macalvie nicht so ernst ausgesehen hätte. Wehe dem, der Macalvies Theorie nicht beipflichtete.

»Aber warum?«

»Eines ist doch sonnenklar, und das übersehen Sie.«

Macalvie warf Wiggins einen verschwörerischen Blick zu, doch Jurys Sergeant ging darauf nicht ein, und so schaute er mit seinen blau funkelnden Augen wieder Jury an.

»Ich habe noch nie im Leben etwas Sonnenklares übersehen, Jury.«

»Na großartig. Sie meinen also, dass der Mörder von Angela auch der Mörder der beiden Jungs ist, ja?«

»Ich vermute es stark«, sagte Macalvie so vorsichtig, als hätte er das Gefühl, man wolle ihn in eine Falle locken.

»Dann müssten Sie aber davon ausgehen, dass der Mörder sich mit *allen* Opfern zuerst angefreundet hat. Das ist möglich, aber nicht sehr wahrscheinlich. Ich glaube nicht, dass hier wahllos und willkürlich gemordet wurde; aber ich glaube auch nicht, dass es der Mörder riskiert hat, sich mit diesen Kindern anzufreunden. Einfach deswegen, weil es ein viel zu großes Risiko gewesen wäre –«

»Stimmt. Vor allem ein Mann, der gerade aus dem Knast gekommen ist.«

Macalvies Theorie ging von einem einzigen Mörder aus. Und ausgerechnet jetzt betrat Molly den Speisesaal des »Weißen Löwen«.

*

ZWISCHEN MOLLY SINGER und Divisional Commander Macalvie entflammte nicht gerade eine Liebe auf den ersten Blick.

Ein Funkenflug wie bei einem bremsenden Eilzug, dachte Jury bei sich. Sie spürte Macalvies Feindseligkeit, noch ehe er den Mund aufmachte.

Jury bot ihr Frühstück an, während Macalvie sie mit einem Blick bedachte, der so kalt war, dass jedem der Appetit vergangen wäre. Aber ihr schien er sowieso schon vergangen zu sein. Sie bat um Kaffee.

Heute sah sie anders aus. Ihre Augen wirkten nicht mehr wie geschmolzenes Gold, sondern waren eher honigfarben. Das machte vielleicht das goldene Cape, das sie trug. Das dunkle Haar war zurückgekämmt, doch hatte ihr der Regen oder vielleicht die Gischt ein paar kurze Strähnchen ins Gesicht geklatscht.

»Ich wollte mit Ihnen ein wenig über gestern Abend plaudern«, sagte Macalvie. »Wie Sie mit der Situation umgegangen sind, das gibt schon zu denken.«

»Ja, mag sein. Ich habe sicherlich nicht klar gedacht –«

»Sie haben die Panik bekommen, was?« Sein Ton war fast freundlich.

»Panik. Ja, so könnte man wohl sagen.«

»Und deswegen haben Sie das Mädchen mit Ihrem Cape zugedeckt?«

Sie nickte und wandte den Blick ab.

»Nicht, weil Sie die Leiche verstecken wollten«, sagte Macalvie in sachlichem Ton.

Sie schaute ihn kurz an. »Also, ich bitte Sie! Wenn ich sie umgebracht hätte, hätte ich ganz sicher nicht mein Cape dagelassen und damit die Polizei auf meine Fährte gelockt.«

Macalvie sagte achselzuckend: »Sie sind nicht die einzige in Lyme und Umgebung, die ein Cape besitzt.«

»Glauben Sie etwa, das hätte ich riskiert?«

»Weiß ich nicht. Kennen Sie die Thornes?«

Sie schüttelte den Kopf und schaute in ihre Kaffeetasse, die ihr die Kellnerin gebracht hatte, trank aber keinen Schluck.

»Woher wussten Sie, wo der Hund hingehört?«

»Der Hausname stand auf dem Anhänger am Hundehalsband.«

»In Dorchester gibt es ein Pub, ›Der Ständebaum‹ mit Namen. Schon mal da gewesen?«

»Nein. Ich bin kein Kneipengänger.«

»Dann trinken Sie keinen Alkohol?«

»Ganz im Gegenteil. Ich trinke viel. Aber allein.« Wiggins, der Molly Singer bereits als eine von den Ungerechtigkeiten des Lebens gebeutelte Kreatur ins Herz geschlossen hatte, sah betrübt aus. Jury befürchtete schon, er werde sie allesamt zu einem Zug durch die Gemeinde auffordern.

»Wie Sie bereits wissen dürften«, fuhr Molly fort.

Macalvie machte runde Katzenaugen. »Woher denn?«

Sie sah Jury an. »Hat Ihnen der Superintendent das etwa nicht erzählt? Mit Sicherheit haben Sie doch sogar schon die Müllabfuhr ausgequetscht.«

Macalvie lachte. »Ganz schön schlau«, sagte er ironisch. »Wo waren Sie gestern Früh? Sagen wir, so gegen sechs?«

»In meinem Cottage. Ich habe geschlafen. Wieso?«

»Und wo am Nachmittag des zehnten?«

»In meinem Cottage. Oder ich bin spazieren gegangen, am Cobb.«

»Wie gestern Abend?«

»Ja.«

»Hat Sie jemand gesehen?«

»Wahrscheinlich nicht.«

»Sie gehen nicht viel aus.«

»Nein.«

»Sie haben keinen Besuch?«

»Nein.«

»Ein merkwürdiges Leben.«

»Ich leide unter Agoraphobie.« Der Ansatz eines verlegenen Lächelns auf ihrem Gesicht verschwand, als Macalvie mit der Faust auf den Tisch schlug.

»Ich scheiße auf Ihre Phobien. Wenn Sie in psychiatrischer Behandlung waren, dann beantrage ich eben bei Gericht Einsicht in Ihre Krankenakte. Sie gehen nicht aus, Sie haben keinen Besuch, aber –« Macalvie zeigte auf die Straße – »was ist mit dem netten kleinen Lamborghini da in der Kurzzeitparkzone am Meer, der vor drei Jahren zugelassen wurde und schon über sechzigtausend auf dem Tacho hat? Wenn Sie nicht in der Gegend rumkommen! Mit dem Auto könnten Sie die Strecke nach Dorchester und zurück in knapp einer Stunde zurücklegen, und in zwei Stunden wären Sie in Wynchcoombe, jede Wette, vorausgesetzt, Ihnen kommt kein Polyp in die Quere. Wozu braucht eine kleine Stubenhockerin wie Sie einen Lamborghini?«

Molly Singer stand gemächlich auf. »Ich denke, ich habe alle Ihre Fragen beantwortet.«

»Nein, das haben Sie nicht. Setzen Sie sich.«

»Wollen Sie nicht lieber Ihr Frühstück beenden?« Und ehe jemand sie daran hindern konnte, hob sie den Tisch an, Teller, Essen und Besteck rutschten hinab, klirrten ineinander und landeten größtenteils auf Macalvies Schoß. Dann ging sie.

»Mein Gott! Was für ein Temperament!« Der fleckige Anzug und das Durcheinander von Tassen, Bücklingen und zerbrochenem Geschirr schien Macalvie perverserweise Spaß zu bereiten.

Selbst das Porzellangesicht der Kellnerin in Schwarz und Weiß bewegte sich ein wenig.

*

Lyme Regis war ein hübsches kleines Küstenstädtchen. Vor zwei Jahrhunderten hatte Jane Austen so für Lyme geschwärmt, dass sich dort, wo die Strandpromenade in eine schmale Straße mündete, eine hübsche Boutique befand, die sich »Überredungskunst« nannte, wie ihr Roman. Na ja, dachte Jury, wenn in Stratford-on-Avon Shakespeare auf jedem Zuckerstückchen abgebildet ist – warum nicht.

Macalvie kam ein Stück weiter unten an der Straße aus dem Zeitungsgeschäft, dort, wo die Broad Street und die Silver Street mit ihren Cafés, Gemüsegeschäften, einer Drogerie und Banken zusammenliefen und aufs Meer zugingen. Wiggins hatten sie im »Weißen Löwen« zurückgelassen; er sollte sich um die Scherben kümmern.

Als Macalvie ins Freie trat, brauste ein Mini die schmale Straße entlang. Er trug die Zulassungsnummer in sein Notizbuch ein. Für Macalvie machte auch Kleinvieh Mist, Hauptsache, ihm ging ein Übeltäter ins Netz.

Er klappte das Notizbuch zu und sagte: »Fehlanzeige. Sie kennt Angela, weil Angela immer bei ihr rumhing und *Chips and Whizzer* las, ohne die Zeitschrift zu kaufen. Die Alte da drinnen konnte sie nicht ausstehen. Gestern Abend hat sie Angela so gegen sechs vor die Tür gesetzt. Sie hat etwas später zugemacht als sonst.«

Macalvie drehte einen Ständer mit Postkarten und zog eine heraus, eine Ansicht von der Stelle, an der sie jetzt standen. Er schob sich einen Kaugummi in den Mund und sagte: »Sie sind ein Kümmerer, was?«

Jury sah Macalvie an, der seinerseits stirnrunzelnd die Ansichtskarte betrachtete. »Was wollen Sie damit sagen?«

Macalvie hob die Schultern. »Ein Kümmerer ist die Sorte Polizist, die auf die Schwachen aufpasst. Wehrlose Frauen und so.«

Jury lachte. »Sie sehen sich zu viele amerikanische Filme an, Macalvie.«

Macalvie war keineswegs gekränkt. »Nein, im Ernst.«

Und ernst sah er aus, während er die Ansichtskarte mit der Wirklichkeit verglich. Man hätte ihn für einen Künstler halten können, der Licht und Einfallswinkel prüfte. »Ich wüsste zu gern, was sie in Lyme will«, sagte er zusammenhanglos.

»Molly Singer?«

Macalvie schüttelte den Kopf. »Sie ist nicht Molly Singer. Sie ist Mary Mulvanney.«

Macalvie schob die Karte zurück in den Ständer und marschierte die Straße hoch.

VIERTER TEIL

DAS GEMETZEL VOM VALENTINSTAG

10

Lady Jessica Mary Allan-Ashcrofts Blick wanderte von einem leeren Feld auf dem Küchenkalender zum nächsten. Als sie sich, den schwarzen Wachsmalstift in der Hand, auf die Zehenspitzen stellte, reichte sie so eben an den Freitag heran: 14. Februar. Sie malte ein Riesen-X in das Feld, wobei ihr klar war, dass sie mogelte, denn es war erst Teezeit, und der grässliche Tag war noch nicht zu Ende. Wieder ein leerer Tag, so leer wie das Kalenderfeld. Jetzt standen schon fünf X in einer Reihe. Auf dem Foto darüber waren die typischen grasenden Dartmoor-Ponys zu sehen. Sie sah sich das Foto für den Monat März an: die mächtige Felsformation des Vixen Tor und einige unbeirrbare Wanderer beim Aufstieg. Liefen sich für so ein paar alberne Steine die Hacken ab.

Erst letzten August hatte sie mit Onkel Robert einen Ausflug gemacht und dabei an einem dieser Sammelpunkte für Touristen jede Menge Leute mit Rucksäcken gesehen, gestiefelt und gespornt und von Kopf bis Fuß gerüstet, um einen dieser Tors in Dartmoor zu bezwingen. Jessie und ihr Onkel waren bei offenem Verdeck mit seinem Zimmer umhergefahren, und sie hatte es einfach zu blöd gefunden, dass die zu Fuß gingen, wo man doch fahren konnte. Als sie das ihrem Onkel sagte, hatte er schallend gelacht.

»Iss auf, Schätzchen«, sagte Mrs. Mulchop. Mulchop, ihr Mann, war der Hausmeister und arbeitete gelegentlich auch als Butler, sah jedoch weder nach dem einen noch nach dem anderen aus. Jetzt saß er in der Küche und aß irgendwelche zusammengewürfelten Reste.

Mrs. Mulchop verschob über der riesigen Feuerstelle in der riesigen Küche in dem riesigen Haus auf dem riesigen Anwesen einen Topf.

Jessies Gedanken streiften wie ein Regenschleier über diese Riesengröße, das Herrenhaus von Ashcroft und das ganze Anwesen. »Es ist zu groß«, sagte sie und starrte auf den Spiegelei-Toast auf ihrem Teller. Sie ekelte sich vor dem gelben Auge, das zurückstarrte.

»Dein Ei, Schätzchen?«

»Nein. Das Haus. Ich bin so allein.« Jessie stützte das Kinn in die Hand.

Mrs. Mulchop richtete kopfschüttelnd den Blick gen Himmel. Ihr war nicht klar, dass sich unter dieser Melodramatik ein wirkliches Herzensdrama abspielte. »Du bist acht Jahre alt und kein Kleinkind mehr. Dein Onkel wäre bestimmt sehr böse, wenn er dieses Selbstmitleid sehen würde.«

Jessie war entgeistert. Wie konnte jemand auf die Idee kommen, Onkel Robert könnte böse auf Jessie sein? »Nein! Der versteht mich.« Jessie spürte, wie ihr die Tränen in die Augen stiegen. Echte Tränen, mit denen sie nicht umzugehen wusste.

»Kind, dein Onkel ist doch nur ein paar Tage weg. Kein Grund, sich deswegen Sorgen zu machen –«

»Vier Tage! Viereinhalb! Da, sehen Sie –« Jessie schob mit einem Scharren ihren Stuhl zurück und marschierte zum Kalender. »Er hat mir keine Nachricht dagelassen. Und ein Geschenk zum Valentinstag auch nicht.« Sie ging zu ihrem Stuhl zurück, als hätte diese unverbindliche Tatsache sämtliche Theorien über ein logisch funktionierendes Universum widerlegt. Doch ihre Sorgen waren stärker als jede Entrüstung.

»Wahrscheinlich ist er in London und nimmt wieder mal eine Gouvernante für dich unter die Lupe.« Mrs. Mulchop schaute zu ihrem Mann hinüber, der sein Gesicht jedoch so tief in die Schüssel gesteckt hatte, dass er ihren Blick nicht erwidern konnte.

Jessie hörte die Spitze in dem »wieder mal«. Sie verschliss Gouvernanten wie andere Leute Strümpfe.

»Und allein bist du auch nicht. Du hast mich, Mulchop, Miss Gray und Sharon.«

Die Schauerliche Sharon, Miss Plunkett, die derzeitige Gouvernante. Die keine richtige war. Eher eine Aufseherin, für die sich Onkel Rob entschieden hatte, nachdem er die Kopflose Karla entlassen musste, die zwar einfach brillant Mathematik unterrichten konnte, aber ständig Schlüssel und Brillen verlegte. Und auf einem Spaziergang im Moor war ihr eines Tages auch Jessie abhandengekommen, obwohl es bei der nachfolgenden Auseinandersetzung mit Robert Ashcroft unklar blieb, wer da wen verloren hatte.

Heerscharen von Gouvernanten. Wie saßen sie beim Vorstellungsgespräch doch bieder und brav da. Onkel Rob befragte sie eingehend zu ihren früheren Stellungen, erkundigte sich nach Referenzen und prüfte, ob sie in Ausnahmesituationen auch richtig reagierten. Und von Zeit zu Zeit trickste er sie mit Fragen aus, wie *Mögen Sie auch Kaninchen?*.

Es gefiel Jessie, wie seine Mundwinkel dabei zuckten und die angehende Angestellte verdutzt dreinschaute. *Na ja. Irgendwie mag ich sie schon ...* Später hatte er Jess dann erklärt, er hätte damit ihre Ehrlichkeit testen wollen. Sie stammte aus Portland (genau wie die Steine, mit denen das Herrenhaus von Ashcroft gebaut war). *In Portland darf man Kaninchen niemals erwähnen. Kein Mensch da kann sie ausstehen*, hatte Onkel Rob gesagt.

Mit ihrer Antwort hatte sich die Frau also einen lukrativen Posten verscherzt, wie übrigens die meisten Anwärterinnen. Da saßen sie und sagten: *Oh, ja, Mr. Ashcroft*, wenn sie Nein meinten; oder: *Oh, nein, Mr. Ashcroft*, wenn sie Ja meinten. Viele wollten sich auch bei Jessica anbiedern, bis sie merkten, dass man sich bei Jessica nicht anbiedern konnte. Sie nannten sie Püppchen und tätschelten ihren Hund Henry, nur um zu zeigen, wie tierlieb sie doch waren.

Die erbarmungslose Jagd auf die perfekte Gouvernante zählte nicht zu Robert Ashcrofts Lebensaufgaben, und so überließ er am Ende Jessie die Entscheidung, denn schließlich musste sie mit der Frau auskommen. Onkel Rob fragte sich des Öfteren, warum sie nicht die netteren nahm und sich immer die schlimmste aussuchte. So hatte sie denn alle verschlissen: die Hoffnungslose Helen (die vor allem am Schlüssel zum Barschrank interessiert war); die Irre Irene, die beim Vorstellungsgespräch vor Lampenfieber nur so zitterte, sich dann aber als brüllende Löwin entpuppte, denn sie war die geborene Schauspielerin; die Besonnene Beverly, die sich eines Nachts ziemlich eilig mit dem Crown Derby-Geschirr aus dem Staub machte. Am längsten von allen hatte sich die Dubiose Daisy gehalten, denn die hatte nun wirklich nichts angestellt, außer dass sie ihre Schülerin hasste, etwas, was sie vor allen zu verbergen wusste, nur nicht vor Jessie. Jessie ließ sich die kalte Behandlung gefallen, sie wusste, Daisy würde sich schließlich doch verraten. Nur ihr Aussehen machte Jessie ziemliche Sorgen: Sie war dunkel und gepflegt und wand sich auf dem Sofa wie eine Kobra, wenn Onkel Rob zugegen war. Onkel Rob jedoch ließ sich nicht so leicht hinters Licht führen; die Dubiose Daisy hielt sich einen Monat.

Onkel Rob kam und kam nicht dahinter, nach welchen Kriterien seine Nichte die Gouvernanten auswählte. Warum

Miss Simpson und nicht Miss James? *Auf mich wirkte Miss Simpson etwas steif. Wo doch Betty James, na ja, ganz bezaubernd war*, sagte er, ehe er sich wieder in die Lektüre seiner Morgenzeitung vertiefte und in seinen Morgentoast biss. Aber Jessie duldete keine Bezaubernden Bettys im Haus.

Und so beschwerte sich Jessie nie über Daisy, denn sie wusste, wenn eine rausflog, wartete die Nächste schon in den Kulissen. Die Liebenswerte Linda.

Jessie war eine unersättliche Leseratte – was sie größtenteils der Irren Irene verdankte, die sie mit Büchern und Theaterstücken gemästet hatte wie eine Weihnachtsgans. Die Irre Irene hielt sich selbst für die Heldin all dieser Stücke. An so manchem regnerischen Morgen konnte man Jess, Henry als Rückenstütze auf eine Fensterbank der Bibliothek gekuschelt, antreffen, wie sie *Jane Eyre* oder *Rebecca* verschlang. Jessie konnte man nichts vormachen, Frauen waren im Grunde genommen gerissen, dabei aber so sanft und nett und zurückhaltend, dass ihnen sogar Jessie auf den Leim gehen konnte.

Ihr Onkel war einmal – vor langer, langer Zeit – mit einer umwerfenden, aber hinterhältigen Frau verheiratet gewesen, die ihm das Herz gebrochen hatte. Er war darüber fast zu Grunde gegangen – so interpretierte sie es zunächst am Frühstückstisch: »Es hat dich zerbrochen. Und jetzt hast du nichts mehr für Frauen übrig, stimmt's?«

Er wirkte keineswegs gebrochen, als er jetzt seine Post aufmachte. Und tatsächlich sagte er: »Nein – zerbrochen bin ich nicht daran. Und für Frauen habe ich durchaus noch etwas übrig, o ja. Wenn ich bloß daran denke, wie viele ich schon dir zuliebe unter die Lupe habe nehmen müssen.«

Tröstend hatte sie ihm die Hand auf den Arm gelegt. »Aber schön war sie, ja?«

»Ja, das war sie. Nur konnte sie Autos auf den Tod nicht ausstehen.« Er lächelte.

»Sie muss dich wahnsinnig geliebt haben.«

»Nicht wirklich.« Damit widmete er sich wieder seiner Zeitung.

Diese vielen Gouvernanten, die in den letzten vier Jahren nach Ashcroft gekommen waren! Was hatte sich ihnen nicht alles geboten: Reichtum, gesellschaftliches Ansehen, das Privileg, auf diesem Gut zu leben – nicht zu reden von einem der begehrtesten Junggesellen des ganzen Königreiches. Und neun Automobile.

Das Einzige, was zwischen ihnen und dem Himmel auf Erden stand, war Lady Jessica Allan-Ashcroft.

*

DEN TRAUERGOTTESDIENST HATTE MAN in seiner Pfarrkirche abgehalten und die sterblichen Überreste auf dem laubverwehten Friedhof von Chalfont St. Giles der Erde übergeben, in dem Ort, wo ihr Vater geboren und wo Jessicas Mutter vor Jahren gestorben war. Ihr Vater war Earl of Curlew und Viscount Linley, James Whyte Ashcroft gewesen, ihre Mutter Barbara Allan, an der jedoch nur der Name durchschnittlich gewesen war. Und beide hatten Jessica ihre Namen vermacht.

Jessie war sechs, als ihr Vater starb. Noch wenige Tage zuvor war sie mit ihrem Hund Henry durch das heimatliche Gut in Chalfont getobt.

Man hatte sie in Trauerkleidung gesteckt. Eine Tante hatte ihr mit raschem Griff einen Strohhut mit schwarzem Trauerband auf den Kopf gesetzt und ihr schwarze Handschuhe gegeben. Jessie kannte die Tante nicht, sie kannte keinen der Verwandten, die sich im großen Kreis um das Grab aufgebaut hatten, kannte niemanden außer ein paar alten Freunden ihres Vaters.

Jessie war mucksmäuschenstill, hätte aber am liebsten aufgeschrien, als der Pastor vom Himmelreich und himmlischer Gerechtigkeit faselte. Sie glaubte nicht, dass die himmlische Gerechtigkeit ihren Vater gereizt hatte. Der wäre lieber bei seiner Jessie geblieben.

Da standen sie herum, die wenigen Freunde und die Verwandten, trist und reglos wie gekappte Bäume, schwarz und scheußlich, manche tief verschleiert oder mit dem Hut in der Hand, die Mienen erstarrt, als seien sie Schlittschuhläufer auf einem dunklen See. Eine Hand legte sich auf ihre Schulter. Sie schüttelte sie ab, denn die Finger fühlten sich wie Klauen an. Als sie sich am Grab umblickte, sah sie rote Augen, aber es schienen Wolfsaugen zu sein; nicht Trauer hatte sie gerötet.

Für diese Leute war Jessica Allan-Ashcroft vier Millionen Pfund wert. Und da war das Gut der Ashcrofts noch nicht einmal mitgerechnet.

Der Gottesdienst war gerade vorüber, da bemerkte sie den Fremden im hellen Burberry. Die Trauergäste vollzogen das grässliche Ritual, warfen ihrem Vater handweise Erde ins Grab nach. Der Fremde bahnte sich einen Weg durch die schwarze Trauergemeinde, kniete sich hin und schob ihr die dunklen Haarsträhnen aus dem Gesicht. »Weine!«, sagte er nur, aber er sagte es so, dass sie aus ihrer Erstarrung erwachte und die Tränen nur so strömten. In seinem Gesicht erkannte sie ihren Vater und sogar sich selbst wieder, und sie warf sich in seine Arme und vergrub das Gesicht in seinem Regenmantel.

Anwälte, überall Anwälte, im Haus am Eaton Square herrschte ein Kommen und Gehen wie von Traumgestalten. Weitere Verwandte trafen ein, doch auch die kannte Jessica nicht, sie setzten Trauermienen auf und brachten ihr Geschenke mit, die sie nicht haben wollte, nannten sie »Süße« und »Schätzchen«, aber sie wusste, keiner von ihnen meinte es ehrlich.

Am Tag nach dem Begräbnis – es schien ihr, als seien Monate vergangen – stand sie am Fenster im Haus am Eaton Square und überlegte, ob der Regenmantelmann wiederkommen würde. Von den Bäumen troff Regen, und Henry blickte mit roten Augen zu ihr, er war der einzige, der wirklich litt.

Sie schienen Wache zu halten. Die Verwandten hatten sich mit dem Anwalt ihres Vaters in der Bibliothek zusammengesetzt, man hüstelte hinter vorgehaltener Hand.

Als er dann endlich kam, im strömenden Regen über die Straße lief, rannte Jessie zur Tür und lauschte. Sie hörte Stimmen im Vestibül, einen Wortwechsel zwischen dem Butler und dem Fremden, dann herrschte wieder Ruhe.

Bis das Testament verlesen wurde.

Der Rechtsanwalt, ein rundlicher Mann mit Hängebäckchen, der an Henry erinnerte, nahm ihre Hände in seine dicken Schwitzhände und erklärte ihr die »Situation«.

Langweilig, dieses ganze Gerede von Geld und Besitz. Das Wichtigste war doch, wer zu ihrem Vormund bestimmt war. Wie aufs Stichwort kam eine große Frau mit einem kleineren Ehemann zur Tür herein. Es war die Frau, die so besitzergreifend ihre Hand auf Jessicas Schultern gelegt hatte. Ringe glänzten an ihren Fingern, und der arme Fuchspelz um ihren Hals ließ die Glasaugen funkeln. Ein Blick genügte Jessie, um zu erkennen, dass diese Frau nicht tierlieb war. »Was wird mit Henry?«, fragte Jessie.

Mr. Mack, der Rechtsanwalt, fand das sehr lustig. »So begreif doch, Jessie. Das ganze Vermögen deiner Mutter ging an dich und deinen Vater. Jetzt erbst du alles. Du brauchst jemanden, der sich um dich kümmert.«

Die Verwandte mit den Ringen schnaubte und sagte, sie und Al würden von nun an für sie sorgen, sie solle mit ihnen gehen. Al redete ihr gut zu. Es sei nun einmal passiert, und jetzt würden sie gehen.

Und dann kam der Mann vom Friedhof zur Tür herein.

Mr. Mack sagte: »Das ist dein Onkel Robert, Robert Ashcroft, der Bruder deines Vaters. Dein Vater hat ihn zu deinem Vermögensverwalter und Vormund bestellt.«

»Auch zu Henrys«, sagte Robert Ashcroft und zwinkerte ihr zu.

Es entstand ein Riesengeschrei. Am liebsten hätten sie Robert Ashcroft, wenigstens seinen Rechtsanspruch, in der Luft zerrissen. Zehn Jahre war er in Australien gewesen. Jessie fühlte sich, als wäre sie kurz vor dem Ertrinken noch einmal zur Wasseroberfläche aufgetaucht, als blendete sie jetzt die Sonne. Seine Haare waren dunkelgolden, seine Augen hellbraun. Als der Donner der vielen Stimmen verstummte, war es Jessie, als würfe die Sonne Strahlen ins Zimmer, als seien sämtliche Deckengewölbe von Gold durchströmt.

11

Es waren »die Briefe«, die sämtliche Pläne der Verwandten (der rhetorisch ungeschickten ebenso wie der raffinierten) vereitelten, das Testament anzufechten. Jessies Vater war so klug gewesen, Verwandten, die er nicht mochte (und das waren die meisten), kleine Legate auszusetzen. Damit hatte er sie als Familie anerkannt, gleichzeitig aber seinem Verdruss darüber Ausdruck verliehen, dass es sich um seine eigene handelte. Es wirkte wie ein mageres Trinkgeld für schlechte Bedienung.

Es war eine sehr große Familie, doch innige Verwandtschaftsbeziehungen gab es nicht. »Als ich vor zehn Jahren nach Australien ging, war ich dreißig«, hatte ihr der Onkel erzählt. »Und ich kann mich nicht erinnern, in diesen dreißig Jahren auch nur einen dieser Verwandten gesehen zu haben, die jetzt hier herumkreisen wie die Aasgeier.«

Die Aasgeier waren dann schließlich fortgeflogen, nachdem sie monatelang von »schlechtem Einfluss« und »krankem Hirn« geredet hatten, und Jessie und Onkel Robert saßen im Salon des von der Aprilsonne durchfluteten Hauses am Eaton Square. »Schlechter Einfluss. Dass ich nicht lache. Deinen Vater konnte man sowieso nicht beeinflussen. Und wie hätte ich das wohl von Australien aus schaffen sollen? Zehn Jahre lang hatten wir nur Briefkontakt.« Er verstummte und sagte dann: »Hoffentlich macht es dich nicht traurig, wenn wir von deinem Vater sprechen.«

»Nein. Ich will alles über ihn wissen. Und auch über Mutter.« Henry lag zwischen ihnen und diente als Armlehne. »Erzähl mir mehr.«

»Im Laufe dieser zehn Jahre müssen sich Hunderte von Briefen angesammelt haben. Es dürfte Jimmy schwer gefallen sein, nach dem Tod deiner Mutter Briefe zu schreiben.« Er hielt inne, seine Gedanken wanderten zurück. »Und auch vorher. Er litt unter Depressionen … Ich weiß auch nicht, er hatte so eine Art Vorahnung von Barbaras Tod. Ich hatte ein schlechtes Gewissen, weil ich wegging. Aber es musste sein.«

»Wieso?«

Er schwieg. »Es musste einfach sein. Diese Briefe jedenfalls beweisen, dass der Kontakt zwischen uns nie abgerissen ist. Als Junge hat man mich nämlich auf eine grässliche Privatschule geschickt, da war Jimmy zwanzig und ich zehn. Es war die Hölle auf Erden, und da hat er mir drei-, viermal die Woche geschrieben. Er wusste, wie dreckig es mir ging. Das tut nicht jeder Zwanzigjährige für einen Zehnjährigen.«

Jessie beugte sich über Henry und legte den Kopf an Roberts Schulter. »Ihr wart Kumpels. Bestimmt hat er sich, als du sechs warst, deinetwegen geprügelt, wenn die anderen Jungs dich geärgert, deinen Hund mit Steinen beworfen, sich über dich lustig gemacht und dir Spitznamen gegeben haben. Das hat er doch, oder?«, fragte sie voller Hoffnung.

»Aber ja doch.«

»Erzähl mir von Mutter«, befahl sie.

»Sie war schön. Dunkles Haar und dunkle Augen. Du kommst ganz nach ihr.«

Damit ihr Onkel nicht sah, dass sie errötete, machte sie sich an Henrys Ohren zu schaffen, versuchte, sie zusammenzubinden, was gar nicht so einfach war, denn sie waren sehr klein.

»Übrigens, was den Namen deiner Mutter betrifft: ›Barbara Allan‹ ist der Titel eines alten Volkslieds«, sagte Robert.

»Wovon handelt es?« Henry wachte auf und schüttelte die Ohren.

Zuerst wollte Robert nicht heraus mit der Sprache, doch Jessie bohrte weiter. Sie duldete einfach nicht, dass eine wichtige Frage, also eine der ihren, unbeantwortet blieb.

»Es handelt von ihrem geliebten William, der an gebrochenem Herzen stirbt.«

Der Ton, in dem er das sagte, war merkwürdig, und Roberts Schweigen gefiel Jessie überhaupt nicht. »Ich hab ein Foto!« Sie sprang auf, und schon war es vorbei mit Ruhe und Gemütlichkeit, was Henry sehr missfiel. »Ich hab es gut weggeschlossen.«

»Weggeschlossen? Warum denn?«

Weil sie insgeheim Angst hatte, ihre Mutter könnte, wenn zu viele Augen sie ansahen, verblassen, sich verflüchtigen, ihre Konturen könnten mit dem Hintergrund verschmelzen, und dann wäre das schöne Gesicht von Barbara Allan für immer verschwunden. Und leider, leider gehörte auch Jessie zu den Betrachtern. Wenn sie es zu lange ansah, würde das Gesicht auf dem Foto verlöschen wie ihre Mutter. Diese dummen, albernen Gedanken behielt sie jedoch lieber für sich. Jess ging zu dem Ebenholzschreibtisch, holte den Schlüssel aus einer Vase und öffnete damit die unterste Schublade. Es war nur ein Schnappschuss. Die Frau darauf kniete im hohen Gras und pflückte Feldblumen. Ein lustiger kleiner Welpe äugte durch die Grashalme.

»Das ist Henry«, sagte sie mit gespieltem Abscheu. »Wenn er ihr doch bloß nicht immer nachgelaufen wäre. Einmal ist sie über ihn gestolpert – ich hab's gesehen – und ist hingefallen. Er hätte sie umbringen können. So ein böser Hund.« Sie blickte zu Henry hinüber, um zu sehen, ob er protestierte. Aber jetzt ist Henry brav.« Jetzt merkte sie, welche Last sie jahrelang mit sich herumgeschleppt hatte, was sie im Nachhinein erschreckte. Hatte sie ihrer Mutter etwas angetan? War sie womöglich bei ihrer Geburt gestorben?

Und Robert erahnte ihre Gedanken. Er legte ihr die Hände auf die Schultern und sagte barsch: »Jetzt hör mir mal gut zu! Du hast deiner Mutter gar nichts getan, Jess. Sie hat zwar gesund ausgesehen und war viel jünger als dein Vater, aber trotz allem war sie krank.«

Jessie sah sich das Foto ihrer Mutter an, und ein großer Stein fiel ihr vom Herzen. Sie putzte das Glas sorgsam mit dem Saum ihres Rockes. Dann stellte sie das Foto auf dem Schreibtisch auf. Ihre Mutter würde nicht verschwinden, nur weil Jessie sie zu lange ansah.

Aber es war ihr wirklich peinlich, dass ihr Onkel so viel von ihr wusste, wo sie doch selber gerade erst darauf gekommen war.

»Henry sollte jetzt Gassi gehen.«

»Darf ich mitkommen?«

»Na ja, gut. Aber Henry hört nur auf mich. Wenn du ihm einen Stock wirfst, holt er ihn nicht. Er gehorcht nur mir.«

*

UND DA SASS SIE NUN, vier Jahre später, vier Jahre, die sie in Begleitung der Kopflosen Klara oder einer ihrer Kolleginnen mit Picknicks, Kabrioletts und Bahnfahrten nach London oder Brighton verbracht hatte. Da saß sie und dachte über die Vergangenheit nach, während sich Mrs. Mulchop, die Hände in der Teigschüssel, um die vordergründigen Anforderungen der Gegenwart kümmerte.

Jessie stützte ihre Wange auf die Faust und steckte den Löffel in den kalten, inzwischen fest gewordenen Porridge, den ihr Mrs. Mulchop vorgesetzt hatte. Aber Jess bekam den Porridge ebenso wenig herunter wie das Ei, das ihr vorher serviert worden war. »Er sagt mir immer Bescheid, wenn er wegfährt.« Das hatte sie in verschiedenen Varianten schon dutzendmal verkündet.

»Na und, diesmal hat er es eben vergessen –«

Vergessen? Wusste Mrs. Mulchop, was sie da sagte?

»… er muss doch auch mal ein bisschen Spaß haben dürfen, oder? Gönnst du ihm das nicht, junge Dame? Denk auch mal an ihn, nicht immer nur an dich: ein Vierzigjähriger, der eine Zehnjährige als einzige Gesellschaft hat –« Als sie sah, wie Jessica guckte, wechselte sie schnell den Ton, »– natürlich ist er glücklich mit dir. Aber dein Onkel sollte eine nette Ehefrau haben, die sich um ihn kümmert –«

»Er will keine. Er hat schon eine gehabt.« Jessie war aufgestanden und holte sich einen Overall vom Haken an der Hintertür. »Seitdem ist er ein gebrochener Mann.« Sie begann, sich den Overall anzuziehen.

»Ein gebrochener Mann? Dein Onkel? Da könnte man ja gleich meinen Mulchop als gebrochen bezeichnen.«

Mulchop blickte von seiner großen Schüssel auf. Er hatte einen Stiernacken, Bierkutscherarme und ein Gesicht, das so breit und platt war wie der Spaten, mit dem er die Beete bearbeitete. Er machte nur selten den Mund auf und schien es krummzunehmen, wenn andere sich unterhielten. Es war sinnlos, an Mulchop das Wort zu richten.

»Wo ist der Schraubenschlüssel?«, fragte Jessica und schaute seine dichten Brauen an.

Der Löffel verharrte auf halbem Weg zwischen Schüssel und Mund. »Wehe, du fummelst an den Autos rum, Fräuleinchen!« Mulchop kümmerte sich um die Autos. Jessie und er sahen sich selten, aber wenn, dann stritten sie über Onkel Roberts Autos.

Während Mrs. Mulchop sich weiter über den beklagenswerten Familienstand von Robert ausließ, holte Jessie den Schraubenschlüssel aus Mr. Mulchops Werkzeugkiste und streckte den beiden hinter deren Rücken die Zunge heraus. »Eine nette Frau, ja, die braucht er.«

Lady Jessica Mary Allan-Ashcroft würde es schon zu verhindern wissen.

Sie lag mit dem Schraubenschlüssel und ein paar Lappen bewaffnet auf einem Rollbrett unter dem Zimmer Golden Spirit. Hier konnte man gut nachdenken. Der Lotus und der Ferrari waren hingegen so tief gebaut, dass sie sich darunter nicht wohl fühlte, es sei denn, sie waren aufgebockt, aber dann kam immer Mulchop an und schlug Krach. Der Zimmer gehörte zu ihren Lieblingsautos, ein umwerfend langes, weißes Kabriolett, für das Onkel Robert mehr als dreißigtausend Pfund gezahlt hatte. Besser gesagt, Jess hatte diese Summe gezahlt. Ganze Heerscharen von Rechtsanwälten mussten sich um die Verwaltung ihres Vermögens kümmern. Aber das meiste gab sowieso Onkel Robert für seine Autos aus.

Jessie bemerkte einen Bolzen, der etwas lose aussah, und versuchte, ihn festzuschrauben. So war das, wenn jemand einfach abhaute. Alles ging kaputt. Ihr Blick trübte sich. Als sie sich aufsetzen wollte, stieß sie sich den Kopf am Auspuffrohr. Die Autos.

»Woher soll ich das wissen?«, sagte die Schauerliche Sharon zu Jess, die mit ölverschmiertem Overall im Salon stand. »Hast du schon wieder an den Autos herumgefummelt?«

»Sie sind alle da!«, schrie Jessica. Und dann betete sie alle neun herunter und zählte sie dabei an den Fingern ab.

Sharon Plunkett schob die Modezeitschrift beiseite, in der sie gerade gelesen hatte, und stopfte sich die nächste Praline in den Mund. Sharon wusste, dass ihre Tage hier gezählt waren, und es war ihr ziemlich egal, wie die verbleibenden vergingen. Die Pralinenschachtel in Herzform hatte sie wohl von einem Bewunderer aus dem Pub bekommen. Sie verbrachte den Großteil ihrer Freizeit mit den Männern ›aus dem Pub unten‹, wie sie sagte. »Was weiß ich schon von alten

Autos?« Und schon umschlossen ihre geschwungenen Lippen eine Schokotrüffel.

»Wenn er nach London gefahren ist, wie ist er dann hingekommen?«

»Noch ein Wort, und ich schreie!«

Jessie sagte, ihretwegen könne Sharon das ganze Haus zusammenschreien. Sie wollte bloß wissen, wo Onkel Rob war. »Er ist verschwunden.« Jessie drehte sich um und drückte die Stirn gegen die kalte Scheibe. Draußen peitschte der Regen, und ihr eigenes Gesicht blickte sie an wie ein Gespenst.

Die Schauerliche Sharon schrie. Es war kein langer und kein lauter Schrei, aber immerhin ein Schrei. Die Modezeitschrift hatte sie beiseitegelegt und las nun in der Zeitung. »Mein Gott!« Sie fuhr auf. »Vor ein paar Tagen hat man einen Gefangenen aus Princetown entlassen. Den Axtmörder – so wird er genannt.«

Sharons kleiner Aufschrei hätte von dem Gespenst kommen können, das Jessica von draußen ansah und um Einlass bat.

Für die Nachricht jedenfalls interessierte sich niemand. Victoria Gray war eine Verwandte und überqualifiziert für alle Jobs, die ihr bisher angeboten worden waren. Jessies Vater hatte sie als Hausdame eingestellt, eine nicht gerade eindeutig zu definierende Position. Victoria hatte die Arbeiten übernommen, die sich finden ließen. Mit Mrs. Mulchop, Mulchop und Billy, dem Stallknecht, war der Haushalt sowieso mit viel zu viel Personal bestückt. Victoria hatte äußerst wenig zu tun, es war eigentlich nicht ganz klar, ob sie die Hausdame oder einfach ein Dauergast war.

»Wie alt sie wohl ist?«, hatte Onkel Robert eines Morgens gefragt, als sie noch am Eaton Square gewohnt hatten. Er öffnete gerade die Morgenpost, massenweise Briefe von Banken und Anwälten. »Victoria haben wir scheinbar mitgeerbt. Aber macht nichts, sie ist in Ordnung.« Er schaute von den Briefen auf und sagte nachdenklich: »Und ziemlich attraktiv.«

Da Victoria Gray in Jessies Augen schon fast zum Mobiliar gehörte, hatte sie nicht damit gerechnet, dass ihr aus dieser Ecke Gefahr drohen könnte. »Sie ist fünfzig!«, sagte sie und köpfte gekonnt ihr gekochtes Ei.

Robert runzelte die Stirn. »Fünfzig? Aber nicht doch. Sie scheint mir noch keine Vierzig zu sein. Hat sie dir das etwa gesagt? Würdest du zugeben, so alt zu sein?« Nun musste sie sich ausdenken, woher sie wusste, wie alt Victoria war. Angeregt durch die Briefe auf dem Tisch, sagte sie: »Eine Geburtstagskarte. Sie hat eine Geburtstagskarte auf dem Tisch liegen lassen. Da stand eine dicke, fette Fünfzig –«, und ihre Finger malten eine Fünf und eine Null in die Luft, Riesenzahlen, denn ihr Onkel sollte endlich einsehen, dass dies ein wirklich hohes Alter war. Befriedigt stippte sie ein Stück Toast in ihr Ei.

Onkel Robert legte den Kopf etwas schief und blickte sie an. Und dann lächelte er gedankenverloren, was Jessie immer beunruhigte. »Wenn das stimmt, dann hat sie sich hervorragend gehalten.« Jessie konzentrierte sich ganz auf das Zwetschgenmus, das sie auf ihren Toast kleckste. »Stimmt. Victoria hat jede Menge kleine Töpfchen mit Farbe und Cremetiegel und solches Zeugs. Ehe sie ins Bett geht, schmiert sie sich mit Creme ein, und ein Haarnetz trägt sie auch.«

Statt sich bei dieser grässlichen Vorstellung zu ekeln, war er fasziniert und vergaß darüber ganz seine Post. »Ja, einen schönen Teint hat sie wirklich. Es scheint sich auszuzahlen.«

»Das kommt von den Schlammpackungen.«

»Schlammpackungen?«

»Die tun sich Frauen manchmal aufs Gesicht, wenn sie alt sind. Das macht die Haut straff.« Jess legte sich die Hände auf ihre makellosen Wangen und zog die Haut zurück.

Onkel Rob schüttelte den Kopf. »Arme Victoria. Schminke, Creme, Schlammpackungen.«

Rasch hielt er sich die *Times* vors Gesicht, aber Jessie meinte, den Anflug eines Lächelns gesehen zu haben.

Sie musterte die Marmeladenkleckse auf ihrem Toast und überlegte, ob sie die Schlammpackungen lieber hätte weglassen sollen.

An diesem Abend, dem Abend des vierzehnten Februar, riss Victoria Gray Jessie aus ihren Grübeleien über Wetter, Nebel und Straßenzustand. Die Nacht hatte sich über das Moor gelegt wie schwarze Rabenfittiche. Aber Onkel Rob hatte keines von den Autos genommen – das war eben das Problem.

»Du bist kindisch, Jessie. Jetzt geh endlich ins Bett und hör auf, dir den Kopf zu zerbrechen.«

»Ich bin aber ein Kind, oder?« Meistens leugnete sie diese Tatsache, machte nur Gebrauch davon, wenn es ihr in den Kram passte. Sie sah zu, wie Victoria das zerknüllte Pralinenpapier einsammelte, mit dem die Schauerliche Sharon nach Henry geworfen hatte, der jetzt in einem Sessel beim Feuer wie immer vor sich hin döste. Klar, sie hatte Henry sehr gern, aber allmählich wurde es ihr langweilig mit ihm.

Victoria war immer noch bei der Schauerlichen Sharon: »... bin heilfroh, dass wir sie bald los sind. Das einzige, worauf sie sich versteht, ist Schönschrift. War in ihrer Jugend vermutlich Fälscherin.«

Kein Mensch schien zu begreifen, dass etwas Grässliches passiert war. »Hast du ihn wegfahren sehen?«

Victoria seufzte. »Nein, zum zehnten Mal, nein! Er muss in aller Herrgottsfrühe aufgebrochen sein – wäre ja nicht das erste Mal. Du weißt, dass dein Onkel impulsiv ist.«

Aber diese Impulsivität war keine Erklärung dafür, dass Onkel Robert ihr weder ein Geschenk zum Valentinstag noch eine Nachricht hinterlassen hatte.

»Jessie, Schätzchen.« Jetzt stand Victoria direkt hinter ihr, und das Spiegelbild in der Fensterscheibe verdoppelte sich. »Geh ins Bett und hör auf, dir Sorgen zu machen. Darf denn dein Onkel nicht ein einziges Mal vergessen –«

»Nein! Komm, Henry!«, befahl Jessie dem Hund und rannte aus dem Zimmer. Der müde und betrübt dreinschauende Henry musste gehorchen. Er war von seinem Frauchen eh keinen anderen Ton gewöhnt.

Aber sie ging nicht sofort ins Bett. Zunächst zog sie sich den gelben Regenmantel an, der neben dem Overall hing, und öffnete die schwere Tür, die zum Pferdestall führte.

Neun Autos und zwei Pferde hatten hier Platz. Während Victoria sehr gern ritt, wollte Jessica von Pferden nichts wissen. Sie hatte ihrem Onkel gesagt, es gäbe so viele Ponys auf dem Moor, dass ihr schon beim Anblick eines Pferdes schlecht würde. Und nicht ums Verrecken würde sie in eine blöde Reitschule gehen, wo sie doch bloß im Kreis in der Manege rumreiten müsste.

»Ich will ein Auto haben«, hatte sie gesagt, als Robert sich einen Wagen nach dem anderen kaufte.

»Ein Auto? Jess, du bist sieben.«

Sie seufzte. Wie oft sie das zu hören bekam. »In einem Monat bin ich acht. Und damit du's weißt, ich will einen Mini Cooper haben. Den von Austin Rover.« Sie platzte schier vor Stolz, so gut Bescheid zu wissen.

»Die Polizei hält nicht besonders viel von achtjährigen Autofahrerinnen.«

Da stand der Mini Cooper. Henry tapste hinter ihr her und blieb stehen, wenn sie stehen blieb. Er gähnte, denn abendliche Inspektionsrunden im Dunkeln und bei Regen waren nicht seine Sache. Der Regen blies Jessica die Regenmantelkapuze herunter, während sie durch den Stall ging, jedes Auto mit der Taschenlampe anstrahlte und die Motorhaube berührte – ja, fast streichelte sie die Autos, als handelte es sich um ihre Lieblingspferde.

12

Jessie lag schon wach, bevor der Morgen graute, und Henry ruhte wie ein schweres Plumeau zu ihren Füßen. Sie starrte auf das Schattenspiel, das durch die vom Wind gepeitschten Äste auf der Zimmerdecke entstand. Dann drehte sie sich auf die Seite. Statt Schäfchen zu zählen (was grässlich langweilig war), begann sie, die Zimmer des Herrenhauses durchzuzählen. Sie durchwanderte in Gedanken den langen, dunklen Flur hinter ihrer Schlafzimmertür und betrat Onkel Robs Zimmer, zwei Türen weiter, dessen Einrichtung aus Ledermöbeln, vielen Stühlen und Bücherregalen und einer hohen Mahagonikommode bestand, auf der Fotos von ihren Eltern aufgestellt waren.

Beim Gedanken an sein Zimmer konnte sie erst recht nicht einschlafen. Sie stellte sich das Zimmer der Schauerlichen Sharon vor, das gegenüber von dem ihren lag. Sharon lebte ganz im Laura-Ashley-Stil, was überhaupt nicht zu ihr passte: Blümchentapete und Blütenranken auf den Vorhängen.

Jessie fühlte sich hier immer wie in einem Dornendickicht oder als würden sie stechende Brennnesseln einschließen. Neben Sharon wohnte Victoria Gray, deren Zimmer mit seinen seidig schimmernden Samtvorhängen, die sich in schweren Falten auf den Fußboden schoppten, etwas Geheimnisvolles hatte und deshalb wie für sie geschaffen schien.

Sie konnte einfach nicht einschlafen. Sie zählte die Räume im Dienstbotentrakt, wo Mr. und Mrs. Mulchop und Billy ihre Zimmer hatten. Sechs weitere Zimmer in diesem Flügel standen leer.

Wie ein potenzieller Käufer bei einer Besichtigung durchschritt sie in Gedanken den dunklen Flur vor ihrem Zimmer, stieg die geschwungene Treppe hinab. Die Eingangshalle mit ihren spanischen Fliesen und dem runden Tisch mit einem duftenden Rosen- oder Jasminstrauß darauf war an sonnigen Tagen lichtdurchflutet, sah jetzt aber aus wie ein dunkler Brunnenschacht.

Sie schlug die Augen auf und merkte, dass es hinter den Fensterscheiben heller geworden war. Die Fensterläden klapperten im Wind. Jessie drehte sich auf die andere Seite und ließ ihre Gedanken durch das Vestibül ins Frühstückszimmer wandern, wo sie als bedauernswerte alte Frau von über zwanzig vermutlich die Honoratioren des Dorfes wie den Pastor und Major Smythe würde empfangen müssen ...

»Ich will nicht erwachsen werden«, hatte sie vor einem Jahr zu Onkel Robert gesagt. »Wer will schon sechzehn sein und auf ein blödes Internat wie All Hallows gehen.«

Das war an einem nebligen Septembermorgen gewesen. Sie waren mit dem Zimmer losgefahren, um am Haytor Picknick zu machen.

Jess hatte den Atem angehalten. Sicherlich würde er jetzt

etwas sagen wie *Jeder muss mal erwachsen werden* oder *Im Internat wird es dir ganz sicher gut gefallen.* Aber das würde er ihr ja wohl nicht weismachen wollen. Wo es ihm im Internat selber so dreckig gegangen war.

Aber Onkel Robert sagte nur: »Warum solltest du etwas tun, wonach dir nicht ist?«

Sie blickte zum Himmel, der nun nicht mehr schlammgrau, sondern perlmuttfarben war. »Aber ich muss doch ins Internat.«

»Aber erst wenn du so weit bist, sonst machst du dich unglücklich.«

Sie fühlte sich plötzlich sehr reif und belächelte ihn wegen seiner Weltfremdheit.

»Aber man muss doch immer Sachen tun, zu denen man keine Lust hat. Lucy Manners – die musste auch nach All Hallows, niemand hat sie gefragt, ob sie wollte oder nicht.«

»Die mit den Pickeln?«

Jessie bemühte sich um den gebührenden Ernst. »Was haben denn die Pickel damit zu tun?«

Onkel Rob lag auf einem Felsen und hatte den Arm übers Gesicht gelegt. »Alle Internatsschülerinnen haben Pickel! Entweder Pickel oder vorstehende Zähne! Da gehörst du nicht hin, dazu bist du viel zu hübsch. Es wäre einfach eine Schande, wenn du auch Pickel und vorstehende Zähne bekommen würdest.«

Jetzt sah sie das mit dem Internat schon ganz anders. »Ob im Internat oder nicht – Lucy Manners würde an jedem Ort der Welt Pickel haben«, erwiderte sie sachlich.

*

JESSIE LAG AUF DEM RÜCKEN und sah, wie die Schatten der Äste im zunehmenden Frühlicht über die Decke harkten.

Sie überlegte immer noch, was sie tun sollte. Dann stand sie auf.

Henry verließ sein warmes Plätzchen am Fußende des Bettes nur ungern, aber er gehorchte. *Komm, Henry* waren für ihn die beiden schlimmsten Worte.

An das Telefon in der Küchenwand reichte sie nicht heran, also zog sie sich den niedrigen Holzschemel heran, auf dem Mulchop so gern saß und den Duft der köchelnden Suppe genoss.

Es dauerte eine Ewigkeit, bis bei der Vermittlung jemand abnahm. Jess musste zweimal sorgsam die 100 wählen, bis sich in dem fernen, verkabelten Eispalast eine Telefonistin meldete. Jess räusperte sich. »Ich heiße Jessica Ashcroft. Ich rufe von Ashcroft aus an, fünfzehn Meilen außerhalb von Exeter. Mein Onkel ist seit fünf Tagen verschwunden. Die Polizei soll kommen.«

Die Telefonistin redete laut und langsam mit ihr, so als hätte sie ein taubes oder dummes Kind in der Leitung: »Was soll das heißen, verschwunden?«

»Er ist weg!« Jessie legte auf. Es war aussichtslos. Wie sollte sie der Telefonistin klarmachen, dass es absolut untypisch für ihn war, ohne eine Nachricht und vor allem ohne das Geschenk zu hinterlassen, fortzugehen. Und gestern war Valentinstag gewesen. Onkel Rob vergaß niemals einen Feiertag. Und wie sollte sie der Telefonistin das mit den Autos erklären? Jessie lehnte sich gegen das schwarze Telefon, und Tränen schossen ihr in die Augen. Sie musste schwer schlucken, damit sie nicht herunterrollten. Henry schüttelte seine Lethargie ab, kratzte an ihrem Bein und jaulte mitfühlend. Doch schon fielen ihm die Augen wieder zu, und er nickte ein.

Sie saß niedergeschlagen auf dem Holzschemel, und auf

einmal stand ihr ein Bild vor Augen: die Schauerliche Sharon auf dem Sofa, wie sie sich mit Pralinen vollstopfte und dabei Zeitung las.

Jessie griff erneut zum Hörer und wählte die Notrufnummer, die 999.

»Hier ist Lady Jessica Allan-Ashcroft. Bitte verbinden Sie mich mit Scotland Yard«, sagte sie mit tiefer Stimme. Fast wäre ihr der Hörer aus der Hand gefallen, so schwitzten ihre Hände. Ihr Herz hämmerte. »Der Axtmörder aus dem Gefängnis in Dartmoor ist hier gewesen und hat den –« sie sah sich um – »Ehrenwerten Henry Allan-Ashcroft ermordet.«

Henry hatte die Schnauze auf die Pfoten gelegt und warf ihr einen schläfrigen Blick zu, nicht ahnend, dass Lady Jessica ihn soeben geadelt und in sein eigenes Blut getaucht hatte.

Sämtliche Fragen der Telefonistin beantwortete sie kühl, erstaunt, ja entrüstet darüber, dass einer Dame ihres Standes von einer Person aus dem gemeinen Volk auf den Zahn gefühlt wurde. Sie erklärte den Weg. Sie gab die Zeit an. Sie nannte Namen. Die Telefonistin riet ihr, die Ruhe zu bewahren. Schließlich legte Jessica auf.

Die Ruhe bewahren? Bei der riesigen Blutlache auf dem Küchenfußboden? War die Frau noch ganz bei Trost?

Sie begann schon, an ihre eigene Lüge zu glauben, aber als ihr Blick auf Henry fiel, der gesund und munter vor dem Kamin lag, wurde ihr klar, dass sie sich nun wohl überlegen musste, wie sie der Polizei erklären sollte, dass nirgendwo auch nur ein Fleckchen Blut zu sehen war.

»Komm, Henry. Wir müssen nachdenken.«

In der Speisekammer fand Jessie eine Büchse Hundefutter, öffnete sie nach einem kurzen Kampf mit dem Dosenöffner und füllte ein paar der Fleischstücke in eine Schüssel. Henry war sichtlich erfreut über diesen frühmorgendlichen Imbiss. Jessica schloss die Tür und setzte sich auf das Sofa der Schauerlichen Sharon. Ob sie aus Ketchup eine Blutlache herstellen könnte?

Die Schneiderpuppe vom Dachboden könnte sie als Leiche hineinlegen. Und der Polizei erzählen, bei diesem Anblick sei sie einfach durchgedreht.

Aber das würde zu weiteren Fragen führen. Die Polizei würde wissen wollen, wer die Schneiderpuppe dorthin gelegt und überall mit Tomatensoße rumgekleckert hatte.

Als dann aus der Speisekammer Gebell kam, hörte sie gleichzeitig den Doppelton von Sirenen auf der kiesbestreuten Auffahrt. Das kreisende Blaulicht und der Lärm bewirkten in den Räumen oben ein gewaltiges Getrampel.

Schritte kamen die Treppe herunter, Schritte auf dem Kiesweg. Henry in seinem Speisekammergefängnis konnte einem leid tun, und sie sich selbst noch mehr. Sie hatte eine Menge einzugestehen.

*

Die Schauerliche Sharon trug eine Kerze in der Hand und sah aus, als spiele sie eine Rolle aus dem Repertoire der Irren Irene. Sie glich allerdings eher einer Vogelscheuche als Lady Macbeth, wie sie in ihrem schwarzen Negligé schlaftrunken angelaufen kam.

Mrs. Mulchop hatte ihre spitzenbesetzte Schlafhaube auf und trug braune Filzpantoffeln. Victoria Gray trug einen Morgenrock aus Samt.

Überall Polizisten, außerdem Männer in weißen Kitteln und ein Arzt mit einer schwarzen Tasche.

Alle standen sie um Jessica herum, und Henry bellte.

Fragen über Fragen, auf die Mrs. Mulchop und Victoria Gray entgeistert antworteten. Nein, sie wussten von nichts. Mrs. Mulchop ging, um in der Speisekammer nach dem Rechten zu sehen.

Jessica kratzte sich am Ohr und riskierte einen vorsichtigen Blick, tat, als wüsste sie nicht, wie die ganzen Menschen hierhergekommen waren. Die vielen Fragen schienen sie fürchterlich zu verwirren, und der zuständige Polizist – ein Inspector Browne – wartete, während sie den Blick über die Elfenbein- und Damastpracht des Salons von Ashcroft wandern ließ. Schließlich fragte sie: »Wo bin ich?«

Die Schauerliche Sharon rang die Hände, aber wohl nur, damit sie sich nicht an Jessica vergriff. »Wo du bist? Was soll das heißen?«

Jessie rieb sich die Augen und warf Inspector Browne einen ängstlichen Blick zu. »Ich habe wohl wieder geschlafwandelt.«

Sharon kreischte. »Aber du schlafwandelst doch nie!«

Jessica überlegte einen Augenblick. »Woher wollen Sie das wissen, wenn Sie dann immer schlafen?«

Aber das war Sharon zu hoch. Sie nahm ihre Kerze wieder in die Hand und hob den Arm, als wolle sie ihren Schützling auf den Kopf schlagen. Aber Inspector Browne kam dazwischen. Nichts, so lautete das Ergebnis der Polizisten. Null Komma nichts. Keine Leiche, kein Blut, keine Spur eines Einbruchs. Alle blickten Jessie an.

»Ein Albtraum«, sagte sie. »Ich habe so grässlich von Onkel Robert geträumt. Er ist seit sechs Tagen weg.«

Worauf Sharon erneut die Hand hob, um sie zu schlagen. Victoria Gray wandte sich mit gequältem Blick ab. Und Mrs. Mulchop störte die kleine Aufführung, sie kam mit Henry hereinmarschiert. »Wieso war denn Henry in meiner Speisekammer eingesperrt? Kannst du mir das erklären, Fräuleinchen?«

Einer von Brownes Männern blätterte in einem Notizbüchlein. »Uns wurde gemeldet, dass es sich bei dem Opfer um einen gewissen Henry Ashcroft handelt, um den Ehrenwerten Henry Allan-Ashcroft.«

Ehe Sharon oder Victoria oder Mrs. Mulchop auf diese Mitteilung reagieren konnten, war Jessie aufgesprungen. »Henry! Ein Glück, dass dir nichts passiert ist.« Sie umarmte ihren Hund, wobei ihr alle zuschauten und sich doch sehr wundern mussten.

13

Als auf der Polizeiwache von Lyme Regis um vier Uhr morgens das Telefon klingelte, schien Brian Macalvie zunächst einfach nur ein bisschen irritiert zu sein. Er und Jury waren den ganzen Tag in Dorchester und Exeter gewesen. Der Mann scheint überhaupt keinen Schlaf zu brauchen, dachte Jury bei sich.

Macalvie hörte sich an, was die Stimme am anderen Ende der Leitung zu sagen hatte, und hörte plötzlich auf, an seinem Fisherman's Friend herumzulutschen. Wiggins hatte ihm ein Tütchen dagelassen und sich dann zum »Weißen Löwen« aufgemacht, um sich eine Mütze Schlaf zu holen. Macalvie hob im Zeitlupentempo die Füße vom Schreibtisch. Der Stuhl knarrte unter seinem Gewicht, als er sich aufrecht hinsetzte. Er nickte und sagte: »Ja, ja, ich habe verstanden.« Er legte auf und stützte den Kopf in die Hände.

»Was zum Teufel ist passiert?«, fragte Jury.

»Dartmoor. Dieses Scheiß-Dartmoor. Es scheint wieder loszugehen.«

*

»Dartmoor«, sagte Wiggins und erschauerte, als sie von der A 35 abbogen und in Richtung Ashburton fuhren.

»Wird Ihnen gefallen«, sagte Macalvie, »sie haben ein Gefängnis und Ponys, und der Regen fällt schräg vom Himmel.«

Das mit dem Regen stimmte. Wiggins kauerte im Mantel auf der Rückbank. »Sie sollten langsamer fahren, Sir. Da war ein Schild ›Nicht für Wohnwagen geeignet‹.«

»Fahren wir etwa mit einem Wohnwagen?«, fragte Macalvie und bretterte die einspurige Straße, die sich durch mauerdicke Hecken schlängelte, in einem Tempo von rund fünfzig Meilen pro Stunde entlang. Für Macalvies Mitfahrer, aber auch für die Insassen der entgegenkommenden Autos konnte man nur beten.

Es war sieben Uhr morgens, doch es hätte genauso gut sieben Uhr abends sein können – der Regen, die Nebelschwaden, die dunklen Felsformationen, die vor dem düsteren Himmel emporragten. Als sie die heckengesäumte Straße verlassen hatten, sah Jury meilenweit nur braunrote Heideflächen, verkrüppelte Bäume und hier und da ein hingeducktes Haus.

Als sie etwa eine halbe Meile vor Ashcroft eine Kurve durchfuhren, konnten sie das Haus schon sehen: ein großzügiges Gebäude von größter architektonischer Harmonie. Von der langen, geschwungenen Auffahrt aus sah Jury, dass die Parkanlage aus einem angelegten Garten – gepflegte Hecken und Blumenrabatten – und aus einem verwilderten Teil bestand, weshalb sie aussah, als hätte der Gärtner mitten in der Arbeit Spaten und Hacke fallen lassen.

Vor dem Haus standen zwei Polizeiautos.

»Nettes Fleckchen Erde«, sagte Macalvie und bremste so scharf, dass der Kies aufspritzte.

»Was zum Teufel meinen Sie mit ›Trick‹?«

Detective Inspector Browne sah aus, als suchte er nach dem berühmten Mauseloch, in dem er verschwinden könnte. »Entschuldigung, Sir. Das kleine Mädchen, Jessica Ashcroft – Lady Jessica meine ich, die hat wohl –«

»Ist mir piepegal, wie Sie sie nennen, Browne. Erzählen Sie mir endlich, was hier gespielt wird.«

Browne schaute zu Boden und sagte: »Als wir es ihr endlich aus der Nase gezogen hatten, da waren Sie schon unterwegs nach Ashcroft –«

Jessica musterte die drei Neuankömmlinge. Sie saß, noch immer im Nachthemd, mit gekreuzten Füßen auf dem Sofa und wartete geduldig auf die nächste Standpauke. Die anderen Mitglieder des Haushalts standen in Morgenmänteln um sie herum. Einer von denen hat sicherlich genug Köpfchen, meinen Onkel zu finden, dachte sie. Der Rothaarige, der mit den Händen in den Hosentaschen dastand und sie mit blitzenden Augen musterte, gefiel ihr nicht besonders. Der andere, der Große mit den grauen Augen, sah irgendwie zugänglicher aus …

Macalvie musterte die ganze Sippschaft. Victoria Gray saß lammfromm auf dem Sofa neben dem Mädchen. Die Ältere, die Köchin, stand da und rang die Hände. Und dann noch diese Schnepfe, diese Plunkett. Und sie alle in diesem Salon, inmitten von schwerem Samt und Brokat, den Porträts und dem Gold. Die Ashcrofts schienen wirklich nicht knapp bei Kasse zu sein.

»Und das hier«, sagte Inspector Browne, »ist Lady Jessica Mary Allan-Ashcroft.«

Chief Superintendent Macalvie und Jessica Allan-Ashcroft gingen auf zwei gegenüberstehenden Sofas in Stellung. Jury saß auf einem schweren, brokatbezogenen Stuhl, Wiggins auf einem schlichteren Modell beim Kamin.

»Sie dürfen mich Jessica nennen«, sagte sie herablassend.

»Danke.« Macalvie funkelte sie böse an, holte eine Packung Kaugummi hervor und schob sich einen Streifen in den Mund.

»Kann ich einen abhaben?«

Jury war froh, dass Macalvie sich beherrschte und ihn ihr nicht an den Kopf warf.

»Raus mit der Sprache«, sagte Macalvie.

»Mein Onkel ist verschwunden.«

»Ein verschwundener Onkel ist eine Sache, ein Anruf, in dem es um einen Axtmörder geht, eine andere, wenn ich darauf hinweisen darf!«

Jury unterbrach ihn. »Jessica, wie kommst du darauf, dass er verschwunden ist?«

Jessica wiederholte, dass ihr Onkel weder an eine Nachricht noch an ein Geschenk zum Valentinstag gedacht hatte.

»Und wegen einer Pralinenschachtel«, sagte Macalvie, »holst du mit einem Lügenmärchen von einem Mörder die halbe Polizei von Devon und Cornwall in dieses gottverlassene Moor. Was bildest du dir eigentlich ein?«

Jessie seufzte und sagte: »Es tut mir leid.«

»So, es tut dir also leid.«

Sie strich sich ihr Nachthemd glatt, faltete die Hände und sagte ernst: »Ja. Es tut mir leid, dass Sie so enttäuscht sind, weil hier nicht alles voller Blut ist, weil es keine zerhackten

Leichen gibt, weil wir nicht allesamt, Henry eingeschlossen, tot sind.« Sie holte den Kaugummi aus dem Mund, begutachtete den rosa Klumpen und schob ihn wieder hinein.

Macalvie hob zu einer Antwort an, aber Jessica unterbrach ihn: »Sie vergessen wohl, dass in Dartmoor ein Mann aus dem Gefängnis ausgebrochen ist.«

Macalvie warf den säuberlich gefalteten Zeitungsausschnitt fort, den Jessica ihm reichte, und sagte ärgerlich: »Der Mann wurde wegen guter Führung entlassen. Wie du dich aufführst, ist dagegen bodenlos unverschämt. Du hast nicht nur die Polizei von Devon und Cornwall an der Nase rumgeführt, sondern auch den da drüben –« und er deutete mit dem Kopf auf Jury –, »und bei diesem Herrn handelt es sich rein zufällig um einen Kriminaler von Scotland Yard.«

»Wieso fragt er dann nichts? Mein Onkel ist seit sechs Tagen verschwunden, wenn man heute mitrechnet.« Sie stellte mit Genugtuung fest, dass der Dünne alles aufschrieb, was sie sagte. Wenigstens einer, der sie ernst nahm. »Er vergisst nie einen Feiertag, und er sagt mir immer Bescheid, wenn er weg muss. Und seine Autos sind auch alle da.« Sie zeigte in Richtung des Stalls.

»Und was meinst du mit ›alle‹, Fräuleinchen?«, fragte Wiggins.

»Alle neun. Der Zimmer, der Porsche, der Lotus Elite, mein Mini Cooper, der Ferrari, der Jaguar XJ-S, der in nicht mal elf Sekunden von null auf sechzig geht, der 1957er Maserati und der Aston Martin.« Sie lehnte sich zurück.

Wiggins räusperte sich. »Das sind nur acht, Miss.« Er zählte noch einmal stumm nach.

Jury sah, dass Macalvie kurz davor war, um sich zu schlagen.

Jessica blickte nachdenklich zur Decke. »Hab ich den

Mercedes mit aufgezählt? Den mag ich nicht besonders.«
Wiggins notierte ihn. »Ihr Onkel ist Sammler, nicht wahr?«
Er leckte die Bleistiftspitze.

»Ja. Er ist einsachtzig und hat blondes Haar und hellbraune Augen. Er sieht gut aus. Er hat mich aufgenommen, als mein Vater vor vier Jahren gestorben ist.«

Victoria Gray lachte auf: »Eher hast ja wohl du ihn aufgenommen.«

Jury sah sich Victoria genauer an: hübsch mit ihren halb geschlossenen Lidern, scheint es wohl nicht zu mögen, wenn man ihr die Gedanken vom Gesicht abliest. Die Bemerkung, die ihr herausgerutscht war, war ihr peinlich, und betreten sagte sie: »Entschuldigung, aber könnte ich mich anziehen?« Sie wickelte sich fester in den samtenen Morgenmantel.

»Tun Sie sich keinen Zwang an«, sagte Macalvie. »Abgesehen von verschwundenen Onkels interessiert uns hier sowieso nichts.«

Jessie fragte: »Sie werden nicht einmal nach ihm suchen, was?«

Das kleine Mädchen blieb hartnäckig, und das beeindruckte Jury. »Doch, das werden wir«, verkündete er.

Macalvie steckte die Hände in die Taschen. »Als hätten Sie nicht schon genug um die Ohren.«

»Ich möchte Lady Jessica nur ein paar Fragen stellen.«

»Dann legen Sie endlich los, zum Teufel. Ich verzieh mich lieber zu Freddie. Browne kann mich absetzen, und Sie kommen mit dem Auto nach, wenn Sie hier Ihre kostbare Zeit verplempert haben. Kommen Sie, Wiggins. Ein Glas von Freddies Cider, und Sie sind ein neuer Mensch. Wird Sie umhauen.«

*

Im Salon hörte sich Jury geduldig die Geschichten von hoffnungsloser Liebe und gebrochenen Herzen an, die Jessica über ihre Mutter erzählte. Sie hielt ein Foto in der Hand, das sie von einem Tisch genommen hatte und auf dem die wunderschöne Barbara Allan-Ashcroft zu sehen war. Schon möglich, dass sie tatsächlich so viele Herzen gebrochen hatte.

Ein zweites Foto zeigte ihren Vater, hier war er gegenüber seinem Porträt über dem Kamin blass und merklich gealtert, wohl eine Folge seiner schweren Krankheit.

»Sie ist hübsch, was?«

»Sie ist mehr als nur hübsch. Sie ist wirklich schön. Und du siehst ihr ähnlich.« Die Frau musste gut zwanzig Jahre jünger als ihr Mann gewesen sein. Nach jeder Redepause trug Jessica in ihrer Geschichte von Not und Tod noch dicker auf und zwang Jury, wenn er sich erheben wollte, ihr weiter zuzuhören. Der vermeintliche Besuch des Axtmörders war ein Klacks gegen das tragische Leben von Barbara Allan. Und wenn tatsächlich so viele Männer wegen Jessicas Mutter an gebrochenem Herzen gestorben waren, so musste die Einwohnerzahl von London W 1, Devon und Chalfont St. Giles damals merklich zurückgegangen sein. Jessie versicherte Jury allerdings, dass ihre Mutter nie im Leben einem Verehrer absichtlich wehgetan habe.

Barbara Ashcroft war ein paar Monate nach Jessies Geburt gestorben. Als ihr Onkel Robert nach Australien ging, war sie noch gar nicht auf der Welt gewesen. Victoria Gray, eine Cousine, war zur Beerdigung von Barbara Allan gekommen, und Jessicas Vater hatte sie gebeten zu bleiben. Es hatte noch eine alte Köchin gegeben, die besonders an Lady Ashcroft gehangen und nach ihrem Tod lieber gekündigt hatte. Danach war Mrs. Mulchop gekommen. Und die ganze Gouvernantenriege.

Niemand im heutigen Haushalt kannte Robert Ashcroft von früher, ehe er nach Australien gegangen war.

Jessie erzählte von ihrem Vater, ihrem Onkel, ihren anderen, durchweg entfernten Verwandten. »Nach der Testamentseröffnung haben sie sich plötzlich ständig gemeldet, bis Onkel Rob sie rausgeschmissen hat.«

»Weißt du, wer der Anwalt eurer Familie ist, Jessie?«, fragte Jury. Sie standen jetzt in dem geschmackvoll neugestalteten Hof hinter dem Haus.

»Mr. Mack. Na ja, er ist einer von ihnen. Wir haben –« Sie schien nicht recht zu wissen, wie viel sie hatten – »kofferweise Geld. Mögen Sie Autos?«

»Wie lange arbeitet er schon für die Familie?«

Sie kräuselte die Stirn. »Wer?«

»Euer Anwalt, Mr. Mack.«

»Schon ewig. Mögen Sie nun Autos oder nicht?«

Er hatte ein ungutes Gefühl, eine Vorahnung. Wynchcoombe, Clerihew Marsh, Lyme Regis, Dorchester. Nur Dorchester lag außerhalb eines Radius von vierzig Meilen, nicht jedoch das Herrenhaus von Ashcroft. Und sie war zehn Jahre alt.

»Ja. Ich mag Autos«, sagte Jury.

Sie waren bei Nummer neun angelangt – eins von Jessies Lieblingsautos –, dem Lotus Elite. »Neunzehnsiebenundfünfzig«, verkündete sie feierlich. Mit Begriffen wie »Hubdimension« und »Schwingarmgrill« warf sie so selbstverständlich um sich wie ein Fachmann.

Plötzlich hörten sie eilige Schritte und laute Stimmen. Ein Mann strebte mit Riesenschritten in Richtung des Stalls. »Jess! Was zum Teufel geht hier vor?«

Onkel Robert war zurückgekehrt.

14

»Aber ich habe dir doch Bescheid gesagt«, sagte Onkel Robert. »Ich habe einen Zettel unter deiner Tür durchgeschoben. Und wer ist das?« Er deutete auf Jury.

»Scotland Yard.« Jury reichte Ashcroft seine Karte und lächelte, als wollte er unterstreichen, dass er als Freund gekommen war. »Lady Jessica hat sich wohl etwas Sorgen gemacht und der Polizei erzählt, Sie seien verschwunden. Die Polizei von Devon war auch schon da.«

Ashcroft sah seine Nichte erstaunt an. »Mein Gott, Jess. Du hast die Polizei gerufen –« Er blickte auf Jurys Karte. »Scotland Yard? Nicht zu fassen.«

»Reiner Zufall. Ich bearbeite eigentlich einen anderen Fall und habe den Divisional Commander begleitet –«

Ashcroft kam aus dem Staunen nicht heraus. »Ein Superintendent und ein Divisional Commander, Jess? Und die Premierministerin? Hast du die vergessen? Wie hat es Jess nur geschafft, Sie mit einer simplen Vermisstenmeldung hierherzulocken?«

Jessie betrachtete eine interessante Wolkenformation und schlug vor, ins Haus zu gehen, es sähe ganz nach Regen aus. Und dann fiel ihr noch eine Möglichkeit ein, das Thema zu wechseln: Sie rief nach Henry. »Wo steckt denn Henry? Er ist doch mit uns rausgegangen. Henry!«

Henrys Schnauze tauchte hinter der Windschutzscheibe des Ferrari auf. »Er fährt gern Auto«, sagte Jessie, ließ ihren Onkel los und zerrte Henry aus dem Auto.

Aus den Augen, aus dem Sinn, dachte Jury und lächelte. »Mr. Ashcroft, es tut mir leid, dass sich die Polizei eingemischt hat. Ein Windei. Ich bearbeite einen Fall in Dorchester –«

»Ich habe davon gehört. Wirklich eine furchtbare Geschichte.«

»Furchtbar ist, dass noch zwei weitere Morde geschehen sind.«

Ashcroft blickte seine Nichte an und erbleichte: »An Kindern?«

Jury nickte.

Jessica kam mit Henry zurück. »Eins wurde mit einem Messer erstochen, dem anderen der Schädel eingeschlagen oder so. Rumms.«

»Darüber macht man keine Scherze, Jess«, sagte ihr Onkel streng.

»Tu ich ja gar nicht. Ich wollte dir nur zeigen, wie's war. Es ist übrigens in der Kirche passiert!«

Ashcroft wirkte ratlos. »In welcher Kirche?«

»Drüben in Wynchcoombe.«

Es schien sie nicht weiter zu beunruhigen, dass der Mord direkt in ihrer Nähe passiert war. Ashcroft jedoch war sichtlich besorgt, und Jurys ernster Gesichtsausdruck konnte seine Befürchtungen auch nicht gerade zerstreuen. Ashcroft verfiel in Schweigen, denn er wollte seiner Nichte keine Angst machen.

Jessie wusste über alles genauestens Bescheid. »Sharon hat es mir erzählt. Sie liest mir immer die Schauergeschichten aus der Zeitung vor. Der Axtmörder ist aus dem Gefängnis ausgebrochen –«

Jury lachte. »Moment mal! Er wurde entlassen! Und ob er es überhaupt getan hat, ist gar nicht geklärt. Außerdem war er kein Axtmörder. Da hat die Presse wieder einmal ein bisschen übertrieben.«

Ashcroft war wütend. »Sharons Tage sind gezählt. Sie hätte dir so was nicht vorlesen dürfen. Und die Pralinen hat sie dir auch nicht gegeben? Ich habe ihrem dämlichen Freund sogar ein Trinkgeld gegeben, damit er sie dir bringt.«

»Sharon hat behauptet, es sind ihre Pralinen! Sie hat sich damit geradezu vollgestopft.«

»Die kann was erleben. Jedenfalls habe ich eine neue Gouvernante für dich. Ich glaube, das ist endlich die Richtige.«

Schmollend sagte Jessie: »Aber sonst hast du immer mich wählen lassen!«

»Tut mir leid, Jess. Aber keine von denen hat etwas getaugt – und deswegen habe ich dieses Mal in Londoner Zeitungen inseriert. Darum bin ich auch nach London gefahren. Sara wird dir gefallen. Ganz sicher. Und wenn nicht –« Ashcroft hob die Schultern –, »dann wird sie eben wieder entlassen. Einverstanden? Ich finde, du solltest sie kennen lernen. Sie ist im Salon.«

Jessie antwortete nicht. Sie blickte zu Boden.

»Falls Sie keine weiteren Fragen haben, Superintendent –?«

Jury beobachtete fasziniert Jessicas Reaktion. Es war, als würde sie zum Galgen geführt. »Fragen? Nein, Mr. Ashcroft. Keine Fragen. Allerdings ... ob ich wohl noch einen Blick auf Ihre Autosammlung werfen dürfte –«

»Aber gewiss doch. Nur zu.«

Jessie hielt ihn zurück, sie sagte: »Da ist noch was. Wieso bist du nicht mit einem deiner Autos gefahren?«

Ashcroft strich ihr das dunkle Haar aus dem Gesicht. »Weil in der Zeitung ein Rolls angeboten wurde. Und ich dachte, ich kaufe ihn und fahre damit zurück. Aber er war nicht mehr gut genug in Schuss. Und dann stellte sich heraus, dass Miss Millar – also Sara – ein Auto hat. Damit sind wir dann zurückgefahren.«

Jessie verzog das Gesicht, ihr Onkel nahm sie an der Hand,

und sie gingen davon. Jessie wird sich die neue Gouvernante sicher sofort vorknöpfen, dachte Jury.

Er überquerte den Hof und sah sich die teuren Autos der Reihe nach an: den Ferrari, den Porsche, den Aston Martin, den unglaublichen Zimmer Golden Spirit (der ihm einen leisen Pfiff entlockte), den Mercedes Benz (der offensichtlich nicht oft benutzt wurde), den Jaguar – hier stand ein Vermögen herum.

Jury holte sein Notizbuch heraus und notierte sich den Namen des Anwalts, Mr. Mack. Robert Ashcrofts Erklärung hatte recht überzeugend geklungen: die Nachricht, die er unter der Tür durchgeschoben hatte (wahrscheinlich war sie beim Putzen versehentlich weggeworfen worden), die Pralinen, die als Überraschung abgeliefert werden sollten – und die Miss Plunkett dann verputzt hatte –

Und doch konnte er sich nicht sofort entschließen zu gehen, ähnlich wie während Jessicas Erzählungen. Wenn er doch nur einen triftigen Grund hätte, um wiederzukommen.

Ob er Robert Ashcroft Polizeischutz für seine Nichte anbieten sollte? Schließlich trieb sich ein Mörder in der Gegend herum. Aber Robert Ashcroft würde wohl eher private Leibwächter einstellen und sich ein Schäferhundpärchen zulegen, wenn er einen Mordanschlag auf seine Nichte befürchtete.

FÜNFTER TEIL

DIE HAMMERSCHMIEDE

15

Die Atmosphäre in der »Hammerschmiede« hatte etwas Einschläferndes, was nicht unbedingt an der Fliege lag, die im schwarzen Deckengebälk umhersummte, auch nicht an Mrs. Withersby, die am Kamin vor sich hin döste. Melrose Plant las in der *Times* einen Artikel über ein Übernahmeangebot für eine weitere Werft. Das einzige, was sich hier regte – und das bewirkte möglicherweise die generelle Schwermut –, war Lady Ardrys Mundwerk.

»Die Gicht, Melrose! Dass ich nicht lache«, sagte sie zu ihrem Neffen, dessen Gesicht sich hinter der Zeitung verbarg. »Die Gicht ist es ganz sicher nicht!« Sie sprach über ihren schmerzenden Fuß, den sie mit einer elastischen Binde umwickelt und auf dem Holzschemel hochgelegt hatte, den normalerweise Mrs. Withersby für sich beanspruchte. Sie nippte an einem doppelten Gin, spendiert von Melrose Plant, eben jenem Neffen, dem Lady Ardry die Gardinenpredigt hielt. »Falls es die Gicht ist, dann müsstest du sie haben, nicht ich!«

Er ließ die Zeitung sinken. »Ich und deine Gicht, Agatha? Das wäre das erste Mal in den Annalen der Medizingeschichte.«

»Wehe, du nimmst mich auf den Arm, Plant.«

»Das wäre schwierig.« Melrose vertiefte sich jetzt in die Rezensionen, nachdem er sich ausgiebigst über das politische Geschehen in aller Welt informiert hatte.

»Ich meine, du trinkst schließlich den Portwein, nicht ich.« Sie griff zu ihrem Glas und trank auf die Macht ihrer eigenen Logik.

Melrose ließ die *Times* erneut sinken und blickte nach oben, in das Gebälk. Ob die Fliege da oben wohl wie eine Gewehrkugel die Leere ihrer Unterhaltung durchschlagen könnte? »Die Gicht kann viele Ursachen haben, Agatha. Womöglich hast du die Kuchen-Gicht. Wer weiß, wenn du auf die fetten Torten verzichten würdest, ginge es deinem Fuß vielleicht besser! Gicht entsteht durch Harnsäureablagerungen. So was bekommt man von zu viel Sardinen oder Stinten oder Innereien. Du hast doch nicht etwa zu viel Innereien gegessen, oder?«

»Genau die Bemerkung, die von dir zu erwarten war, Plant. Nicht die Spur von Mitgefühl.«

»Wieso bist du dann mit deinem schlimmen Fuß am Stock in die ›Hammerschmiede‹ gehumpelt, wenn du sowieso schon wusstest, was ich sagen würde?« Er wollte das Thema auf Bücher, auf Literatur lenken, vielleicht interessierte sich Agatha ja (auf Grund irgendeiner abartigen Sternenkonstellation) für amerikanische Autoren, schließlich war sie Amerikanerin. Mit einem Blick in die Zeitung sagte er: »Da, nun sieh dir das an –«

Diese Bemerkung hätte sich auch auf den Mann beziehen können, der jetzt die »Hammerschmiede« betrat – den Antiquitätenhändler von Long Piddleton, Marshall Trueblood. Trueblood sah aus wie ein Passagier auf dem Deck eines gerade ausgelaufenen Ozeandampfers, als wäre er umwirbelt von Konfetti und bunten Luftschlangen. Dazu passte der dunkelrote Seidenschal, den er sich locker um den Hals geschlungen hatte und der ebenso wie sein Kaschmircape im Schottenmuster hinter ihm herwehte.

Dick Scroggs, der Wirt, begrüßte den Neuankömmling wie alle Stammkunden: »Tür zu, Mann.« Dann vertiefte er sich wieder in die Lektüre seiner Zeitung, die er auf der Theke ausgebreitet hatte.

»Mein lieber Scroggs. Warum so barsch, wenn das Geschäft so gut läuft? Sie haben ganze drei Gäste: Plant, Agatha und Mrs. Withersby, wenn sie die als vollwertigen Gast zählen wollen.« Er befreite sich aus seinem schönen Mantel, setzte sich und stieß dabei an Lady Ardrys schlimmen Fuß.

»Autsch«, sagte diese aggressiv, denn in ihren Augen war Trueblood nicht viel mehr wert als Mrs. Withersby. Aber immerhin hatte er Geld, wenn auch nicht so viel wie ihr Neffe.

Trueblood gab eine Runde aus und spendierte einen Gin mit Wermut. Er bot von seinen Balkan Sobranies an, zündete sich selbst eine (farblich zu seinem Schal passende) lavendelfarbene an und klopfte sich Aschestäubchen vom meergrünen Hemd. Trueblood war der Edelstein in der Krone, die Long Piddleton hieß, und Long Piddleton war ein Dorf, eine beeindruckende Ansammlung von Cottages und Geschäften in den Hügeln von Northamptonshire. Scroggs brachte die Getränke, und Trueblood fragte Plant, welche Lektüre ihn denn da so ungemein fessele.

»Rezensionen.«

»Ach, wie reizend. Irgendwas Nützliches dabei?«

Trueblood war zwar kein Geizkragen, aber er maß alles nach Kriterien der Nützlichkeit.

»Gerade wollte ich Agatha diese Kritik vorlesen, sie ist schließlich Amerikanerin –«

»Jetzt hör endlich auf, mir das ständig unter die Nase zu reiben, Plant.« Sie betastete ihren Verband so vorsichtig, als streichle sie ein Neugeborenes. »Will es denn einfach nicht in deinen Kopf, dass ich deinen Onkel geheiratet habe und dass —«

Melrose unterbrach sie. »Jetzt hör mal zu, was hier steht: ›Dieser Ton leichter Überlegenheit ist an vielen Stellen unerträglich, insbesondere da er symptomatisch ist für eine Kultur in ihrer imperialen Phase —‹«

»Was wird denn in dieser Rezension besprochen?«, fragte Trueblood.

»Ein Essayband von John Updike. Aber was zum Teufel ist damit gemeint? Selbst wenn man die ›imperiale Phase‹ weglässt – ich meine die der Vereinigten Staaten –, was genau hat man sich unter Updikes ›leicht überlegenem Ton‹ vorzustellen?«

»Wahrscheinlich den von Withers.« Trueblood rief zu dem Aschenputtel hinüber: »Withers, altes Haus, noch einen Gin mit Schuss?«

Mrs. Withersby hatte gegen ein weiteres Gläschen nichts einzuwenden, humpelte zur Bar und spuckte im Vorbeigehen in den Kamin.

Trueblood fuhr fort: »Nein, ›leicht überlegen‹ ist eher der Ton von Franco Giopinno, Vivians schmierigem Italiener.«

Vivian Rivington, eine langjährige und (nach dem Geschmack von so manchem) schöne Freundin, weilte in Italien, wo sie ihren ›schmierigen Italiener‹ besuchte.

»O ja. Genau, das ist es«, sagte Trueblood und staunte einmal wieder über sich selbst. »Was meinen Sie, ist sie nun nach Venedig gefahren, um bei ihm zu wohnen oder um ihm beizuwohnen – oh, Verzeihung, altes Haus —« Er schaute Agatha mit Unschuldsmiene an. »Das war wohl etwas daneben.«

»Bei mir brauchen Sie sich nicht zu entschuldigen, Mr. Trueblood! Von Ihnen bin ich einiges gewohnt.«

Trueblood und Melrose sahen sich an.

»Aber wenn sie sich nun für so überlegen hält –«

»Tja ja. Leicht überlegen«, sagte Trueblood. »Das ist, als würde man ›leicht anständig‹ sagen. Finden Sie nicht, Melrose? Ich weiß doch, wie gern Sie Vivian mögen.«

Solche Sprüche machte Trueblood immer, wenn Lady Ardry zugegen war. Melrose wusste, sie hätte Trueblood liebend gern eins mit ihrem Stock übergezogen, aber sie wollte Plant unbedingt vom Thema Vivian ablenken.

»Also, ich finde die Kritik äußerst unamerikanisch.«

»Na ja, Updike jedenfalls kommt nicht besonders gut weg«, sagte Melrose.

»›Ein typisch amerikanisches Sendungsbewusstsein, das die ganze Welt für den geeigneten Empfänger amerikanischer Segnungen hält.‹« Da konnte er nur noch den Kopf schütteln.

Agatha hatte jedoch nur eins im Auge, nämlich ihr Glas.

»Was mich angeht«, sagte Agatha, »so habe ich die Absicht, im guten alten England zu bleiben.« Sie streichelte ihren hochgelagerten Knöchel. »Keine Macht der Welt bringt mich in die Vereinigten Staaten zurück.«

Ein triftiger Grund für einen Massenexodus, dachte Melrose. Aber warum sollte sie auch in die Staaten zurückkehren? Hier hatte sie alles, was ihr Herz begehrte. Ihr Pech, dass sich alles in Ardry End befand – das Kristall, die Queen-Anne-Möbel, die Dienstboten, Ländereien und Schmuck … Na ja, nicht der ganze Schmuck – auf ihrem wogenden Busen erblickte Melrose nämlich eine kunstvoll ziselierte Silberbrosche, die er zuletzt bei seiner Mutter gesehen hatte. Die Countess of Caverness war schon eine ganze Weile tot. Seine Tante wollte wohl ihre Nachfolge antreten, und dabei war Agatha genau genommen gar keine Lady. Sie war lediglich mit Melroses Onkel – dem Ehrenwerten Robert Ardry – verheiratet gewesen. Agatha fand, die Toten sollten ihre Toten begraben, nicht jedoch die Titel, und war nun schon lange mit Kuchen und Schnaps verheiratet.

»Ich kann es gar nicht glauben«, sagte Melrose, »dass jemand Amerika freiwillig den Rücken kehrt, um in einem Land der Amateure zu leben.«

Trueblood zog die Brauen hoch: »Bezieht sich das auch auf Antiquitätenhändler?«

Agatha seufzte laut. »Ich weiß überhaupt nicht, worum es geht, Plant.«

Was nichts Ungewöhnliches war. Es beflügelte Melrose jedoch, noch weiter in die Untiefen dieser seichten Unterhaltung einzudringen: »Die Rede ist von Amateurkrämern, Amateurwirten, Amateurpolitikern, Amateurmetzgern –«

Lady Ardry setzte sich ein wenig zu abrupt auf und verzog vor Schmerz das Gesicht. Melrose sollte seine Witze über die Premierministerin reißen, aber über den Lieferanten ihres täglichen Koteletts, das ging zu weit: »Amateurmetzger! Also, auf Mr. Greeley lasse ich nichts kommen – nach dem herrlichen Braten von gestern Abend!«

»Ich sage ja gar nichts gegen Mr. Greeleys Braten. Aber meines Wissens hantiert er mit Beilen und Hackmessern und Sägen herum wie ein Wilder.«

»Melrose! Du willst mir nur meinen Drink vermiesen.«

»Ich will damit Folgendes sagen: Wetten, dass dich kein amerikanischer Metzger mit blutverschmierter Schürze und dem Messer in der Hand begrüßt? Immer, wenn ich Mr. Greeley sehe, muss ich an den Film *Blutgericht in Texas* denken, oder wie auch immer dieser unmögliche Film hieß. Und es gibt noch eine weitere Kategorie – die Amateurverbrecher. Amerika, das ist Al Capone und Scarface, der Pate und

Richard Nixon. Hier in England gibt es nur Brixton und die IRA.«

»Ich muss schon sagen, alter Junge«, entgegnete Trueblood, »finden Sie, dass das ein Kompliment für die USA ist?«

»Soll es ja gar nicht sein. Ich meine ja nur, wenn Amerikaner zuschlagen – zumindest die Profigangster –, dann klappt es auch. Da wird nicht geschlampt wie bei uns.«

»Bei dir ist eine Schraube locker, Melrose. Du hast nicht mehr alle Tassen im Schrank. Ich hätte gern noch einen Sherry, wenn du so freundlich sein würdest.« Agatha pflegte an sich zu reißen, was sie nur bekommen konnte.

Melrose insistierte: »Wisst ihr noch, dieser John McVicar, der aus Durham ausgebrochen ist? Das ist ein Zuchthaus wie Dartmoor. Vor ihm hatte das noch keiner geschafft. Zwei schwere Jungs haben es bisher fertig gebracht. Einer brach sich den Knöchel, als sie über die Mauer oder was auch immer kletterten, weswegen das Treffen mit den Fluchthelfern nicht klappte. Schwuppdiwupp springt John in den Wear oder den Tyne – oder was auch immer – und schwimmt hastewas-kannste. Aber jetzt sitzt er in der Patsche, denn wie soll er nun Kontakt zu seinen Freunden von draußen aufnehmen? Raten Sie mal, was er tut?«

Agatha seufzte, denn Melrose hinderte Trueblood daran, zur Theke zu gehen. »Keinen blassen Dunst«, sagte Trueblood.

»Er marschiert in eine öffentliche Telefonzelle. Ich meine, ist doch undenkbar, dass Al Capone oder Scarface in eine Telefonzelle gegangen wären und nach einer Zehn-Pence-Münze gesucht hätten –«

Scroggs unterbrach sie und rief von der Theke her: »Telefon für Sie, M'lord.« Es wollte nicht in Dick Scroggs' dicken Schädel, dass Melrose Plant seine Titel abgelegt hatte.

»Ein Anruf?«, fragte Agatha. »Hier? Wer um alles in der Welt ruft dich in der ›Hammerschmiede‹ an? Merkwürdig.«

Es war Ruthven, Melroses Butler. Die Botschaft, die Ruthven übermittelte, war so mysteriös, dass Melrose ihm gar nicht glauben wollte: Superintendent Jury wollte, dass Lord Ardry mit seinem Silver Ghost nach Dartmoor fuhr.

»Ja, geht in Ordnung«, sagte Melrose. »Ja, ja, ja, Ruthven. Danke.«

Sein Freund Jury hatte ihn im Laufe der Jahre um so manchen Gefallen gebeten. Aber warum brauchte er jetzt einen Grafen mit einem Silver Ghost?

SECHSTER TEIL

Das Ende des Tunnels

16

AN DIESEM MORGEN blieb Jessica auf der Schwelle des Salons stehen und weigerte sich, auch nur einen Fuß ins Zimmer zu setzen, als könne sie so die Person weghexen, die sie jetzt kennen lernen sollte. Nein, sie blickte nicht auf, sie kam nicht näher, obwohl ihr Onkel immer ungeduldiger wurde. Sie wusste ja, was sie sehen würde: eine Freundliche Fanny.

Und Onkel Rob sagte in diesem einschmeichelnden Ton, den er immer anschlug, wenn er böse auf sie war, gleichzeitig aber ihre Nöte verstand (was oft passierte): »Miss Millar kommt noch auf die Idee, dass du dich mit ihr nur quer durchs ganze Zimmer unterhalten willst, Jess.«

Jess erdolchte ihren Onkel mit Blicken, vermied aber, Miss Millar anzusehen.

Jetzt sagte Miss Millars Stimme – honigsüß natürlich: »Ich weiß noch, wie wir mal eine neue Lehrerin bekamen. Ich weiß noch, wie schrecklich schüchtern ich war.«

Schüchtern? Jessica Mary Allan-Ashcroft und schüchtern? Noch nie im Leben – zumindest in dem Leben, das sie nun mit Onkel Robert führte – hatte jemand Jessie für schüchtern gehalten. Sie errötete vor Zorn, was sie nur noch zorniger machte, denn dass sie rot wurde, konnte man als Beweis für ihre Schüchternheit auslegen.

»Na, komm schon, Jess«, sagte ihr Onkel. Es geschah wirklich nicht häufig, dass er sich für Jessicas Benehmen schämen musste.

Henry hatte »komm schon« gehört und schreckte aus seinem Nickerchen hoch.

»Du nicht«, murmelte sie und versetzte ihm einen sanften Tritt.

Die freundliche Stimme sagte: »Na gut, dann unterhalten wir uns eben beim Lunch. Oder beim Dinner.« Jetzt klang die Stimme belustigt. »Beim Frühstück? Ich weiß nur nicht, ob ich so lange durchhalte –«

Schlau von der Neuen. Sie nahm Jessie ihr Benehmen nicht übel, und dabei wusste Jess, wie unmöglich es war. Klar, dass diese Freundliche Fanny auch Sinn für Humor hatte. Schließlich hatte auch Onkel Rob einen umwerfenden Sinn für Humor. Jessie wusste, dass Humor alle möglichen Fehler ausglich. Außer der Tatsache, dass sie vielleicht potthässlich war. Jessie riskierte einen raschen Blick nach oben. Pech gehabt. Fanny war weder ein Monster noch ein Zwerg, sie war fast hübsch. Aussichtslos. Und geduldig war sie auch. Eine Engelsgeduld, denn ein Engel musste sie wohl sein. Jessie erinnerte sich dunkel an ein Shakespeare-Zitat, die Irre Irene hatte sie gnadenlos mit Shakespeare bombardiert.

»Jess!«, versuchte es Onkel Rob erneut, jetzt deutlich aggressiver. »Was soll das, warum stehst du da wie ein Ölgötze und ringst die Hände?«

Jessie sagte mit geschlossenen Augen: »Ich ringe sie nicht, ich wasche sie. ›Was, werden diese Hände nimmer rein? – Nichts mehr davon Ge –‹« Wie es weiterging, wollte ihr nicht einfallen.

Nun hörte sich Onkel Robert besorgt an. »Jessie. Bist du krank? Was ist los mit dir?« Ein unsicheres Lachen. »Du wirkst etwas irre.«

Ganz recht. Sie lachte in sich hinein und lief aus dem Zimmer.

17

»Und so hat es sich abgespielt«, sagte Macalvie. Sie saßen in dem mobilen Büro in Wynchcoombe. Macalvie hatte den Sergeanten, der die Telefonanlage bediente, drei Wachtmeister und Constable Coogan hinausgeworfen, sodass neben Jury und Wiggins nur noch Detective Inspector Neal zugegen war, der Macalvie über den Rand seines Kaffeebechers hinweg gelassen musterte.

»Sie haben den Fall also aufgeklärt, Macalvie?«, fragte Neal ironisch. »Das möchte ich, verdammt noch mal, auch hoffen. Weil ich nämlich in einer Sackgasse stecke. Unser Oberwachtmeister ist ganz schön durcheinander. Dauernd diese Anrufe von ängstlichen Eltern.«

Macalvie lehnte sich in seinem Stuhl zurück und verschränkte die Hände hinter dem Kopf. »Sein Pech. Grüßen Sie Dorset schön und fragen Sie Ihren Chef, ob er mir weitere vierundzwanzig Stunden zugesteht.«

Neal lächelte und schüttete den Rest seines Kaffees in den Ausguss. »Wird sofort gemacht. Ich fahre wohl lieber zurück und kümmere mich um den Mörder des kleinen Riley, was meinen Sie?«

Macalvie nickte ernst. »Damit würden Sie der Polizei von Dorset einen Riesengefallen tun.«

Neal ging kopfschüttelnd.

Macalvie redete weiter, als wäre nicht Neal, sondern sein Geist durch die Tür entschwebt, und als gehörte er zu einer ganzen Welt von Geistern, die ihn anstaltsreif machen wollte. Die Mächte der wirklichen Welt konnten ihm schließlich nichts anhaben.

»Nehmen wir mal den Namen des Pubs, wo diese Mordserie anfing, ›Der Ständebaum‹. Normalerweise ist so ein Schild in fünf Felder aufgeteilt, in denen fünf Figuren für die fünf Gewalten stehen. Der Priester symbolisiert die Kirche, der Anwalt das Recht, der Soldat das Militär, richtig? Dann eine Figur, die die Staatsgewalt symbolisiert. Schließlich eine Figur, die König, Königin oder das Land symbolisiert. Aber auf unserem Ständebaum in Dorset ist die fünfte Figur der Teufel, der ›alles nimmt‹. Zum Beispiel Menschenleben. Wir haben George Thorne, einen Rechtsanwalt; wir haben Davey Whites Großvater, einen Pastor –«

Wiggins unterbrach ihn. »Sie vergessen, dass Simon Rileys Vater bloß Metzger ist.«

Macalvie lächelte schmal. »Stimmt, aber seine Frau ist mit einem Staatsanwalt verwandt, der sich fürs Parlament hat aufstellen lassen – mit anderen Worten, er vertritt die Staatsgewalt. Fehlen noch zwei Figuren: der Soldat und der Teufel. Der Teufel ist der Mörder. Fehlt also noch ein Mord.« Er blickte Jury an. »Meine Theorie scheint Ihnen nicht einzuleuchten.« Macalvie hielt Wiggins die Hand hin, der ihm eine Halspastille gab.

»Sie haben doch sicher das Porträt von Jessica Ashcrofts Vater bemerkt.«

»Natürlich. Er war bei den Grenadieren. Militär.« Macalvie zog die oberste Schublade des Schreibtisches auf und holte einen Viertelliter Whisky und ein schmutziges Glas heraus. »Ich hör auf mit diesem lausigen Job, Ehrenwort. Wandere nach Amerika aus. Da ist der Schnaps billiger.« Er blickte zur Decke, als wäre Amerika dort zu finden, öffnete die Flasche, trank einen Schluck und reichte dann Wiggins das Glas.

»Möglicherweise sind wir auf verschiedenen Wegen zum gleichen Schluss gekommen«, sagte Jury. »Wenn auch Sie an Jessica Ashcroft denken.«

»Genau. Und auch an Sam Waterhouse. Der hat fast neunzehn Jahre gebrummt. Vielleicht wollte er sich rächen.« Macalvie schüttelte den Kopf. »Ich behaupte immer noch, er ist nicht der Typ dafür. Weder damals noch heute. Wollen Sie Ihre Zukunft in der Neige Ihres Glases lesen, Wiggins, oder möchten Sie es weitergeben?«

»Nach dem, was Sie sagen, ist es fast sicher, dass es Waterhouse war. Hass auf jegliche Autorität. Und er wurde kurz vor der Mordserie entlassen.«

Macalvie legte die Hände um das Glas und fixierte die Decke. »Ich kann einfach nicht glauben, dass es Sam gewesen sein soll.«

»Was ist mit Robert Ashcroft?«

Macalvie nahm die Füße vom Schreibtisch. »Was für ein Motiv hätte er gehabt?«

»Vier Millionen Pfund. Und er war an den Tagen, an denen die Morde geschahen, nicht zu Hause. Niemand im Haushalt kannte ihn vor seiner Rückkehr aus Australien. Ich fahre nach London und knöpfe mir mal den Anwalt der Ashcrofts vor. Aber selbst wenn Ashcroft wirklich der Bruder ist, so ist da immer noch –«

Macalvie unterbrach ihn. »Geld wie Heu. Stimmt's?«
Jury nickte.

»Aber wieso dann die anderen Morde? Tarnung?«
Wieder nickte Jury.

Macalvie schüttelte den Kopf, als wollte er sich den Kopf frei machen, goss Whisky ein und reichte Jury das Glas. »Was ist dran an der Geschichte, dass er mit dem Zug nach London gefahren ist?«

»Er sagt, er wollte sich einen Rolls ansehen, der in der *Times* inseriert war.«

»Das lasse ich überprüfen, mal sehen, ob tatsächlich so

eine Karre angeboten wurde. Und ob Ashcroft sie sich wirklich angesehen hat. Aber nehmen wir mal an – nur um es auszudiskutieren –«

»Ich will aber nicht mit Ihnen diskutieren, Macalvie.« Jury gab das Whiskyglas an Wiggins weiter, obwohl er wusste, dass Wiggins nicht gerne mit anderen aus einem Glas trank. »Ich meine nur, dass Jessica Ashcroft gefährdet ist.«

Macalvie redete weiter, ohne auf Jurys Bemerkung einzugehen. »Nehmen wir mal an, dass Ashcroft der Mörder ist. Wieso ist er nicht mit dem Auto nach London gefahren? Er hat im Ritz gewohnt. Dem Portier wäre jedes von Ashcrofts Autos bei Anfahrt oder Abfahrt aufgefallen. Also durfte er seine eigenen nicht benutzen. Viel zu auffällig. Also Zug oder Bus oder Mietwagen. Wobei ein Mietwagen zu riskant gewesen wäre. Nehmen wir also an, er fuhr am Zehnten mit dem Zug von Exeter nach London. Ein Schwätzchen mit dem Bahnhofsvorsteher, damit der sich auch ja daran erinnert, dass er abgereist ist. Er nimmt sich ein Zimmer im Ritz. Zug zurück nach Dorchester – sind nur drei Stunden, hin und zurück sechs –, aber er hätte auch auf der Hinfahrt aussteigen, den kleinen Riley umbringen und erst dann nach London fahren können. Am Zwölften zur Waterloo Station, Nachtzug nach Exeter – nein, nicht nach Exeter. Der Bahnhofsvorsteher könnte sich an ihn erinnern. Axminster. Wie wäre es mit Axminster?«

Wiggins schüttelte den Kopf. »Warum sollte er sich die ganze Mühe machen? Immer hin und her. Wenn er uns auf die Fährte eines Geisteskranken lenken will –?«

»Weil er nicht in der Gegend sein durfte, wo die Morde passiert sind«, sagte Macalvie.

»Und was macht er«, fragte Jury, »nachdem er in Axminster ausgestiegen ist? Zu Fuß nach Wynchcoombe ist ja wohl ein bisschen weit. Wie kommt er hin? Und wie kommt er nach Lyme Regis?«

»Nicht mit dem Zug also. Na gut, aber ein Auto mietet er auch nicht. Er kauft sich eins in London. Etwas Schnelles und Kostspieliges, das durch den TÜV ist. Kauft es bei einem dieser schäbigen Hehler, von denen es in London wimmelt. Die kümmern sich einen Dreck darum, unter welchem Namen man kauft. Damit hat Ashcroft am Dreizehnten Zeit für die Vorstellungsgespräche mit den Erzieherinnen und auch noch Zeit genug, um zu warten, bis eine tatsächlich ihre Sachen packt, die ihn am Fünfzehnten nach Ashcroft fährt.« Er sah Jury an. »Ihre Meinung?«

»Legen Sie Wert darauf?«

»Nicht besonders. Wir klappern die Gebrauchtwagenhändler ab. Fotos, wir brauchen Fotos. Aber Ashcroft darf nichts davon mitkriegen, sonst wird er argwöhnisch.« So einfach hatte sich Macalvie Jurys Theorie zu eigen gemacht. »Ich kann keinen Polizeifotografen hinschicken.«

»Einen Fotografen habe ich«, sagte Jury.

Macalvie runzelte die Stirn. »Und wen, bitteschön?«

»Molly Singer.«

Macalvie lächelte. »Sie meinen Mary Mulvanney.« Er lehnte sich zurück und legte die Füße wieder auf den Schreibtisch.

»Okay, gehen wir mal davon aus, dass sie wirklich Mary Mulvanney ist. Da haben wir Sam Waterhouse und Angela Thornes Vater, ja, die Zufälle summieren sich. Es sind mir zu viele. Zwischen den Morden gibt es eine Verbindung. Zwischen dem alten und den neuen. Die Theorie, die für Sam Waterhouse gilt, lässt sich auch auf sie anwenden. Rache. Obwohl dann der Mord an dem kleinen Riley und Davey White keinen Sinn ergibt. Wir schleusen also Molly auf Ashcroft als

Fotografin für irgendeine snobistische Illustrierte über Autos oder den Landadel ein. Einen Presseausweis können wir sicherlich besorgen.«

Macalvie nahm die Füße vom Tisch und sagte stirnrunzelnd: »Jury, soll das heißen, dass Sie die Hauptverdächtige mit Jessica Ashcroft zusammenbringen wollen?«

»Wer behauptet denn, dass Sie meine Hauptverdächtige ist? Und was ist mit Waterhouse? Jessica lebt dort sowieso mit einem anderen Verdächtigen zusammen. Ihrem Onkel. Falls es Molly Singer war, so würde sie in einem Haus, in dem sie fotografieren soll, wohl kaum zuschlagen.«

»Mary Mulvanney.« Macalvie holte einen Schnappschuss aus seiner Brieftasche. Er zeigte drei lächelnde weibliche Wesen: ein kleines Mädchen und ein älteres Mädchen mit heller Haut und dunklem Haar als lächelnder Mittelpunkt des Dreiergespanns.

Jury schüttelte den Kopf. »Ich sehe keine Ähnlichkeit mit Molly Singer, das ist einfach irgendein dunkelhaariges Mädchen.«

Macalvie steckte das Foto wieder in seine Brieftasche.

Das rührte Jury. Zwanzig Jahre hatte Macalvie das Foto mit sich herumgetragen. »Sie werden wohl nie darüber hinwegkommen, dass eine Fünfzehnjährige in Ihr Büro gestürmt ist und Ihnen an den Kopf geworfen hat, dass die Gerechtigkeit, die Polizei und vor allem Sie persönlich einen Dreck wert sind. Das macht Ihnen immer noch zu schaffen, was?«

Macalvie schwieg einen Augenblick. »Nein, Jury. Sie macht *Ihnen* zu schaffen. Los, wir sollten mit ihr reden. Anders werde ich Sie nie davon überzeugen können, wer sie wirklich ist.«

»Aha, eine Runde Einschüchterungstaktik?«

»Wer, ich?«

»Überlassen Sie mir das mit den Fotos, ja? Nach einem Plausch mit Ihnen dürfte sie vielleicht keine Lust mehr haben, der Polizei bei ihrer Arbeit zu helfen.«

*

MACALVIE HATTE ES SICH auf dem Stuhl am Kamin gemütlich gemacht, nachdem er die schwarze Katze von dort verscheucht hatte, die nun auf seinen Füßen lagerte wie ein Bleigewicht.

Sie waren unangemeldet aufgetaucht, Macalvie hatte Jurys Einwände einfach nicht ernst nehmen wollen. Jury hatte schon seine ganze Überredungskunst aufbieten müssen, damit Macalvie Molly Singer nicht auf die Polizeiwache von Lyme Regis schleifte.

»Ich weiß nicht, wovon Sie reden«, sagte Molly und blickte von Macalvie zu Jury.

»O doch, das tun Sie«, sagte Macalvie mit dem ihm eigenen Charme. »Vor zwanzig Jahren hat man Ihre Mutter Rose in einem Kaff namens Clerihew Marsh ermordet –«

»Keinen Schimmer, wo das ist«, sagte Molly.

»In Dartmoor, etwa vierzig Meilen von hier.«

Ihr Gesicht war wie eine Maske, man konnte nichts davon ablesen, ihr Körper steif. Doch die Gefühle, die sie zurückdrängte, schienen sich gegen ihren Willen im Raum zu verbreiten. Jury fühlte sich gleichermaßen zu ihr hingezogen und von ihr abgestoßen.

Interessant, dass Macalvie trotz der im Raum herrschenden Spannung ganz ungerührt blieb, obwohl er eigentlich nicht unsensibel war.

»Möchten Sie meine Geburtsurkunde sehen? Dann haben Sie meine Identität schwarz auf weiß.«

»Aber gern.« Er schob sich ein Bonbon in den Mund und

beugte sich vor. »Ob Sie Papiere anschleppen oder den Priester, der Sie getauft hat, mitsamt all Ihren Beichtvätern – Sie sind doch Katholikin, oder? –, egal, was dabei herauskäme: Sie sind und bleiben Mary Mulvanney. Was zum Teufel haben Sie in Lyme zu suchen?«

»Muss ich mir einen Anwalt nehmen?«

Macalvie lächelte schmal. »Singer könnte natürlich der Name Ihres Mannes sein. Ist das so?«

»Nein.«

»Warum erzählen Sie uns nicht zu Ende, was genau in Clerihew passiert ist?«

Eine überraschende Frage, fand Jury, und auch Molly Singer schien überrumpelt, zumal Macalvie ihr das Foto aus seiner Brieftasche in den Schoß geworfen hatte.

»Ich weiß nicht, wovon Sie reden.«

»Finden Sie nicht, dass Sie diesen Satz etwas überstrapazieren?«

Molly blickte Hilfe suchend zu Jury. Würde er das Netz wieder entwirren, das Macalvie um sie spann? Aber Jury sagte nichts, obwohl er streng genommen das Sagen hatte. Das hier war Dorset, nicht Devon. Aber im Augenblick hing alles an einem seidenen Faden, und der würde vielleicht reißen, wenn er sich einmischte.

»Sam Waterhouse ist raus – aber das haben Sie sicherlich gelesen.«

»Noch nie von ihm gehört«, sagte sie mit tonloser Stimme und ohne eine Miene zu verziehen.

Macalvie hatte zwei hohe Karten ins Spiel gebracht – den Schnappschuss und Sam Waterhouse. Macalvie überrumpelte zwar sein Gegenüber, aber er benutzte keine billigen Tricks. Es wurde ernst. »Gehen wir diese Geschichte am Cobb noch einmal durch.«

Molly Singer schüttelte nur den Kopf. Sie hatte das Foto immer noch nicht angefasst. »Warum sollten wir? Sie glauben mir ja doch nicht.«

Er machte es sich bequem, schlug ein Bein über das andere und fragte: »Ach, wirklich?« Es klang fast freundlich.

Und dann redete sie. Erzählte ihm die gleiche Geschichte, die sie schon Jury erzählt hatte. Und sie hatte keine Erklärung für ihr Verhalten. Impuls, sagte sie. Für Jury hatte ihre Geschichte etwas von einem Traum: eine Frau auf den Felsen, die ein totes Kind findet und den Hund zurückbringt ...

Molly redete weiter: »Das ist die Wahrheit, wirklich. Ich weiß, dass Sie kein Verständnis für etwas hätten, das man als Neurose bezeichnen könnte –«

»Wie kommen Sie denn darauf?«

Die Frage schien aufrichtig zu sein. Aber was sollte die nächste Frage bedeuten: »Als Sie in den Speisesaal des Hotels gekommen sind, da haben Sie mich erkannt, ja?«

»Ich habe Sie noch nie gesehen«, antwortete Molly.

»Aber ich habe Sie verdammt noch mal wiedererkannt: das Mädchen, das vor zwanzig Jahren in mein Büro gestürmt ist und Kleinholz daraus gemacht hat. Sie müssen aufpassen, dass Ihr Temperament nicht mit Ihnen durchgeht, Mary – Entschuldigung, Molly –, sonst bringen Sie eines Tages noch jemanden um.«

Sie sah ihn mit großen Augen an. »Ach, ich bin also die Hauptverdächtige?« Sie betrachtete das Foto und schüttelte den Kopf. »Eine schlechte Aufnahme. Wer möchte behaupten, dass ich dieses Mädchen bin?«

»Ich gehe nicht nach dem Foto, und das wissen Sie verdammt gut.«

»Was für ein Motiv soll ich denn gehabt haben, Angela Thorne umzubringen?«

»Ich bin kein Psychiater –«

Bitter sagte sie: »Das merkt man.«

»... aber ich kann mir vorstellen, wie schrecklich es ist, wenn die eigene kleine Schwester mit dem Blut ihrer Mutter auf die Wände malt. Und schrecklich, wenn man sie in der Klapsmühle besucht und sie in diesem katatonischen Zustand ist. Und was Sie mir vor zwanzig Jahren an den Kopf geworfen haben, dass Sie sich irgendwann rächen würden – an der Polizei, an den Richtern, an Gott, an allen, die den wahren Mörder nicht gefunden haben –, das gilt immer noch. Sam Waterhouse war Ihr Freund. Und Sie dürften nichts für die Leute übrighaben, die ihn ins Kittchen gebracht haben. George Thorne. Der Vater des Mädchens.«

Ihre Miene war ausdruckslos. »Ich kenne ihren Vater nicht, weiß auch nicht, was er tut oder getan hat. Sie haben nichts als einen Stofffetzen und wollen daraus einen ganzen Fall zusammenflicken –«

»Der Stoff ist wie für Sie zugeschnitten und passt.«

»Aber wie erklären Sie sich dann, dass ich mein Cape dagelassen und den Hund zurückgebracht habe?«

»Zugegeben, da blicke ich immer noch nicht durch.« Er schien nicht daran zu zweifeln, dass ihm das auch noch gelingen würde. »Wie gesagt, ich bin kein Psychiater.«

Molly Singer stand auf. »Und ich nicht Mary Mulvanney.«

18

»Iss auf, Jess!«, sagte Robert Ashcroft, der Zeitung las, geistesabwesend. Am Frühstückstisch saßen jetzt drei, und dabei war es zu zweit so gemütlich gewesen.

»Ich mag meinen Toast nicht in Streifen geschnitten«, sagte Jessie und blätterte in dem Buch herum, das sie mit an den Frühstückstisch gebracht hatte.

Onkel Rob blickte von seiner Zeitung auf. »Seit wann denn das?«

»Ich mag auch kein geköpftes Ei. Ich pelle es lieber ab.«

Sara Millar legte den Kopf schief. Sie saß mit dem Rücken zum Fenster, und ihr blond gefärbtes Haar glänzte in der Morgensonne.

»Entschuldigung, Jessica. Ich habe angenommen –« Die ruhige Stimme verstummte. Die Selbstlose Sara hatte es auf sich genommen, Jessie das Frühstück zu machen, und damit der unterbeschäftigten Mrs. Mulchop eine weitere Mühe abgenommen.

»Bist du immer noch böse auf mich?« Robert Ashcroft sah betrübt aus.

Es tat Jessie leid, dass er so gekränkt aussah, denn sie war schuld daran. Aber hier ging es um ein Machtspiel, da durfte ihr kein Fehler unterlaufen. Nur nicht weich werden. Und so tat sie seine Frage mit einem Achselzucken ab.

Was ihren Onkel natürlich noch mehr beunruhigte. »Du benimmst dich unmöglich –«

Sara Millar mischte sich geschickt ein. »Was liest du denn da, Jessie?«

Ha, die Frau wollte sich bei ihr eindeutig Liebkind machen. »*Rebecca* und *Jane Eyre*.« Jess blickt Sara fest in die

Augen, hübsche, große Augen von dem gleichen Blaugrau wie das Kostüm, das sie gestern angehabt hatte. Ihr Gesicht war klar, zwar nicht gerade schön, aber durchaus apart, und es wurde von einem Kranz aus aschblondem Haar umrahmt, das von einem mattrosa Haarband zusammengehalten wurde, welches farblich zu ihrem Pullover passte. Bestimmt würde sie zunächst immer so unscheinbar aussehen: gedeckte Farben, nur ein Hauch von Make-up, nur eine Spur Lippenstift. Die Verwandlung würde später kommen, wenn sie sich Onkel Robert erst gekrallt hatte: aufgedonnerte Kleider, mit Schmuck behängt wie ein Weihnachtsbaum (Barbara Allans Smaragde vielleicht?), das Haar zur Gretchenfrisur geflochten, aus der sich ein paar kesse Strähnchen lösen durften, wenn die Sinnliche Sara die prachtvolle Freitreppe von Ashcroft heruntergerauscht kam.

Während Jessie über Saras bevorstehende Metamorphose nachdachte, redete Sara über Bücher: » ... zwei meiner Lieblingsbücher«, sagte die Selbstlose Sara.

Jessie blickte von dem Buch auf, das sie zu lesen vorgab. Onkel Robert hatte gesagt, es sei unhöflich, in Gesellschaft zu lesen, aber da hatte sie ihm nur seine Morgenzeitung unter die Nase reiben müssen. Bis jetzt hatte sie sowieso noch nie Lust gehabt, Bücher mit zu Tisch zu bringen.

»Zwei meiner Lieblingsbücher.« Das hätte Sara auch gesagt, wenn Jessie sich Comichefte wie *Beano* und *Chips and Whizzer* mitgebracht hätte.

Sara zitierte: »›Gestern Nacht träumte mir, ich sei wieder in Manderley.‹ Ist das nicht ein umwerfender Satz? Wenn ich doch nur halb so gut wäre.«

Robert Ashcroft merkte auf und fragte: »Sie schreiben?«

Sara Millar lachte. »Gewiss nichts, was Sie lesen würden.«

Jessie wurde immer ärgerlicher. Wenn die da von Manderley träumte, warum ging sie nicht dorthin zurück? Sie gab ihr unter dem Tisch einen kleinen Tritt.

Sara kippte leicht nach vorn. »Was war das?«

Onkel Rob hob das Tischtuch. »Was hat Henry da zu suchen? Schick ihn raus, Jess.«

»Nein, lassen Sie nur«, sagte Sara, sie erholte sich rasch von dem Tritt mit der Pfote, der sie am seidenbestrumpften Bein getroffen hatte. »Es war nur der Schreck. Hallo, Henry.«

Jessie musste mit ansehen, wie Henry, der Verräter, sich von Sara streicheln ließ. »Darf ich aufstehen?«, fragte Jessica betont wohlerzogen.

»Wo willst du hin?«, fragte Onkel Rob. »Heute ist Schule.«

Jessie war außer sich vor Wut.

»Ich will mich auf die Mauer setzen.«

»Die Mauer?«, fragte Sara verwundert.

»Die um unser Anwesen«, gab Jess in besserwisserischem Ton zurück. »Ich sitze gern da und sehe mir von weitem das Gefängnis an. Aus dem der Axtmörder ausgebrochen ist.«

»Jess, zum x-ten Mal, es ist niemand ausgebrochen.«

»Und was ist mit den Morden?«, fragte sie achselzuckend Sara Millar.

»Jessie, du brauchst keine Angst zu haben –«, sagte Sara.

Angst? Jess hatte vor nichts Angst, außer dass sich Onkel Rob verheiraten könnte. Sie drückte ihre beiden Bücher an sich und wollte gerade den Raum verlassen, als Victoria Gray erschien. Sie war in Reitkleidung.

Man wünschte sich einen guten Morgen. Victoria wurde an den Frühstückstisch gebeten, sie blieb jedoch an der Anrichte stehen und schenkte sich erst einmal aus einer silbernen Kanne einen Kaffee ein. Jess blickte von einer Frau zur anderen. Victoria sah zwar besser aus, aber sie war alt.

Na ja, fast so alt wie Onkel Rob. Die Selbstlose Sara war jung und taufrisch.

»Dann will ich mal«, sagte Victoria. »Reiten Sie auch?«, fragte sie Sara höchst reserviert.

»Ein bisschen«, sagte Sara lächelnd.

*

»Rede nicht mit Fremden«, hatte Onkel Robert sie ermahnt. Als ob ganze Heerscharen von unbekannten Leuten an der Mauer vorbeispazierten, um sich mit ihr zu unterhalten.

Sie hockte auf der Mauer neben einem der zwei Pfeiler, die rechts und links neben dem Tor zur langen, baumbestandenen Auffahrt emporragten und sich wie eine doppelte Barrikade ausnahmen. An dem Pfeiler war eine schlichte Bronzetafel mit der Aufschrift ASHCROFT angebracht. Jess hockte häufig hier, immer in der Hoffnung, dass sich etwas Interessantes auf der Landstraße tun würde, doch nie passierte etwas, außer dass gelegentlich ein Auto oder ein Viehtreiber mit ein paar Schafen vorbeikam.

Henry war die Mauer zu hoch, und sie würde ihm auch nicht hinaufhelfen, er musste dafür büßen, dass er sich von Sara hatte streicheln lassen. Aber Henry schien das nicht zu stören, er streckte wie gewohnt alle viere von sich.

Die Situation war so grässlich, dass man darüber schier verrückt werden konnte. Sara Millar saß beim Frühstück, als gehörte sie dazu wie die Eierbecher und die Teekanne und der Toast. Ein vertrautes Möbelstück. Und dabei hatte sie sich nicht einmal penetrant breitgemacht. Sie fühlte sich einfach – zu Hause.

Jess hämmerte mit ihrem Schraubenschlüssel gelangweilt auf dem Stein herum, der herabbröselnde Putz staubte Henry ein.

Plötzlich kam hinten auf der Straße, von rechts, sehr langsam ein Auto heran. Wohl wieder Touristen, dachte Jess. Dann aber machte sie große Augen. Was für ein Auto! Lang und elegant – ein Klassiker. Und irgendetwas schien an dem Wagen kaputt zu sein.

Das Automobil kam vor ihr zum Stehen. Der Fahrer rollte das Fenster herunter. »Verzeihung. Gibt es hier irgendwo eine Werkstatt?«

Jessie hopste von der Mauer und schlenderte auf das weiße, glänzende Auto zu. Jede Wette, dass es mindestens zwölfmal lackiert war. Innen rotes Leder. Und die geflügelte Figur auf der Motorhaube. Ein Rolls-Royce. Sie seufzte. »Nein. Meilenweit keine einzige. Wo brennt's denn?«

Er lächelte. Wenn das der Axtmörder war, dann sah er aber gut aus. Grüne Augen und strohfarbenes Haar. »Irgendetwas stimmt nicht. Der Motor würgt dauernd ab –« Als hätte er aufs Stichwort gewartet, gab sein Schlitten nun endgültig den Geist auf.

»Gucken wir doch mal unter die Haube?«

Er lachte. »Als Mechaniker bin ich nicht gerade ein Ass.« Er stieg aus.

Jessie musterte ihn mit zusammengekniffenen Augen. Reich. Gut aussehend und reich. Sie zog den Schraubenschlüssel aus der Tasche. »Ich aber.« Sie schwang den Schraubenschlüssel, und dabei kam ihr eine Idee. Und wenn Jessie etwas durch den Kopf zuckte, kam der Donner oft gleich hinterher.

Er zog sich die Autohandschuhe aus und blickte hoffnungsvoll auf den dunklen Tunnel aus Bäumen. »Und dort hinten, in dem Haus da –?«

»Machen Sie mal die Haube auf!«

*

Als er sie auf der Mauer sitzen sah, dachte Melrose Plant, verflixt, so ein Pech! Wenn ihm jetzt etwas nicht in die Quere kommen durfte, dann dieses Kind. Er wusste über sie Bescheid. Über jedes Mitglied des Haushalts wusste er Bescheid, da Jury ihm die Einzelheiten telefonisch durchgesagt hatte. Er war nur nicht darauf gefasst gewesen, dass sie ihm im schmutzigen Overall mit dem Schraubenschlüssel in der Hand über den Weg laufen würde.

Und dabei hatte er sich alles so gut ausgedacht gehabt, hatte gerade bis in die Einfahrt kommen wollen, aber da musste ihm Jessica Ashcroft einen Strich durch die Rechnung machen. Nach seinem Plan hätte der Rolls genau in der Einfahrt den Geist aufgegeben, er wäre zum Haus gegangen und hätte Robert Ashcroft um Hilfe gebeten.

Und da stand nun diese Achtjährige mit dem schwarzen Haar, dem Pony und den großen braunen Augen und schwenkte einen Schraubenschlüssel. Sie stand so unerschütterlich da wie eine Wand und schien nicht im Entferntesten daran zu denken, zum Haus zu laufen, um Hilfe zu holen.

Also Haube hoch. Die beiden spähten hinein. Jessica hämmerte ein wenig mit dem Schraubenschlüssel herum, und eine Sekunde lang fürchtete Melrose, auf ein mechanisches Wunderkind gestoßen zu sein, ein Werkstatt-Ass, das ihm das verflixte Auto reparieren würde. Aber das war ja wohl nicht möglich, es sei denn, sie könnte einen Rolls-Treibriemen (denn den hatte er vor einer knappen halben Meile entfernt) aus dem Ärmel schütteln.

»So hör doch bitte mit dem Herumgehämmere auf. Der alte Rolls verträgt keine Prügel mehr.«

Sie zog den Kopf unter der Haube hervor und stieß einen tiefen Seufzer aus. »Wahrscheinlich der Vergaser. Ich kann bloß nicht verstehen, warum – ungewöhnlich bei einem Rolls-Royce.«

»Was ist schon vollkommen!«

Sie machte runde Augen. »Ihr Schlitten, zum Beispiel!«

»Was meinst du, ob die Eigentümer des Hauses mir gestatten würden, das Auto in der Einfahrt zu parken und zu telefonieren? Ich glaube, ich bekomme es noch kurz in Gang.«

»Aber klar doch«, sagte Jess lächelnd. »Das ist nämlich unser Haus. Und mein Onkel kennt sich mit Autos bestens aus. Er hat neun Stück, allerdings keinen Rolls-Royce.«

»Neun! Hat der Mensch Worte!«

»Ich schon«, sagte sie und blinzelte zu ihm hoch, als wäre er ein wenig bescheuert. Aber sie wechselte erneut die Tonart, nachdem sie hinter die Mauer gelaufen und mit einem ganz eigenartigen Tier zurückgekommen war – einem Hund vermutlich, doch dafür hätte er nicht die Hand ins Feuer gelegt. »Stört es Sie, wenn Henry neben mir sitzt? Nichts schmutzig machen, Henry, ja?«, befahl sie diesem merkwürdigen Haufen aus Fellfalten mit liebevoller Stimme. Der hockte auf dem Sitz wie ein Kartoffelsack.

Sie stieg ein, Melrose ebenfalls.

Melrose schaffte die halbe Auffahrt mit dem Silver Ghost, aber dann blieb der Wagen endgültig stehen.

»Keine Bange«, sagte Jessica. »Mein Onkel kriegt ihn wieder hin. Es sei denn, er muss Ersatzteile aus Exeter besorgen. Komm, Henry!« Der Hund hopste aus dem Auto. »Das kann dann schon ein paar Tage dauern.« Bei dieser Aussicht musste sie unwillkürlich lächeln.

Ein prächtiges Haus, mit Steinen aus Portland im Stil Palladios erbaut. Und jede Menge leere Zimmer. »Ich möchte deinem Onkel aber auf keinen Fall Umstände machen.«

»Tun Sie bestimmt nicht! Ehrenwort! Ich heiße Jessie Ashcroft. Wie heißen Sie?« Und dabei hüpfte sie auf und ab wie jede normale Zehnjährige, fröhlich und unbekümmert.

»Ich heiße Plant. Das ist aber nur der Familienname.«

Sie blieb wie angewurzelt stehen. »Soll das heißen, Sie haben einen Adelstitel?«

Wenn sich einer mit Titeln auskannte, dann Jessica Ashcroft, schließlich war ihr Vater auch von Adel gewesen.

»Hm, ja. Ja, um ehrlich zu sein, ich bin Earl of Caverness.«

Sie machte große Augen. »Mein Vater war auch ein Graf.« Doch dann schaute sie etwas misstrauisch. »Wahrscheinlich erwartet man Sie zu Hause, und jetzt möchten Sie die Gräfin anrufen?«

»Nein. Es gibt keine Gräfin. Ich bin nicht verheiratet.«

Sie strahlte. Während sie die Freitreppe hochgingen, erzählte sie ihm von ihrem Onkel und Mrs. Mulchop und Victoria Gray und von ihrer neuen Gouvernante, Miss Millar.

Und malte deren Bild in den prächtigsten Farben. Sie war schön, gütig, nett ...

Melrose merkte, dass Henry nicht mitkam.

»Ach der!«, sagte Jessie. »Der schläft gern in Autos; ist wohl wieder reingeklettert. Machen Sie sich keine Sorgen um Henry!« Und dann setzte sie ihrem Porträt von Miss Millar den letzten Farbtupfer auf, indem sie sagte: »Ehrlich, sie ist fast eine Heilige.«

*

»Wunderbar«, sagte Robert Ashcroft mit dem Kopf unter der Motorhaube. »Einfach toll. Sehen Sie bloß!«

Und er redete und redete, während Melrose von einem Fuß auf den anderen trat und sich bei diesem Unterricht zu Tode langweilte. Er war nun mal kein Automechaniker.

»Es ist nur der Treibriemen. Keine Ahnung, wie Sie den verlieren konnten. Aber London schickt uns sicher einen.«

Jessie strahlte Melrose an.

»Bitte«, sagte Ashcroft, »seien Sie solange mein Gast.«

»Oh. Ich möchte Ihre Freundlichkeit aber nicht überstrapazieren!«

Niemandem schien aufzufallen, dass Plant ein paar Schritte vorauslief, als sie zum Haus gingen.

19

Warum Jessica Ashcroft so von Sara Millar geschwärmt hatte, das konnte Melrose nicht nachvollziehen.

Ihre Umgangsformen waren durchschnittlich, sie konnte sich einigermaßen gepflegt unterhalten und war fast hübsch zu nennen. Aber von allem fehlte ihr ein bisschen, um vollkommen zu sein. Melrose fand sie etwas zu weich für die hartgesottene Lady Jessica, obwohl er zwischendurch meinte, unter Miss Millars Samthandschuh so etwas wie eine eiserne Hand zu spüren. Allerdings hatte er so seine Zweifel, ob Jessica sich jemals etwas befehlen lassen würde.

Höchstens von ihrem Onkel, den sie abgöttisch liebte. Und das schien auf Gegenseitigkeit zu beruhen: Robert Ashcroft sah schließlich bei seiner Nichte in einen goldenen Topf.

Wer neben vier Millionen Pfund sitzt, dem fällt es gewiss nicht schwer, ihnen gelegentlich liebevoll den Kopf zu streicheln. Melrose empfand sich selber als zynisch. Aber egal, dazu hatte man ihn hergeschickt – wenn nicht um zynisch, so doch um objektiv zu sein. Jury verdächtigte nämlich Ashcroft höchstpersönlich. Schade, dass der Mann so liebenswert war.

Er gab sich natürlich und gastfreundlich und war nicht sonderlich beeindruckt durch Melroses Titel. Jury hatte ihn angewiesen, gleich mit dem ganzen Batzen aufzuwarten. Agatha entging ein seltener Genuss: Earl of Caverness, Viscount of Nitherwold, Ross und Cromarty, Baron Mountardy – der ganze Klimbim wurde ausgebreitet.

Im Salon, bei einer Cocktailstunde, beschnupperte man sich ein bisschen. Zu Victoria passte es überhaupt nicht, dass sie nur Hausdame und Sekretärin war. Es war nicht zu übersehen, dass sie aus weitaus besserer Familie kam als Sara Millar. Und sie sah auch besser aus als Sara, wenn auch eine Spur hexenhaft. Sie trug Schwarz, eine langärmelige Jacke aus paillettenbesetztem Stoff, ihr schwarzes Haar war nach innen gerollt – vielleicht hatte Melrose deshalb diesen Eindruck. Aber sein Kopf arbeitete wohl nicht mehr richtig, kein Wunder nach der Fahrt, der vorgetäuschten Panne und Dartmoor. Schon als sie vorhin ins Haus gegangen waren, hatte Bodennebel ihre Füße umwabert, und dabei war es noch nicht mal Nachmittag, mittlerweile waren die Bäume ganz in Nebel gehüllt.

»Victoria, dein Kleid gefällt mir«, sagte Jessica, die sich ebenfalls herausgeputzt hatte und ein blaues Kleid trug.

Victoria Gray sah Jessica an und verzog misstrauisch die Stirn, denn Komplimente von Jessica waren wirklich eine Seltenheit. »Wirklich? Danke.«

»Es ist schön. Ganz glitzerig. Du siehst darin viel, viel jünger aus.«

Robert Ashcroft lachte und versuchte so, die peinliche Situation zu überspielen. Aber Victoria zuckte nicht einmal mit der Wimper.

»Darum habe ich es ja auch angezogen«, sagte sie. »Macht mich mindestens hundert Jahre jünger. Aber du, Jessica! Dich habe ich seit einer Ewigkeit nur in Mechanikerklamotten gesehen. Und Henry! Sehe ich da eine Schleife an seinem Hundehalsband?«

Henrys Hundehalsband war kaum zu sehen – es verschwand in den Fellfalten –, aber tatsächlich lugte da etwas grün Gerüschtes hervor.

»Ich habe ihn auch fein gemacht. Sie passt zu seinen Augen.«

Ashcroft staunte. »Henrys Augen? Hat er denn welche?«

»Aber du weißt doch, dass er grüne Augen hat«, sagte Jessica und blickte dem Gast unschuldig in die ebenfalls grünen Augen.

Mulchop war nicht gerade der geborene Butler, aber Mrs. Mulchop war als Köchin geradezu eine Katastrophe. Geräucherter Lachs, Consommé double und gebratene junge Ente mit einer Farce à la Grand-mère, wie sie Melrose noch nie gegessen hatte. Er hätte das Rezept gern für seine Köchin zu Hause, verkündete er ironisch.

Sara Millar sagte: »Kräuter und so weiter, dazu Pilze, Anchovis und pochiertes Hirn. Köstlich, wie?«

Jessie hatte gerade von dieser Köstlichkeit probiert und blickte jetzt angewidert auf ihren Teller. »Pfui! Warum hat mir das niemand gesagt?« Sie schob die eklige Füllung auf ihren kleinen Brotteller und stellte ihn zu Boden. »Da, Henry«, flötete sie.

»Henry wird bei Tisch nicht gefüttert, Jess«, sagte Ashcroft.

Es wunderte Melrose, dass Jessie nicht darauf bestanden hatte, neben ihm zu sitzen, sondern Sara die Ehre überlassen hatte.

»Bitte vergeben Sie Jessie«, sagte Victoria.

Aber niemand schien Vergebung weniger zu brauchen als Jess.

»Armer Henry«, seufzte Jessie, als hätte sich die ganze Welt gegen ihn verschworen. Sie langte nach unten, um ihn zu streicheln und befreite dabei mit einer blitzschnellen Bewegung ihren Teller von einer besonders geschmacklosen weißen Rübe, die dort schon länger herumgekullert war. Dann machte sie sich über ihre Kartoffeln her und richtete das Wort an Melrose. »Lord Ardry –«

»Lady Jessica.«

»Ach, so müssen Sie mich nicht nennen.«

»Na schön, nur wenn du mich auch nicht ›Lord‹ nennst. Mein Familienname lautet Plant. Schrecklich verzwickt, wie?«

»Ja. Mein Vater hieß Ashcroft. Aber er war auch Earl of Clerihew.«

Ashcroft sagte: »Du meinst Curlew. Iss auf, Jess.« Robert Ashcroft schien das ganze Gerede über Stammbäume auf die Nerven zu gehen.

»Ich kann nicht mehr, ihr hättet mir nichts von dem Hirn erzählen sollen«, sagte Jess. »Meine Mutter hieß Barbara Allan«, fuhr sie fort und zeigte mit ihrer Gabel auf die Wand gegenüber und sagte: »Das da ist ihr Porträt. War sie nicht schön?«

Das Gemälde hing hinter Robert Ashcroft, der seine Gabel ebenfalls hingelegt hatte. Er schien keinen Appetit mehr zu haben.

Die Countess of Ashcroft war wirklich schön – schlank, groß, und sie lächelte, als machte sie sich über den Porträtmaler lustig.

»Sie war außerdem sehr nett«, sagte Victoria Gray. »Und James, ihr Mann, auch.«

»Sie hatte ein sehr tragisches Leben –«, sagte Jessica.

Und ihr Onkel erwiderte: »Hör auf, Jessie. Mulchop – lümmeln Sie da nicht rum, schenken Sie uns lieber Wein nach!«

Aber Jessica ließ sich nicht ablenken. »Großmama Ashcroft war außer sich, weil meine Mutter bloß eine Bürgerliche war und ihre Familie ein Gewerbe hatte. Mein Vater fand das immer sehr witzig. ›Ein Gewerbe treiben‹. Mit einem ›Gewerbe‹ kann man eine Stange Geld machen, hat er immer gesagt.«

Robert unterbrach sie. »Ich glaube kaum, dass sich unser Gast für den Familienstammbaum interessiert, Jess.«

Aber Jessica wusch fleißig weiter schmutzige Wäsche und fing wieder an, von Barbara Allans verschmähten Liebhabern zu reden.

Victoria sagte, »Schluss jetzt mit den Übertreibungen!«, und drückte mit einer heftigen Bewegung ihre Zigarette aus.

»Nein! Genauso ist es gewesen. Das hast du mir selber erzählt, Onkel Rob.«

Ashcroft lächelte und schnitt die Spitze seiner Zigarre ab. »Ich weiß nicht, wer hier was erzählt hat. Du hast derart ausgeschmückt und übertrieben, dass ich nicht mehr mitkomme.«

Jessicas Plappermäulchen stand nicht still: »Sie war viel jünger als mein Vater ... Aber das machte gar nichts. Ich finde das alles unglaublich romantisch! Aber Großmama hat gedacht, sie ist bloß hinter dem Titel her, und war wütend über –«

Jetzt kam Sara Millar dazwischen. »Ich finde, das sollte man nicht vor zwei fremden Leuten ausbreiten, Jessica.« Ihre Stimme war sanft und angenehm.

Melrose hätte gern gelacht. In Jessica Ashcroft hatte er eine unerwartete Verbündete gefunden. Die würde schon dafür sorgen, dass er möglichst lange blieb, Hauptsache, er nahm Miss Millar mit, wenn er ging.

Jessie lenkte das Thema auf die Morde, als man sich zu Kaffee, Zigarren und Zigaretten in den Salon zurückgezogen hatte.

Robert Ashcroft und Sara Millar saßen nebeneinander auf dem kleinen Sofa. Es war wirklich eine logistische Meisterleistung, befand Melrose, wie Jessica sich durchs Zimmer vorarbeitete, damit sie sich zwischen die beiden quetschen konnte. Sie hatte sich kaum angelehnt, da sagte sie: »Der Pastorssohn. Wie scheußlich –«

Melrose musterte das Porträt von James Ashcroft über dem Marmorkamin. Er bekam die Unterhaltung nur mit halbem Ohr mit, James Ashcroft wollte ihm nicht aus dem Sinn. Clerihew. Curlew. Dieser Fehler konnte einem leicht unterlaufen …

»Ins Bett, Jessie«, sagte Ashcroft dann plötzlich.

»Schon gut.« Sie seufzte. »Morgen kriegen mich keine zehn Pferde aus dem Stall.«

»Höre ich Pferd?«, fragte Victoria. »Endlich mal was Erfreuliches aus deinem Mund. Es wird allmählich Zeit, dass ich dir Reiten beibringe.«

»Reiten? Wer hat hier was von Reiten gesagt? Ich muss lernen. Sara und Mr. Plant sind noch in keinem von deinen Autos gefahren, Onkel Rob. Wie wäre es, wenn du Mr. Plant deinen Aston borgen würdest?« Sie sah Melrose an. »Der geht in fünf-Komma-zwei Sekunden von null auf sechzig.«

»Nur ich werde vermutlich eine Stunde brauchen, um von null auf eins zu kommen. Es muss an der Landluft liegen.« Er gähnte.

»Du willst einen Ausflug nach Dartmoor machen, Jess?«,

fragte Ashcroft. »Aber du beklagst dich doch sonst immer, dass es da so langweilig ist.«

»Doch nur, weil wir hier wohnen. Wo man wohnt, ist es immer langweilig. Aber den beiden –« sie sah abwechselnd Sara und Melrose an – »würde es gefallen. Komm schon, Henry.«

Und damit begab sich Jessica mit ihrem Hund im Schlepptau langsamen Schrittes zu Bett.

*

VICTORIA GRAY ARRANGIERTE in einer flachen Kristallschale Blumen für den runden Tisch, als Melrose zum Frühstück herunterkam. Sie trug Reitkleidung.

»Guten Morgen, Lord Ardry.« Sie kürzte den Stängel der letzten Chrysantheme, steckte sie mitten hinein, trat dann einen Schritt zurück und betrachtete ihr Werk mit dem kritischen Auge eines Malers, der seine Leinwand mustert. »Gefällt's Ihnen?«

Melrose lächelte. »Sehr hübsch. Bin ich der Letzte?«

»Nein, Jessie. Sie sagt, sie hat Kopfschmerzen und kann Sie auf Ihrem Ausflug in die Wildnis von Dartmoor nicht begleiten.«

»Ach! Dabei sollte sie doch unsere Führerin sein.«

Victoria lächelte. »Sie hat mich gebeten, Ihnen diese Landkarte zu geben. Soweit ich sehen kann, haben Sie einen sehr anstrengenden Tag vor sich: Wynchcoombe, Clerihew Marsh, Princetown. Wenn es Sie nicht stört, trinke ich eine Tasse Kaffee mit Ihnen. Das Frühstück ist noch warm, obwohl Mulchop schon versucht hat, das Ganze abzuräumen.«

»Stören? Aber keineswegs. Ich bin es langsam leid, immer allein zu frühstücken.« Genauso leid wie das ganze Adelsgetue. Bevor er seinen Adelstitel abgelegt hatte, hatte er noch nicht so darunter gelitten. Damals hatte er nur zu gern wie ein Bürgerlicher geredet. Er kam sich vor, als hätte Jury ihn aus der Gosse gefischt, abgestaubt und gesagt: »Ja, ich denke, so wird's gehen.«

Auf der Anrichte stand eine reichliche Auswahl an Essbarem, alles in Silberschüsseln und hübsch warm gehalten. Er nahm von den Nieren, dazu eine Portion Rührei mit ein paar Baconstreifen und Toast und Butter. Dann betrachtete er stirnrunzelnd seinen Teller und überlegte, ob sich ein Peer wohl so vollschlagen durfte.

Victoria Gray nahm Toast und Kaffee. Nachdem sie ihm gegenüber am Tisch Platz genommen hatte, sagte Melrose: »Sie verübeln mir die Bemerkung hoffentlich nicht – aber Sie sind so gar keine typische Hausdame.«

Sie lachte. »Falls Sie damit meinen, dass ich Bettwäsche und Handtücher wechseln und ein Schlüsselbund am Gürtel tragen sollte – nein, dann nicht. Diese Stellung ist eine einträgliche Pfründe für mich. Ich kümmere mich vorwiegend um die Pferde – Billy ist ein bisschen faul – und tippe gelegentlich einen Brief für Robert, und ich arrangiere Blumen.« Sie lächelte. »Barbara – Lady Ashcroft – und ich sind Cousinen ersten Grades gewesen, auch wenn sie in Waterford geboren wurde. County Waterford. Ein typisch irisches Mädchen, ja, das war sie. Aber wir waren dicke Freundinnen. Barbara hat eine gute Partie abbekommen – doch das stand ihr wohl auch zu, nicht wahr ...?«

Sie schien mit sich selbst zu sprechen. Oder mit jemandem, der ihr sehr nahestand.

»Die verstorbene Lady Ashcroft war Irin? Dann stimmen die dramatischen Geschichten, die ihre Tochter erzählt, also doch?«

»Natürlich nicht. Barbara hat keineswegs gebrochene Herzen hinterlassen wie Blütenblätter im Staub.« Sie überlegte. »Zumindest nicht wissentlich.«

Was sie damit wohl meinte? Von der gegenüberliegenden Wand blickte ihn Barbara Ashcroft an. Ein Lächeln so undurchschaubar wie das der Mona Lisa. »Wenn das Porträt ihr nicht schmeichelt –«

»Schmeichelt –?« Victoria Gray drehte sich um. »O nein, ganz und gar nicht. Eher wird es ihr nicht gerecht. Und Jessica wird eines Tages genauso schön werden. Man kann es sehen, wenn sie einmal nicht ihren verdreckten Overall anhat und nicht ihre Werkzeuge herumschleppt.«

»Sie ist eine tüchtige Mechanikerin.«

»Jessie? Die kann doch eine Batterie nicht von einem Auspufftopf unterscheiden. Wetten, sie hat Ihnen gesagt, es liegt am Vergaser?«

»Stimmt.«

»Ihre Lieblingsvokabel.«

Melrose lachte. »Na ja, sie braucht wohl irgendwie eine Beschäftigungstherapie, meinen Sie nicht?«

»An Beschäftigung mangelt es ihr nicht, das können Sie mir glauben – allerdings weiß ich nicht, was die mit Therapie zu tun hat. Sie muss ihren geliebten Onkel vom Heiraten abhalten.« Sie biss von ihrem Toast, kaute lange und sagte dann: »Zum Glück treten sich die begehrenswerten Frauen in Dartmoor nicht gerade gegenseitig auf die Füße.«

Ihr nachdenklicher Blick schien auszudrücken, dass nicht nur Jess, sondern auch sie über diese Tatsache froh war.

»Warum hat sie wohl sonst einen so großen Verschleiß an Gouvernanten?«

»Davon wusste ich nichts.« Er ließ sich von Victoria noch eine Tasse Kaffee einschenken. »Sagen Sie, warum sind die Ashcrofts nicht auf das Naheliegende gekommen und haben

Jessica Ihrer Obhut anvertraut? Sie sagen, Ihr Job ist eine Pfründe; es wäre doch gelacht, wenn Sie das nicht schaffen würden.«

Victoria lächelte. »Weil Jessie dann wirklich nichts mehr zu lachen hätte. Haben Sie schon mal ein derart verwöhntes Kind gesehen? Ich habe mich schon lange gefragt, wann Robert endlich zur Vernunft kommt und die Erzieherin selbst auswählt, wie jetzt Sara Millar.«

Es machte nicht den Eindruck, als wäre sie mit Roberts Wahl zufrieden. Eher wirkte sie sehr traurig. Melrose las es ihr vom Gesicht ab: Sie wünschte, sich der Gefühle Roberts so sicher sein zu können wie ihres Postens.

*

Er hatte Victoria um Schreibpapier gebeten und saß jetzt im Salon und betrachtete noch einmal das Porträt des etwas furchterregenden Earl of Curlew. Er schrieb nur wenige Zeilen auf das dicke cremefarbene Papier mit dem Wappen der Ashcrofts, nahm sich ein neues Blatt und schrieb das Gleiche noch einmal. Dann adressierte er beide an Jury – einen Brief zu ihm nach Hause nach Islington, den anderen an das Polizeipräsidium von Devon und Cornwall. Wenn er sie heute aufgab, würde Jury sie bestimmt morgen haben, egal wo er gerade steckte.

Melrose stellte sich unter das Porträt und befreite James Ashcroft mittels seines hochgehaltenen Zeigefingers und zusammengekniffener Augen für einen Augenblick von seinem üppigen Schnurrbart. Es bestand wirklich eine große Ähnlichkeit zwischen den beiden Brüdern. So wie zwischen Curlew und Clerihew.

20

Gott sei Dank, sie waren nicht im Kabriolett losgefahren. Der Nebel sah aus, als würde er sich zumindest am Morgen nicht mehr lichten, und so trogen die Entfernungen, und die riesenhaften Tors wirkten näher, als sie in Wirklichkeit waren. Die Moorponys duckten sich hinter der windabgewandten Seite der Mauern, ihr Instinkt sagte ihnen, dass ein Sturm im Anzug war.

Und Gott sei Dank gehörte sie nicht zu der wehleidigen Sorte. Es war nur Melroses vorsichtigen Fragen zu verdanken, dass Sara ihm überhaupt ihre Lebensgeschichte erzählte, die Geschichte eines Lebens, das sie als ruhig, vielleicht ein bisschen langweilig schilderte. Für Melrose jedoch hörte es sich an wie eine Dickens'sche Geschichte von Verlust und Kummer. Da war das Internat, in das eine Tante sie gesteckt hatte, in deren Obhut man sie nach dem Tod ihrer Mutter gegeben hatte. Es wurde von einer Person namens Mrs. Strange geleitet.

»Feuerrotes Haar hatte sie, und wenn sie es gewaschen hatte, stand es nach allen Seiten ab. Eigentlich müsste ich ihr dankbar sein. Sie war nämlich faul, und ich war die Älteste, konnte mich nicht wehren und musste mich viel um die anderen kümmern. Ich habe mir mein Wissen selbst angeeignet, musste viel lesen, denn sie ließ mich ja nicht zum Unterricht. Weil ich für die anderen sorgen musste.«

»Mein Gott, warum sollten Sie da noch dankbar sein? Bei Ihrer Intelligenz hätten Sie mehr lernen können, als auf die Kinder anderer Leute aufzupassen.«

»Nett, dass Sie das sagen. Ich hatte nur ein einziges gutes Arbeitszeugnis. Da es aber von einer Gräfin stammte, war Mr. Ashcroft gebührend beeindruckt. Ich mag Kinder.«

»Ich mag Enten. Das heißt noch lange nicht, dass sie mir den lieben, langen Tag zwischen den Füßen herumlaufen dürfen.«

Sara lachte. »Da besteht bei Jessica keine Gefahr; die läuft mir schon nicht zwischen den Füßen herum, eher gräbt sie mir Fallgruben. Sie mag mich nicht besonders.«

»Ganz im Gegenteil«, sagte Melrose und fuhr langsamer, denn er wollte im Nebel nicht den Wegweiser übersehen, »als wir ins Haus gingen, hat sie Sie in den höchsten Tönen gelobt.«

»Was an sich schon verdächtig ist, denn ich war ja erst einen Tag im Haus. Wie lange ich die Stelle wohl behalten werde? Mr. Ashcroft hat gesagt, dass seine Nichte Erzieherinnen geradezu verschleißt. Drei sind zu einem Vorstellungsgespräch in London bestellt worden. Den anderen hat er vermutlich schon schriftlich abgesagt. Angesichts des Gehalts, das er bietet, dürfte er dem Ansturm kaum gewachsen gewesen sein. Für so eine Stelle tut man ja wirklich alles.« Sie verstummte kurz und sagte dann: »Eigentlich ziemlich komisch –«

»Komisch? Was meinen Sie?«

»Das Vorstellungsgespräch. Ich hatte eher den Eindruck, ich spräche für eine Rolle vor, ohne den genauen Text zu kennen.« Sie schien sich in ihrer neuen Stellung unwohl zu fühlen.

»Auf mich wirkt Ashcroft freundlich und locker. Unwahrscheinlich, dass er sich nach einem Text gerichtet haben sollte.«

»Freundlich? Ja, sicherlich. Und für Jessica tut er ja wirklich alles. Aber warum hat er die Vorstellungsgespräche in London und nicht in Ashcroft geführt?«

»Vielleicht weil Lady Jessica bisher keine so glückliche

Hand bei der Auswahl hatte.« Er fuhr wieder langsamer und suchte nach dem nächsten Wegweiser. »Wann war denn dieses Vorstellungsgespräch? Hört sich für mich irgendwie nach Henry James an!«, sagte er. »Oh, hier müssen wir abbiegen.«

»Was hat Henry James damit zu tun?«

»*Die Drehung der Schraube*. Die Gouvernante fährt nach London und trifft dort einen gut aussehenden künftigen –« Weiter ging Melrose nicht. Wahrscheinlich brachte er sie damit in Verlegenheit.

»Wann das Vorstellungsgespräch war? Vor ein paar Tagen. Am Dreizehnten. Warum?«

»Nur so. Lichtet sich dieser Nebel denn nie?«

Melrose bog in eine scharfe Kurve ein, und sie sagte: »War das nicht der Wegweiser nach Wynchcoombe? Und wurde da nicht der Junge ermordet?«

»Wollen Sie nicht dorthin?«

»Ehrlich gesagt, nein.« Sie fröstelte.

»Ach, kommen Sie. Seien Sie kein Frosch. Tun wir so, als wären wir blutrünstige Schaulustige, ja?«

Sara lachte. »Treiben Sie sich gern an Schauplätzen von Verbrechen herum?«

»Selbstverständlich.«

*

Die Sakristei der Kirche von Wynchcoombe war immer noch abgesperrt. Auf dem Kirchweg hatte sich ein Wachtmeister so stramm und entschlossen aufgebaut wie ein Wachsoldat vor dem Buckingham-Palast. Der Rest der Kirche jedoch stand Kirchgängern und Touristen offen.

»Ich weiß nicht recht«, sagte Sara, »ich möchte doch lieber draußen bleiben.«

»Abergläubisch?«

»Nein, ich habe Angst«, sagte sie schlicht.

Melrose hätte seinen Silver Ghost als Brandopfer dargebracht, wenn er dafür einen einzigen Blick in die Sakristei hätte werfen dürfen, doch ein weiterer Polizist machte klar, dass da wohl nichts zu machen war. Der Wachtmeister amüsierte sich mit dem *Playboy*, den er hin und her drehte, um in den vollen Genuss des Mittelfotos zu kommen.

Wer nicht wagt, der nicht gewinnt, dachte Melrose. Dieser Polizist sah etwas menschlicher aus als der Beamte vor der Tür. Und während Sara das Mittelschiff entlangschlenderte, ging Melrose zur Sakristeitür und überreichte dem Wachtmeister seine Visitenkarte. »Es besteht wohl keine Möglichkeit, hineinzukommen?«

»Genauso gut könnten Sie in den Buckingham-Palast wollen«, sagte der Wachtmeister und freute sich, dass einmal im Leben Polizist vor Peer ging.

Melrose ging zu Sara Millar zurück, die ein kleines Bild betrachtete, das die Opferung Isaaks darstellte.

»Der Gott des Alten Testaments ist nicht gerade sanft mit ihnen umgesprungen, was?«, sagte Melrose. »Hiob, Abraham, Stimmen aus dem Wirbelwind.« Er sah, wie sie nach dem Silberkreuz griff, das sie nie abzulegen schien. Das durch bunte Kirchenfenster gefilterte Licht legte sich wie ein vielfarbiges Netz auf ihren hellrosa Pullover und ihre noch hellere Haut. Sie wirkte zart, fast überirdisch und unschuldig in ihrer unverbrauchten Jugend. Sie war so in das Bild versunken, dass er meinte, sie habe ihn nicht gehört. Aber sie antwortete: »Es ist einfach nicht zu glauben. Ich meine, es übersteigt das, was man herkömmlicherweise glaubt. Aber das besagt wohl nichts.«

Melrose staunte ein wenig über ihre Auslegung. Da wurde schließlich ein Vater aufgefordert, seinen unschuldigen Sohn umzubringen. »›Besagt nichts‹? Für Isaak wäre Ihre Antwort sicherlich ein schwacher Trost gewesen.«

»Ich meine doch nur«, sagte sie, »dass das, was Gott mit Abraham vorhatte, weit über menschliches Verstehen hinausgeht.«

Als sie zur anderen Wand hinübergingen, sagte Melrose: »Wozu dann das Ganze? Was soll eine Lektion in Ethik, wenn sie weit über menschliches Verstehen hinausgeht?« In einer Vitrine las sie gerade über einen Besuch, mit dem der Teufel die Kirche beehrt hatte. »Hier scheint jemand, der ihm seine Seele verschrieben hatte, in der Kirche eingeschlafen zu sein, und Satanas hat einfach das Dach abgedeckt und ihn sich geschnappt.« Sara schüttelte den Kopf. Melrose fragte sich, ob der Pastor noch auftauchen würde oder ob heute Wochentag und somit Pastorensonntag war. Er warf einen Blick auf seine Uhr. Elf. Jetzt machten die Pubs auf. Er musste vom Thema ablenken, sonst würde sie sich noch den ganzen Tag in religiösen Ausführungen ergehen. »Wie schon Houseman sagt, hat Gott für das, was er den Menschen antut, nur eine Rechtfertigung, nämlich das Malz.«

Ein verhaltenes Lächeln. »Sie haben wohl das ›George‹ gesehen.«

Sara hatte trotz ihrer transzendentalen Ader eine rasche Auffassungsgabe und war keine Spielverderberin. Er drehte sich um, als er hörte, wie sich die schwere Kirchentür öffnete und wieder schloss. Ob der ältere Mann, der das Mittelschiff entlangging wie ein Hauseigentümer, Pastor White war?

Melrose sagte: »Bin gleich zurück«, folgte dem weißhaarigen Mann und überlegte sich, unter welchem Vorwand er ihn ansprechen könnte.

»Es tut mir furchtbar leid, dass ich Sie in dieser für Sie so schmerzlichen Zeit belästigen muss.« Melrose schämte sich für diesen grässlichen Gemeinplatz. »Sie sind doch Mr. White?«

Der Pastor bejahte. Er war erstaunlich gefasst. Seine Augen blickten steinern und kalt.

»Sie wünschen?«

Melrose zog eine Karte aus einem Goldetui, das (ehe Agatha es sich aneignete) seiner Mutter gehört hatte; die Visitenkarten gehörten seinem Vater, dem siebten Earl of Caverness, aber Melrose, der achte seines Namens, der selbigen abgelegt hatte, fand, Graf war gleich Graf.

Der Pastor warf einen Blick darauf und reichte sie zurück. Wenn einem die eigene Karte einfach zurückgegeben wird, das nimmt einem ganz schön den Wind aus den Segeln.

»Verzeihung, aber müsste ich Sie kennen? Sie sind nicht von hier. Ihre Familie ist mir nicht bekannt.«

Wenn das Agatha gehört hätte! »Nein. Ich bin in Northamptonshire zu Hause. In einem Bericht über den Tod Ihres Enkels wurde der Name seiner Mutter als Mary O'Brian angegeben.« Melrose blickte hoch zu den kunstvoll bemalten Deckenbalken, von denen jeder anders verziert war, und überlegte, mit welcher Summe er den Pastor wohl zu einer weltlichen Sicht der Dinge verleiten könnte. »Wir hatten nämlich vor Jahren eine Mary O'Brian bei uns – in Ardry End – als Zimmermädchen.«

»Ja? Es ist ja auch ein ziemlich durchschnittlicher Name. Allerdings war Mary alles andere als eine gewöhnliche Frau.«

Melrose war erstaunt und sagte: »Es ist schon einige Zeit her, dass sie bei uns war. Es war gar nicht so einfach, sie aufzuspüren –«

»Das wundert mich nicht – bei Mary.«

Melrose hätte gern das dunkle Dickicht der Gefühle erforscht, die der Pastor für seine Schwiegertochter hegte, aber er wollte jetzt schnell zur Sache kommen und sagte: »Es geht um ein kleines Legat im Testament meines Vaters.«

»Ach ja?«

»Mein Vater sah in ihr eine besonders zuverlässige Kraft. Sie hat meine Mutter während ihrer langen Krankheit aufopferungsvoll gepflegt –«

»Mary? Das hätte ich ihr nie zugetraut. Wie auch immer, Mary ist tot. Wussten Sie das nicht? Sind beide bei einem Motorradunfall ums Leben gekommen. Mary fuhr gern schnell. David studierte Theologie, ehe er sie kennen lernte. Er wäre vermutlich in meine Fußstapfen getreten. Doch dann lernte er Mary kennen.« Der Pastor schloss die Augen, als hörte er die schmerzliche Nachricht zum ersten Mal.

Sie standen immer noch im Mittelschiff. Besser, sie setzten sich hin, dachte Melrose, doch eine Kirchenbank erschien ihm unpassend für diese Art von Unterhaltung.

»Ob Sie das Geld für die Kirche annehmen würden? Zum Andenken an Ihren Enkel?«

»David?« Man sollte meinen, er müsste sich den Namen neu einprägen.

»Mir ist klar, dass fünfhundert Pfund nicht die Welt sind –«

Pastor White musterte Melrose von Kopf bis Fuß. Melrose genierte sich, er im Maßanzug, mit handgefertigten Schuhen, Seidenhemd und dem hübschen Mantel.

»Tja, Lord Ardry, wenn fünfhundert Pfund für Sie wenig sind, dann dürften Sie wirklich wohlhabend sein.«

»Das bin ich«, sagte Melrose schlicht. »Ich werde mich darum kümmern, dass die Kirche das Legat erhält, wenn es Ihnen recht ist.«

»Danke.«

Unter den gegebenen Umständen war das eine recht knappe Verabschiedung. Mr. White wollte sich umdrehen und gehen. »Noch etwas, Mr. White. Ich hätte da noch eine Frage zu der Familie Ashcroft.«

»Und die wäre?«

»Also, mein Hobby ist Heraldik und so. Wie lange sind die Ashcrofts eigentlich schon Feudalherren von Wynchcoombe und Clerihew Marsh?« Die Frage verärgerte den Pastor.

»Der Feudalismus ist tot, Lord Ardry. Zumindest so viel ich weiß –«

Melrose lächelte albern. »Im Aussterben begriffen, ja, vielleicht. Aber manchmal frage ich mich, ob die Freiheiten, die sich die Feudalherren früher herausnahmen, nicht heute immer noch gelten –?«

»Ich habe noch sehr viel zu tun«, sagte der Pastor knapp, wenn er auch durch die Spende deutlich mitteilsamer geworden war.

»Entschuldigung. Es ist nur – ich meine, die Ashcrofts sind in dieser Gegend die bedeutendste Familie. James Ashcroft war Earl of Curlew, nicht wahr?«

Stirnrunzelnd sagte der Pastor: »Ja.«

»Könnte es sein, dass Curlew eine andere Schreibweise von ›Clerihew‹ ist? Oder ist es andersherum? Ich meine, dass ›Clerihew Marsh‹ eigentlich ›Curlew Marsh‹ ist? Da der Brachvogel das Wappentier der Ashcrofts ist.«

»Das ist richtig.« Wieder wandte er sich zum Gehen.

»Und Ihr Vorname, ›Linley‹? James Ashcroft war Viscount Linley, und einer seiner Namen lautete ›Whyte‹. Mit ›Y‹ allerdings.«

»Falls Sie sich fragen, ob ich mit den Ashcrofts verwandt bin, ja, so ist es. Aber ich bin ein sehr entfernter Verwandter.

Ashcrofts Legat an unsere Kirche kam noch überraschender als Ihres. Aber das muss man ihm lassen, großzügig war er.«

Sara hatte sich die ganze Zeit über geduldig in der dämmrigen Kirche herumgedrückt und über den Sturm gelesen, der den Kirchturm umgeworfen hatte, was man als Werk des Teufels interpretierte.
»Entschuldigung«, sagte Melrose.
»Ach, das macht nichts. War das der Pastor?«
»Ja. Ich habe Durst, und Sie?«
»Ich könnte eine Tasse Tee vertragen. Aber Sie wollen wohl lieber in ein Pub.«
Man konnte sie wirklich gut um sich haben. Und attraktiv war sie auch, ja, der Frauentyp, den ein de Winter oder ein Rochester heiraten würde.

Als sie die Kirche verließen, blieben sie kurz stehen, um sich die moos- und flechtenbewachsenen Grabsteine anzusehen.
»Jetzt weiß ich auch, an wen mich Mr. White erinnert. An Hester Chillingworth.«
Sara blickte ratlos. »Chillingworth?«
»Sie wissen doch. Aus *Der scharlachrote Buchstabe*.«
»Was haben Sie eigentlich so lange zu bereden gehabt? Sie hatten doch vorher noch nie von ihm gehört, oder?«
Melrose ließ sich ihre Frage stumm durch den Kopf gehen, dann sagte er sich, zweimal lügen ist nicht schlimmer als einmal. »Nein. Wissen Sie, wo das Postamt ist? Ich muss diese Briefe einstecken.«
Melrose lief nachdenklich neben Sara Millar her.

21

KATER CYRIL SASS auf Fiona Clingmores Schreibmaschine und beobachtete das mittägliche Verjüngungsritual seines Frauchens. Puder, Mascara, Lippenstift, Eye-Liner. Als Jury hereinkam, fuhr sich Cyril mit der Pfote übers Gesicht, wie ein Schüler, der ausprobiert, was er gerade bei seinem Meister gelernt hat.

Man hatte viel herumgerätselt, wie es dem Kater gelungen sein konnte, in die heiligen Hallen von New Scotland Yard einzudringen, und war zu dem Schluss gekommen, dass Cyril wohl den Tunnel entdeckt hatte, der ursprünglich für die Besucher eines Theaters gedacht war, und an Stelle dessen sich jetzt das Hauptquartier der Metropolitan Police erhob. Das Theater war nie gebaut worden: Geldmangel oder ein Fehler des Architekten, keiner wusste es so genau. Wie auch immer, Kater Cyril strich durch die Flure, als gehöre er einfach dazu. Besonders gern hielt sich Cyril im Büro von Chief Superintendent Racer auf, denn den konnte er jederzeit überlisten und austricksen.

Es zeugte von Cyrils zäher Natur, dass er es schon seit über einem, ja seit fast zwei Jahren in Racers unmittelbarer Nähe aushielt. Von keinem Mitarbeiter der Metropolitan Police, ob in Uniform oder in Zivil, konnte man das behaupten. Eine Ausnahme war allerdings Superintendent Jury, dessen zähe Natur (und, wie Jury selbst argwöhnte, leicht masochistische Ader) es mit der von Cyril durchaus aufnehmen konnte. Fiona war eine knallharte Frau. Und wenn die Welt unterginge – nichts konnte sie erschüttern. Mit diesem Naturell war sie wie geschaffen für den Sekretariatsposten in Racers Vorzimmer.

Fiona und Cyril waren gerade mitten in ihren rituellen Lunch-Waschungen, als Jury das Büro betrat. »Tagchen, Fiona. Tagchen, Cyril«, sagte Jury.

Fiona fuhr sich zur Begrüßung mit dem kleinen Finger über die Mundwinkel, Cyril zuckte mit dem Schwanz. Er schien sich immer zu freuen, wenn er Jury sah, vielleicht empfand er ja eine gewisse Seelenverwandtschaft mit ihm.

»Ausnahmsweise pünktlich«, sagte Fiona und klappte ihr Puderdöschen zu. Jury hatte sich schon oft gefragt, wo sie diese Relikte aus der Nachkriegszeit auftrieb, seit seiner Kindheit hatte er keine Frau mehr mit so einem Art déco-Ding gesehen. Fiona selber war auch so ein Relikt: Sie sah noch immer aus wie die Filmsternchen auf den Fotos aus dieser Zeit, mit Herzmund und strohblondem Haar. Jury argwöhnte allerdings, dass Fionas gelbe Lockenpracht aus der Flasche kam. Dass sich ein paar Silberfäden in das Gold mischten, schrieb Fiona ihrem guten Friseursalon zu. »Racer ist noch im Club«, fügte sie an.

Jury gähnte und ließ sich auf seinen Stuhl plumpsen. »White's? Boodles? The Turf?«

Fiona lachte und stützte ihr frisch geschminktes Gesicht auf die verschränkten Hände. »Sie glauben doch nicht, dass einer von denen ihn aufnehmen würde?« Sie schaute auf ihre goldene Armbanduhr, die ebenfalls aussah wie von einer prähistorischen Grabstätte, und sagte: »Zwei Stunden ist er weg, dürfte jeden Augenblick auf einen Sprung vorbeischauen.«

»Danke. Ich warte in seinem Büro – vielleicht kann ich ihn ja erschrecken.« Er zwinkerte Fiona zu, die ihn fragte, ob er schon gegessen hätte. Das gehörte zum Ritual, genauso wie Fionas Kriegsbemalung. Jury sagte sein Sprüchlein auf: »Das Leben eines Polizisten ist kein Zuckerschlecken.« Mit diesem

Satz konnte man auf alles reagieren, bis hin zu einem Massenmörder, den man im eigenen Kleiderschrank fand.

Als er aufstand, holte Fiona eine Flasche Nagellack hervor, ein tiefes Dracula-Rot, es war fast schwarz. Fiona stand auf Schwarz. Sie staffierte sich stets in Schwarz aus – hauchdünne Sommerkleider, Winterwollsachen – alles schwarz. Vielleicht wollte sie sichergehen, in jeder Lebenslage für Racers Beerdigung bereit zu sein.

Kater Cyril folgte Jury in Racers sanctum sanctorum und ließ sich auf Racers Drehstuhl nieder. Jury nahm den Stuhl auf der anderen Seite der riesigen, leeren Schreibtischplatte. Racer lebte nach dem Prinzip, so viel wie möglich zu delegieren. Selten hatte Jury erlebt, dass Aktenordner, Notizblöcke oder Blätter den Schreibtisch seines Chefs verunziert hätten. Jury sah Cyril an, dessen Kopf gerade noch über die Schreibtischplatte schaute, und sagte: »Weswegen wollten Sie mich noch sprechen, Sir? Oh? Ja. Tut mir leid. Das Leben eines Polizisten –«

Ganz brachte er die abgedroschene Racer-Losung nicht zu Ende, denn sein Chef war sozusagen auf Katzenpfoten hereingekommen und stand plötzlich hinter ihm. »Schon wieder Selbstgespräche, Jury?« Er hängte seinen Savile-Row-Mantel auf einen Garderobenständer und marschierte zu seinem Drehstuhl. Wie ein geölter Blitz sprang Cyril unter den Schreibtisch.

Racer fuhr unbeirrt fort: »Also überarbeitet haben Sie sich wohl nicht, mein Junge. Viel haben Sie in dem Dorchester-Fall offenbar nicht herausbekommen, sonst hätten Sie ja Bericht erstattet, oder? Ganz zu schweigen von den beiden anderen Morden! Der Polizeipräsident sitzt mir im Nacken. Was haben Sie also zu melden? Was für Fortschritte haben Sie gemacht?«

Jury erzählte ihm gerade so viel, dass der Polizeipräsident beruhigt sein konnte. Wie üblich war das Racer zu wenig. Der wäre nur zufrieden gewesen, wenn er den Mörder direkt hier, in seinem Büro, aus dem Hut gezaubert hätte.

»Ist das etwa alles, Jury?«

»Leider.«

»Also, was mich angeht – was zum Teufel ist das?« Racer sah unter seinem Schreibtisch nach. Er betätigte die Sprechanlage und forderte Fiona auf, das Untier unter seinem Schreibtisch zu beseitigen. »Dieses räudige Vieh hat acht seiner neun Leben verspielt, Miss Clingmore!«, brummte er.

Fiona kam ins Büro gewippt und griff sich Cyril.

»Weiter«, sagte er, als Fiona wieder draußen war.

»Weiter gibt es nicht viel – Sir.« Das »Sir« ging ihm nur schwer über die Lippen.

Und jedes Mal merkte es Racer und hielt Jury eine kleine Standpauke darüber, dass er schließlich noch nicht so lange Superintendent sei.

Jury gähnte.

»Wo zum Teufel ist Wiggins? Was treibt er, abgesehen davon, dass er die Polizei von Dorset mit seiner Grippe ansteckt?«

Jury antwortete nur, dass Wiggins in Devon sei.

»Es ist Ihnen hoffentlich klar, dass dieser Geisteskranke ein gefundenes Fressen für die Presse ist. Drei tote Kinder, Jury, drei!«, sagte er, wobei er drei Finger in die Luft hielt, als wolle er Jury erst das Zählen beibringen. »Und noch kein Verdächtiger festzunageln!«

»Nein. Nicht bei dem Beweismaterial, das wir haben. Ich möchte noch mit dem Anwalt der Ashcrofts sprechen.«

»Dann machen Sie hin, und zwar plötzlich! Ich habe

hier weiß Gott genug zu tun!« Wovon er Jury angesichts des jungfräulichen Schreibtisches nicht so recht überzeugen konnte.

*

»Robert Ashcroft? Den kenne ich so lange wie seinen verstorbenen Bruder James.« Mack schritt auf dem flauschigen Teppich auf und ab.

Der Einrichtung nach zu schließen betreute Rechtsanwalt Mack mehr als nur eine betuchte Familie: dicke Teppiche, wertvolle Stiche an den Wänden, Mahagonimöbel, der Schreibtisch, der unter einer Bienenwachsschicht wie ein kleiner dunkler See glänzte. Und das Prachtexemplar einer eleganten Bronzekatze, ein antikes ägyptisches Stück vermutlich.

Als Macks Sekretärin mit einem Aktenstoß eintrat, blieb er stehen. Die junge Frau in ihrem teuren, klassisch eleganten Kleid war das genaue Gegenteil von Fiona Clingmore, allerdings fehlte ihr das gewisse Etwas, Fiona hatte einfach mehr Pep. Während Jury zusah, wie der Anwalt Papiere unterschrieb, überlegte er, ob Platon sich in seinem Reich der Ideen nicht eher für Racer, Fiona und Cyril als für Mack, Miss Chivers und die Bronzekatze entschieden hätte.

Mr. Mack schraubte seinen Füller zu, und Miss Chivers sammelte die Papiere ein. Jury lächelte sie an, als sie den Raum verließ, und sie errötete.

Mack wendete sich wieder der Frage nach Ashcrofts Identität zu. »Nein, das kann nicht sein, Mr. Jury. Robert Ashcroft ist wirklich Robert Ashcroft. Als der Erbschein ausgestellt wurde, haben wir von Robert natürlich einen Identitätsnachweis verlangt – wie übrigens von allen Verwandten, beispielsweise auch von Victoria Gray.«

»Ich wusste gar nicht, dass sie auch einen Teil des Ashcroft-Vermögens geerbt hat.«

»Aber gewiss doch. Keine direkte Erbschaft, aber doch eine sehr namhafte Summe, die sie bekommen wird, falls Jessica etwas zustoßen sollte. Und was Robert betrifft, wirklich, da bin ich mir ganz sicher.« Er hatte wieder Platz genommen und das Kinn auf die gefalteten Hände gestützt.

»Und andere Legate? Gibt es noch weitere, namhafte?«

»Ja. Eines an die Kirche. Und eins an die frühere Pflegerin seiner Frau, Elizabeth, eine Cousine von Lady Ashcroft.« Er streichelte die Bronzekatze. »Eine unangenehme Person, wenn mich mein Gedächtnis nicht trügt. Jedenfalls waren es alles keine direkten Erbschaften. Und das ganze übrige Geld ging an Jessica.«

»Damit meinen Sie, dass zu Jessicas Lebzeiten keiner der Erben auch nur einen Pfennig sieht.«

Mr. Mack schüttelte den Kopf. »James Ashcroft wollte, dass alles Jessie zufällt. Wenn sie volljährig ist, kann sie die Erbschaften selbstverständlich auszahlen. Bis dahin ist Robert Testamentsvollstrecker und erhält ein ordentliches Taschengeld.«

»Was meinen Sie mit ordentlich?«

»Ich glaube, so um die fünftausend Pfund im Jahr.«

Jury schüttelte den Kopf. »Ein Witz für Ashcroft. Davon könnte er sich seine teuren Launen nicht leisten. Nein, nein, Mr. Mack –«, fügte er hinzu, denn der Anwalt hatte die Augen aufgerissen, »nicht Drogen. Automobile. Vorkriegsmodelle, Klassiker, Oldtimer.«

»O ja. Robert hat natürlich Zugang zu Jessicas Geld. Er braucht sich nur an mich zu wenden. Wenn mir eine Ausgabe angemessen erscheint, gebe ich grünes Licht. Sie haben ganz recht, seine Autos sind kostspielig. Aber ein Tropfen auf den heißen Stein bei Millionen von Pfund. James und Robert standen sich sehr, sehr nahe. Selbst noch, als Robert nach Australien gegangen war. Sie haben sich regelmäßig geschrieben. Diese Briefe waren es übrigens, die wesentlich dazu beitrugen, ihn als den Bruder ausweisen zu können. Wieso verdächtigen Sie Robert Ashcroft überhaupt?«

»Weil für ihn alles in dieser Angelegenheit so rosig ist. Und die zur Beerdigung angereisten Verwandten hatten ihn lange nicht gesehen, wenn sie ihn überhaupt kannten –«

»Ja, das stimmt. Wenn es um so viel Geld und Besitz geht, kommen die Ratten aus allen Löchern. Einige wollten das für sie unvorteilhafte Testament dann auch anfechten. Wollten den ihnen ›zustehenden‹ Anteil einklagen oder die Person, die am besten wegkam, als Hochstapler hinstellen.« Mr. Mack lächelte mit gespitzten Lippen.

»Also hat James seinem Bruder Robert mehr oder weniger eine *carte blanche* gegeben?«

Mack runzelte die Stirn. »Ja. Ehrlich gesagt, sind mir solche Blanko-Arrangements zuwider. Ein einziger Schlamassel.« Er rückte seine Zigarettenschachtel zurecht und verschob die Bronzekatze ein bisschen. »Aber James schwor Stein und Bein auf Robert. Und der Rest der Verwandtschaft, die Blutsverwandtschaft ebenso wie die angeheiratete, war ja auch wirklich ein ziemlich mieser Haufen. So weit ich sehen konnte, hätte nicht ein Einziger von ihnen das Geld, geschweige denn James' Zuneigung verdient. Aber er war – auf meinen Rat hin – so klug, voraussichtlichen Querulanten kleine Summen zu vermachen.«

»Ich hätte gern eine Kopie des Testaments eingesehen, Mr. Mack.«

Mr. Mack kippelte mit seinem Stuhl. »Ist das unbedingt erforderlich?«

Jury lächelte. »Ich würde es gern einsehen. Das Testament ist eröffnet und damit jedermann zugänglich.«

»Hm. Na schön. Miss Chivers kann Ihnen eine Kopie machen.« Er drückte auf seine Sprechanlage und erteilte seiner Sekretärin die entsprechende Anweisung.

»Und die Briefe hätte ich auch gern gesehen.«

»Die von James? Die hat natürlich Robert.« Mr. Mack runzelte die Stirn. »Wollen Sie etwa ein graphologisches Gutachten anfertigen lassen?«

»Etwas in der Art, ja«, sagte Jury und wunderte sich darüber, dass die Anwälte der Ashcrofts nicht längst zu dieser Maßnahme gegriffen hatten. »Danke für Ihre Hilfe, Mr. Mack.«

Im Hinausgehen bekam er die Kopie des Testaments und einen bewundernden Blick von Miss Chivers.

Mr. Macks Büro lag mitten in der City von London. Jury ging zur U-Bahn-Station Aldergate und überlegte, was ihm im Magen lag. Etwas, das er gesehen hatte? Etwas, das er gehört hatte? James Ashcrofts Testament war lang. Der Besitz ansehnlich. Ashcroft und zwei weitere Rechtsanwälte, einer davon George Thorne, hatten unterzeichnet.

George Thorne. Schon wieder.

*

»WENN DAS NICHT TRAURIG IST«, sagte Mrs. Wasserman, die allein in der Souterrainwohnung des Miethauses in Islington lebte. Jury wohnte im zweiten Stock und stattete ihr gerade einen Kurzbesuch ab. Damit er eintreten konnte, hatte sie zwei Riegel zurückschieben, eine Kette abnehmen und das Einriegelschloss aufschließen müssen. Ihre Fenster waren vergittert. Mrs. Wasserman hätte sogar inmitten der Krawalle von Brixton ruhig schlafen können. Aber trotz ihrer

Sicherheitsvorkehrungen fand Mrs. Wasserman keine Ruhe, wenn der Superintendent nicht zu Hause war, der Gott sei Dank oben wohnte.

Sie aßen selbst gebackenen Strudel und tranken Kaffee, wobei sie sich über Jurys aktuellen Fall unterhielten. »Ich weiß, Sie reden nicht gern darüber«, sagte sie, »aber dass es Kinder sind, das hat mich wirklich zu Tode erschreckt.« Sie verstummte kurz und trank noch einen Schluck Kaffee. »Ich weiß, Sie dürfen nichts sagen, natürlich nicht, aber dieser Mensch, der muss doch verrückt sein«, sagte sie, wobei sie sich mit dem Finger an die Schläfe tippte.

»Vermutlich, Mrs. Wasserman. Wir kennen das Motiv nicht.«

»Motiv? Wer spricht hier von Motiv? Verrückte haben keins, Mr. Jury.« Ihr schmales Lächeln war nachsichtig, schließlich konnte dieser Grünschnabel von einem Polizisten nicht alles wissen, oder?

Und sie hatte Recht. »Psychopathen haben auch Motive, nur dass diese irrational und nicht direkt nachvollziehbar sind. Übertragungen.«

»Was heißt das, Übertragung?« Sie hegte psychologischem Fachchinesisch gegenüber ein gesundes Misstrauen.

»Das heißt, der Mörder tötet nicht die Person, die er eigentlich meint.«

Strudelkauend dachte sie darüber nach. »Was für eine furchtbare Zeitverschwendung.« Sie blickte ihn betrübt an. »Die Zeitungen sind voll von dieser Mordgeschichte, Mr. Jury.«

Jury wusste, was in den Zeitungen stand. Und er wusste auch, dass er unwissentlich Mrs. Wassermans eigene Phobie beschrieben hatte. Wie alt war sie während des Zweiten Weltkriegs gewesen? Fünfzehn, sechzehn vielleicht. Was sie an Entsetzlichem durchgemacht hatte, war verdrängt worden, ins Unterbewusstsein gesunken, sodass sozusagen nur noch die Spitze des Eisbergs hervorschaute, und nur mit dieser Spitze konnte sie umgehen. Der Fremde, der sie verfolgte, dessen Schritt sie überall heraushörte, dessen Beschreibung Jury immer wieder in seinem Notizbuch notiert hatte, obwohl er wusste, dass er nicht existierte. Und die Schlösser, die Ketten und Riegel, die Jury ihr besorgt hatte. Mrs. Wasserman hätte ein Buch über Agoraphobie schreiben können.

Jury musterte ihre Fenster, die Gitter und die Fensterläden. Er musterte die verschlossene und verriegelte Tür. »Sie verriegeln die Tür –« Das war ihm gegen seinen Willen herausgerutscht.

»Wie bitte? Aber natürlich verriegele ich die Tür.« Ihr mächtiger Busen bebte vor Lachen. »Das von Ihnen! Wo Sie mir doch die Riegel besorgt haben.« Dann fügte sie besorgt hinzu: »Sie brauchen wirklich Schlaf, Mr. Jury. Sie haben niemals eine Sekunde Ruhe. Manchmal kommen Sie erst um zwei, drei Uhr morgens nach Haus.«

Jury hatte nur mit halbem Ohr zugehört. Er fixierte immer noch die einbruchsichere Tür. »Was genau soll sie abhalten?«

Sie blickte ihn ratlos, ja argwöhnisch an, so wie man einen lieben Freund anschauen würde, der von einer Sekunde zur nächsten den Verstand verloren hat. »Na *ihn!* Das wissen Sie doch.« Und lächelnd schob sie sich ein weiteres Stück Strudel in den Mund.

22

FÜNF MEILEN HINTER DORCHESTER, in Winterbourne Abbas, traf es ihn wie der Blitz – etwas, das ihm zuvor nicht wichtig erschienen war. Jury hielt bei einer Tankstelle, fragte nach dem Telefon und wurde ins Restaurant »Little Chef« gleich nebenan verwiesen.

Das Restaurant war von geradezu antiseptischer Sauberkeit, bis hin zu den gestärkten Uniformen der Kellnerinnen. Jury bestellte einen Kaffee und sagte, er sei gleich wieder da. Er ließ sich mit dem Polizeipräsidium von Devon und Cornwall verbinden und erfuhr, dass der Divisional Commander in Wynchcoombe war.

Constable Coogan teilte ihm im mobilen Büro etwas schnippisch mit, dass Macalvie sich Sergeant Wiggins geschnappt habe und zum »Verirrten Wandersmann« gefahren sei, um »Nachforschungen« anzustellen. Jury lächelte. Und Betty gab ihm die Nummer.

Als im »Verirrten Wandersmann« endlich jemand abnahm, war im Hintergrund Elvis Presleys »Hound Dog« zu hören.

»Kenn ich nich, Kumpel. Mac-wie?«, fragte der Mann, der ans Telefon gegangen war, vermutlich irgendein Stammgast.

Jury konnte fast hören, wie ihm das Telefon aus der Hand gerissen wurde, und nach einem kurzen Wortwechsel hatte er endlich den Richtigen am Apparat. Macalvie brüllte Freddie an, sie solle die verdammte Musik leiser stellen, und war dann endlich ganz Ohr.

»Was treiben Sie denn da, Macalvie?«

»Ach, Sie sind das.« Wie gewohnt konnte er sich nicht

für Scotland Yard erwärmen. »Ich unterhalte mich mit Ihrem Freund. Dem, der sich als gottverdammter Graf ausgibt. Scheint aber trotzdem in Ordnung zu sein.«

Macalvie mochte komischerweise immer ausgerechnet die Leute, von denen Jury angenommen hatte, dass er sie verabscheuen würde. Jury unterbrach ihn und erzählte, was er bei Mr. Mack erfahren hatte.

»Thorne? Der gehört zur Ashcroft-Sippschaft? Seit wann? Ich meine, wie lange schon?«

»Keine Ahnung. Lassen Sie ihn von einem Ihrer Männer anrufen. Ist Wiggins da?«

»Aber klar doch.« Macalvie schien ohne Wiggins keinen Schritt mehr zu tun. »Was wollen Sie denn von ihm?«

»Ich möchte ihn sprechen.«

»Habt Ihr beide Geheimnisse?«

»Nein. Ich möchte etwas überprüfen. Hören Sie auf zu maulen, und holen Sie ihn ans Telefon!«

»Sir!« Wiggins schien strammzustehen.

Jury seufzte. »Rühren, Sergeant. Passen Sie auf. Als wir bei den Rileys waren, das heißt, als wir gingen, haben Sie da das große gerahmte Zeugnis über dem Kamin bemerkt?«

»Ja. Mrs. Riley war früher Krankenschwester.«

»Wie lautete ihr Name?« Wiggins vollbrachte keine Heldentaten, wenn es darum ging, Fakten zu interpretieren und daraus eine Lösung zu konstruieren, aber er hatte in der Regel ein verlässliches Gedächtnis.

Schweigen am anderen Ende der Leitung. Wiggins dachte nach; Jury ließ ihm Zeit. Hörte Jury Papier knistern? Wahrscheinlich öffnete Wiggins gerade eine neue Tüte Fisherman's Friends. »Elizabeth Allan, Sir.«

»Das dachte ich mir, Wiggins. Danke. Und danken Sie auch Plant für seinen Brief. Ist heute Morgen gekommen.«

Jury legte auf und bezahlte seinen Kaffee, von dem er keinen Schluck getrunken hatte.

*

»Was tut es denn zur Sache, dass ich Krankenschwester bin?«, fragte Beth Riley. »Was hat das mit Simon zu tun?«

»Vielleicht gar nichts, vielleicht aber auch eine ganze Menge«, antwortete Jury und schenkte ihr aus einer Flasche Jameson's nach, die er in weiser Voraussicht mitgebracht hatte. Sie streckte ihr Glas der Flasche entgegen. Beth Riley saß im selben rosafarbenen Sessel wie schon bei Jurys erstem Besuch. Heute war allerdings ihr Mann nicht da, und sie wusste offenbar nicht so recht, ob sie sich geschmeichelt fühlen oder Angst haben sollte, weil der Superintendent sie besuchen kam. »Sie haben Lady Ashcroft gepflegt und sind außerdem ihre Cousine. Also kennen Sie Jessica und Robert Ashcroft.«

Sie antwortete unwirsch: »Ja. Aber nicht sehr gut. Jessica war noch ganz klein, und der Bruder – den habe ich ab und zu im Haus am Eaton Square gesehen. Das war, bevor Barbara so krank wurde und rund um die Uhr eine Pflegekraft brauchte.«

»Hat er sich sehr verändert?«

»Verändert? Komische Frage. Zehn Jahre in Australien dürften wohl jeden verändern.«

»Ich meine, sah er so aus, wie Sie ihn in Erinnerung hatten?«

Wieder kräuselte sie die Stirn. »Jaaa – also, Momentchen mal.« Sie beugte sich zu Jury, und ihre protzige Bergkristallbrosche funkelte im Lampenlicht. »Wollen Sie damit andeuten, dass er nicht Robert Ashcroft ist?« Der Gedanke schien ihr zu gefallen. Mrs. Riley hatte James Ashcrofts Testament von allen Verwandten am vehementesten angefochten.

»Nein«, sagte Jury und sah zu, wie sich ihre Hoffnungen so schnell verflüchtigten wie der Jameson's in ihrem Glas. Spätestens beim dritten Glas würde sie wohl das heulende Elend überkommen. »Nein, ich tappe noch im Dunkeln und hoffe, dass ich über die richtige Antwort stolpere.«

Jury schenkte Beth ein weiteres Glas ein und musterte die Sammlung über dem Kamin: ihr Schwesterndiplom mit dem Goldsiegel, die Familienfotos, das Wappen aus Mahagoni. Es war das gleiche Wappen wie auf Plants Briefpapier, die gleiche Helmzier, der Brachvogel, alles so kunstvoll gearbeitet wie die Bibel-Illustration eines Mönches.

»Niemand ist vollkommen«, sagte Beth. »Ich habe unter meinem Stand geheiratet. Oh, nicht dass Al kein guter Hausvater wäre –«

Jury wollte nichts über Rileys gute Seiten hören, denn auf die schlechten würde sie hinterher zwangsläufig auch kommen. Ihn interessierten Tatsachen, nicht ihre seelische Verfassung und die Geschichte ihrer Ehe. »Wie stehen – standen Sie zur Familie Ashcroft, Mrs. Riley?«

»Sie können mich ruhig Beth nennen«, sagte sie mit einem neckischen Blick.

Vermutlich musste er sie Beth nennen, wenn er etwas aus ihr herausholen wollte. Er zwang sich, ein freundliches Lächeln aufzusetzen. »Beth. Wie standen Sie nun zu den Ashcrofts?«

»Dieser Robert behandelt mich, als sei ich ein x-beliebiges Pferd in seinem Stall. Dabei bin ich eine Cousine von Barbara. Und zwar ersten Grades. Wir sind beide im County Waterford geboren. Ich bin nach England gekommen, als ich noch ganz klein war, lange vor Barbara.« Es hörte sich an, als hätte sie mehr Anspruch auf England als Barbara. »Aber ich habe sie kaum zu Gesicht bekommen, bis Barbara dann so krank wurde. Da war ich plötzlich gefragt, und hinterher konnte sich niemand mehr an das, was ich für sie getan habe, erinnern.«

»Aber Sie werden ja mal einen hübschen Batzen erben. Falls Jessica Ashcroft etwas zustoßen sollte.«

»Was soll der schon zustoßen?« Sie reagierte nicht auf Jurys Anspielung. »Das ist mir vielleicht ein Testament – alle müssen warten, bis jemand stirbt. Und an allem ist Riley schuld, so ist das! Robert Ashcroft, dieser Snob, will seinetwegen nichts mit uns zu tun haben. Aber die Ashcrofts waren schon immer ganz furchtbare Snobs.«

Jury täuschte Mitgefühl vor und schenkte ihr nach. »Scheint mir ein bisschen unfair.«

Sie sagte verächtlich: »Unfair? Das kann man wohl sagen. Und das, obwohl wir uns angeboten haben, das Mädchen aufzunehmen, ihm Vater und Mutter zu sein. Aber ihm wird sie zugesprochen, mit allem, was so dranhängt. Dabei wusste er vorher kaum, wer sie war.« Selten hatte Jury ein gehässigeres Lächeln gesehen. »Aber wer ihre Mutter war, die Barbara, das wusste er nur zu gut!«

Die Andeutung war klar. Aber Jury wollte ihr nicht die Freude machen, sich auf ihre Fantastereien einzulassen.

Plötzlich erschien Riley. Er kam ins Wohnzimmer, als träte er aus dem dunklen Teil einer Bühne ins Rampenlicht. Er blinzelte und fragte erstaunt: »Superintendent?«

Jury stand auf und gab ihm die Hand. »Guten Tag, Mr. Riley. Ich habe Ihrer Frau gerade noch ein paar Fragen zu Simons Tod gestellt. Na, dann will ich mal wieder.«

Riley brachte Jury zum Treppenabsatz, wobei er ihm zuflüsterte: »Wenn sie ein Gläschen zu viel trinkt, wird sie immer ein bisschen weinerlich. Verträgt nicht viel, die gute Beth. Und, was Neues, was Simon betrifft?«

»Nichts, leider. Ich bin dabei, mich über die Familienbeziehungen zu informieren. Ich wusste zum Beispiel nicht, dass Ihre Frau mit den Ashcrofts verwandt ist.«

So erschüttert vom Tod seines Sohnes war Riley nun auch wieder nicht, dass er nicht auflachte. »Da dürften Sie in ganz Dorchester der Einzige sein, der das nicht weiß. Die hat nach der Beerdigung vielleicht Krach geschlagen.« Er seufzte. »Aber was soll's. Warum sich streiten? Und, wie laufen die Ermittlungen sonst?«

Jury überlegte sich die Antwort gut. »Ich glaube, gut, Mr. Riley.«

»Lieber Gott, hoffentlich. Als ich das von den beiden anderen gelesen habe – ich trau mich kaum, es laut zu sagen, Mr. Jury, aber ich bin erleichtert, dass Simon nicht das einzige Opfer ist.« Er warf Jury einen verstohlenen Blick zu, als wäre dieser ein Gottesbote, der ihn für diese Lästerung zu ewigem Fegefeuer verdammen könnte. »Ich kann mir einfach nicht helfen.«

»Ich weiß genau, wie Sie sich fühlen«, sagte Jury, ging die Treppe hinunter und verließ Rileys Fleisch- und Wildspezialitäten.

23

M‍IT ZUCKENDEM SCHWANZ beobachtete die schwarze Katze, die auf der Steinbalustrade saß, zwei Möwen, die ein weggeworfenes Sandwich zerpickten. Als Jury, dieser Störenfried, auftauchte, sprang sie herab, schlich zur Steintreppe und starrte die Tür an. Drinnen gab es irgendwo etwas zu fressen.

Jury staunte, die Vorhänge waren nicht zugezogen. Und

Molly musste ihn durchs Fenster beobachtet haben, denn die Tür ging auf, noch ehe er anklopfen konnte. Die Katze marschierte ins Haus.

Molly musterte ihn von Kopf bis Fuß und lächelte. »Er geht direkt in die Küche und starrt mich an, bis ich ihm etwas zu fressen gebe. Kommen Sie rein.«

Die Atmosphäre war ihm unheimlich, und er zögerte, den Fuß über die Schwelle zu setzen. Dieses Zögern dauerte nur ein, zwei Sekunden, aber sie bemerkte es. Ihr Lächeln war wie weggewischt, und sie blickte zum Fenster, als wollte sie die Gardinen wieder zuziehen, so, wie sie blitzschnell einen Vorhang über ihr Lächeln gezogen hatte.

Er hatte sie enttäuscht, und gerade das hatte er nicht gewollt. Aber es war bei Molly Singer wohl unvermeidlich.

Sie nahm ihm den Mantel ab und ging die Katze füttern. Aus der Küche fragte sie ihn, ob er Kaffee wolle. Sie versuchte, charmant zu sein, fügte neckisch hinzu, er solle das Angebot lieber annehmen, so ein Angebot bekäme er nicht alle Tage. Ihre Stimme klang plötzlich angestrengt.

»Nur wenn's schnell geht«, rief er zurück.

Der Kaffee musste schon fertig gewesen sein, denn kaum dass das Trockenfutter für die Katze in die Schüssel gerasselt war, stand Molly damit im Zimmer.

Es folgten die üblichen Fragen, wie viel Zucker, wie viel Sahne und ob er ein Sück Sandkuchen wolle. Es herrschte eine fast unerträgliche Spannung. »Nett von Ihnen, dass Sie sich vorher angemeldet haben.« Sie musterte ihren Sandkuchen. »Von Macalvie wäre das wohl zu viel verlangt.«

Das war ohne Zweifel richtig. »Ach, Polizisten.« Er deutete mit dem Kopf zur Küchentür, wo sich der prächtige schwarze Kater putzte. »Schlimmer als der da. Unmenschen, treten Türen ein, fallen einfach ins Haus.«

Jurys Lächeln hatte die erhoffte Wirkung. Molly entspannte sich und sagte: »Sie nicht. Sie machen mir keine Angst, Mr. Jury.«

»Nennen Sie mich doch Richard! Und Macalvie darf nie erfahren, dass ich ein Typ bin, vor dem man keine Angst hat. Der schickt mich glatt nach London zurück.«

»Kann man denn jemanden von Scotland Yard einfach so nach London zurückschicken?«

Jury lachte, und sie lehnte sich gelöst zurück, um ihren Kaffee zu trinken. Heute trug sie statt ihrer Second-Hand-Klamotten ein hellgelbes Wollkleid, das aussah, als wolle sie damit Geister vertreiben und Dämonen besänftigen.

»Nett, dass Sie mich besuchen kommen«, sagte sie.

Jury schwieg sich aus, und Molly fuhr fort: »Superintendent Macalvie biegt sich alles zurecht, sodass es in seine Sicht der Dinge passt.«

»Nein. Er ist ein Profi. Der biegt nichts zurecht.«

Die Katze ließ sich auf einem Stuhl nieder und warf ihm einen ebenso feurigen Blick zu wie Molly Singer. »Na schön, vielleicht biegt er sich nichts zurecht, aber er dreht ein wenig an allem herum.« Sie griff in das unterste Fach des Schränkchens neben dem kleinen Sofa und holte eine Flasche Whisky heraus. »Einen Schuss in den Kaffee?«

Jury schüttelte den Kopf und betrachtete sie, wie sie mit der Flasche auf dem Schoß dasaß. Es war eine volle Flasche, und sie brach das Siegel, schraubte sie aber nicht auf, sondern starrte sie nur an, als wäre sie ein fremd gewordener, guter alter Freund. Sie brauchte eigentlich nichts zu trinken, sie wollte sich wohl ablenken. Was sie wirklich brauchte, konnte ihr niemand geben, dabei sehnte sie sich so sehr danach. Es betrübte Jury, dass er als Polizist ihr nur schwachen Trost würde bieten können.

Eine tolle Ausrede, Jury, sagte er bei sich. Natürlich hätte er sie trösten können. Aber Molly Singer hatte einfach etwas an sich, das ihm Angst machte.

»Wieso ist sich Chief Superintendent Macalvie so sicher, dass ich Mary Mulvanney bin?«

»Weil man Mary Mulvanney eben nicht vergessen kann.« Er lächelte. »Sie allerdings auch nicht.«

»Weil wir mit Sachen werfen?«

»Nein. Sie haben Angst, dass Mary Mulvanney noch verdächtiger ist.«

»Ist sie auch.«

»Warum?«

»Weil das die Einschätzung von Chief Superintendent Macalvie ist.«

Jury lächelte. »Er könnte sich täuschen.«

»Der? Warum machen Sie ihm das dann nicht klar? Wohl, weil Sie zu bequem sind.« Sie unterbrach sich und sagte dann, ohne ihn anzusehen: »Wissen Sie noch, wie das war: mit sechzehn verliebt zu sein?«

»Genauso wie mit vierzig, oder?« Er sah sie so lange an, bis sie seinem Blick nicht mehr ausweichen konnte. »Warum fragen Sie?«

Sie rutschte langsam zur Sofakante, als wäre sie sehr müde und sehr alt. »Ach, Superintendent –«

Mary Mulvanney hatte sicherlich Grund, die Welt zu hassen. Ja, Mary Mulvanney hatte allen Grund, unter Zwangsvorstellungen zu leiden. Wie Molly Singer –

»Sie denken genau wie er.«

Jury blickte sie erstaunt an. Sie hatte ihn angestarrt, hatte nach Anzeichen von Argwohn gesucht und sie offenbar gefunden.

Er versuchte, die Bemerkung mit einem Lächeln abzutun. »Sie meinen wohl, dass Sie Gedanken lesen können.«

Sie stützte den Kopf in die Hand und erwiderte sein Lächeln. »Gedanken nicht unbedingt, aber Gesichter.«

Dass sie seins besonders nett fand, war so offensichtlich, dass er den Blick abwenden musste. Aber dies war die Gelegenheit, um endlich zu seinem Anliegen zu kommen. »Mit Gesichtern dürften Sie sich gut auskennen, als Fotografin. Und Sie als Fotografin möchten wir um einen Gefallen bitten.«

Sie hob mit einer ruckartigen Bewegung den Kopf und erstarrte. Noch bevor er seine Bitte geäußert hatte, hatte sie alle Stacheln aufgestellt. »Mich? Und um was für einen Gefallen?«

»Es gibt in Dartmoor einen Ort, der von Princetown, Wynchcoombe und Clerihew Marsh ungefähr gleich weit entfernt ist, Ashcroft, ein ziemlich großes Herrenhaus –« Sie verzog keine Miene.

»Bitte, reden Sie ruhig weiter.« Ihm war, als ob die Spannung, die das Wort »Gefallen« (und damit die Aufforderung zum Handeln) ausgelöst hatte, sie vom Sofa zog. Sie hatte sich vorgebeugt und faltete die Hände so fest, dass die Gelenke weiß hervorstanden.

Jury sagte schlicht: »Wir brauchen eine Fotografin –«

»Nein.« Sie schüttelte den Kopf, langsam und mit geschlossenen Augen. »Nein.«

»Sie können immer noch nein sagen, aber jetzt lassen Sie mich erst einmal erklären. In Ashcroft lebt ein zehnjähriges Mädchen, die Alleinerbin der Ashcroft-Millionen. Ihr Vater war ein Peer. Molly, drei Kinder sind schon umgebracht worden! Wir wollen keinen vierten Mord.«

Molly blickte auf, sie sah erstaunt aus. »Was auch immer

Sie von mir wollen – wieso ausgerechnet ich? Schließlich bin ich doch Ihre Hauptverdächtige.«

»Sie sind eine von mehreren Verdächtigen, und ich persönlich habe sowieso meine Zweifel, dass Sie mit diesen Morden etwas zu tun haben.«

»Macalvie sieht das aber anders!«

»Wie dem auch sei, wir brauchen Fotos – von allem und jedem. Wir organisieren Ihnen einen Presseausweis. Es gibt ein teures, aufwändiges Oldtimer-Magazin. Für diese Zeitschrift arbeiten Sie als Top-Fotografin. Sie wissen, wie sich ein Profi benimmt, schließlich sind Sie einer!« Er lächelte. »Ein Kinderspiel für Sie.«

»Ein böses Spiel. Das können Sie doch nicht von mir verlangen!«, schrie sie. »Richard!«

Sie neigte sich zu ihm. Aus ihrem Mund klang sein Name auf eigenartige Weise fremd. »Molly.« Er lächelte.

Sie wich seinem Blick aus und sagte: »Hören Sie, ich verlasse niemals das Haus. Und Sie glauben, ich würde den Mut aufbringen, meine Leica zu schnappen und im Herrenhaus eines Millionärs Theater zu spielen? Mein Gott, da unterhalte ich mich ja lieber mit Chief Superintendent Macalvie! Will er eigentlich auch, dass ich diese Fotos mache?«

Jury nickte und bot ihr eine Zigarette an, die sie gerne annahm: »Danke, guter Vorwand für einen Drink. Möchten Sie auch einen?«

»Warum eigentlich nicht!«

Sie schenkte Whisky in zwei verschiedene Wassergläser, lehnte sich zurück und prostete ihm zu. »Auf Ihre Schnapsidee! Also, eins verstehe ich nicht: In den Dunkelkammern der Polizei von Dorset und Devon – und von Scotland Yard – müsste es doch eigentlich von Fotografinnen nur so wimmeln. Wie kommen Sie ausgerechnet auf mich?«

»Weil Sie keinen Verdacht erregen würden, Molly.«

»Ein schlauer Polyp auch nicht – man wird euch ja wohl nicht umsonst beigebracht haben, wie man andere Leute dazu bringt, einem alles anzuvertrauen.«

»Einen Polypen würden die Bewohner von Ashcroft zehn Meilen gegen den Wind wittern. Einer der Bewohner auf jeden Fall.«

Nun war ihre Neugier doch geweckt. »Und welcher?«

»Das sage ich Ihnen lieber nicht, sonst stolpern Sie jedes Mal über Ihr Stativ, wenn er nur einen Mucks macht.«

Der Whisky hatte ihre Anspannung etwas gelöst, und sie lachte. Die schwarze Katze schreckte auf, rollte sich dann aber wieder zusammen. »Und wenn ich ablehne, dann erpressen Sie mich bestimmt: ›Spiel mit, Baby, du wirst es nicht bereuen!‹«

Jury lachte. Sie hatte Macalvies hartgesottenen Detektivton genau getroffen.

»Er scheint sich für Sam Spade zu halten.« Sie trank einen Schluck. Zwei. »Also, was würde ich fotografieren müssen?«

»Als Fotografin für die Illustrierte müssten Sie natürlich vorwiegend die Autos fotografieren. Aber auch die Bewohner von Ashcroft. Wir brauchen ein paar Fotos für eine Identifizierung –«

»Sie sind doch die Polizei. Gehen Sie einfach hin und fotografieren Sie die verdammten Dinger.«

»Aber wir haben kein Fitzelchen Beweismaterial, das einen offiziellen Besuch rechtfertigen würde. Bei Ihnen hingegen wäre das alles ganz unauffällig.«

»Ziemlich unauffällig, ich habe nämlich nicht vor, Ihren Auftrag anzunehmen. Warum soll ausgerechnet ich es tun?«

»Weil Sie eher schüchtern sind, und Ashcroft, der Vormund des Mädchens, steht auf Schüchternheit. Da kann er den Ritter herauskehren.«

»Besten Dank!«, fauchte sie und stürzte ihren Whisky hinunter. »Scheint mir nicht gerade die Art von Frau zu sein, der eine Top-Illustrierte Aufträge anvertrauen würde.«

»Schon, bei Ihrem Talent.«

Es war totenstill, nichts war zu hören außer einem Holzscheit, das zerfiel, und dem Rauschen der Wellen. Sie sah nicht auf und rührte sich nicht, saß mit hochgezogenen Füßen auf dem Sofa, in sich zusammengerollt wie die Katze.

Jury wartete.

Sie starrte ihr Glas an, das sie in der Hand herumdrehte, und sagte schließlich mit tonloser Stimme: »Ich brauche Filme. Die Illustrierte dürfte Farbfotos haben wollen. Extracolor Professional oder Extrachrome X. Und einen Weichzeichner.«

Nachdem er alles notiert hatte, ging er zum Sofa, beugte sich vor, schob ihr das schwarze Haar aus dem Gesicht und küsste sie auf die Wange. »Danke, Molly.«

24

DEN FAHRER HATTE JESS noch nicht gesehen, aber beim Anblick des Autos erfasste sie ein leichter Schwindel: ein Lamborghini, neben dem Ferrari das beste Sportauto auf der ganzen Welt. Onkel Robert war seit Jahren dahinter her.

Silbrig funkelnd glitt der Wagen die Auffahrt entlang, kam dann zum Halten, und eine Frau mit einem Aluminiumköfferchen über der Schulter stieg aus. Sie sieht aus, als käme sie aus London, dachte Jessie. Eine attraktive Frau. Unter ihrem grauen Cape trug sie eine perlgraue Bluse, einen Rock und graue Lederstiefel. Sie schien ihre Kleidung passend zum Auto auszuwählen.

Ihr Onkel und die anderen waren nicht zu Hause. Man erwartete den Fotografen um zwei Uhr, und es war erst kurz nach eins. Jessie beobachtete, wie die Frau die Freitreppe hochstieg und klingelte. Mrs. Mulchop und Jessie, die beide öffnen wollten, stießen kurz vor der Tür zusammen. »Benimm dich ein einziges Mal«, sagte Mrs. Mulchop, die bereits die Hand auf der Türklinke hatte. »Und keine Streiche, hörst du!«

Jessie lächelte gnädig. Ein paar Autos zu fotografieren, das würde ja wohl nicht allzu lange dauern. Da dürften Streiche kaum nötig werden.

»Hallo. Ich bin Molly Singer«, sagte die Frau.

Mrs. Mulchop gab ihrem Bedauern Ausdruck, dass Mr. Ashcroft noch nicht da sei, und bot ihr eine Tasse Tee an.

»Wenn sie für eine Illustrierte arbeitet«, sagte Jessie, »hat sie sicher eine Menge zu tun. Bestimmt hat sie keine Zeit für –«

»Still, Kind.« Mrs. Mulchop warf Jessie einen bitterbösen Blick zu und fragte Molly Singer: »Oder möchten Sie lieber Kaffee?«

»Sehr lieb von Ihnen. Aber es ist wohl besser, wenn ich mich sofort an die Arbeit mache. Vorausgesetzt, dass Mr. Ashcroft nichts dagegen hätte, natürlich.«

»Nein, er hat überhaupt nichts dagegen«, sagte Jessie. »Ich zeige Ihnen gleich die Autos. Sie sind draußen.«

Mrs. Mulchop brummelte: »Miss Singer würde sie wohl kaum im Salon vermuten.«

Molly lachte. Sie hatte nicht nur eine nette, sanfte Stimme, sondern auch ein nettes Lachen. Netter als Saras. Und Sara hatte bloß einen alten Morris Minor ... Jess wurde nun doch ein bisschen nervös. »Los, kommen Sie.«

»Wie heißt du?«, fragte Molly. Sie hatten den langen Marmorkorridor durchschritten und waren durch das Frühstückszimmer, das Speisezimmer und den Anrichteraum des Butlers (wo Mulchop sich sein Gläschen Sherry genehmigte) gegangen. Nun standen sie in der Küche.

»Jessica Allan-Ashcroft. Das Bild von meiner Mutter hängt im Speisezimmer. Ihr Leben ist sehr tragisch verlaufen.«

»Ach. Wie furchtbar.«

»Ja, wirklich furchtbar.« Jessie nahm ihren Overall vom Haken. »Den ziehe ich immer an, wenn ich an den Autos arbeite.« Sie musterte Molly von Kopf bis Fuß. »Mit den Klamotten können Sie aber nicht drunterkriechen.«

»Das hatte ich eigentlich auch nicht vor«, sagte Molly. Sie traten in den Hof.

»Sie brauchen sicherlich nicht lange. Ich zeige Ihnen die Autos, Sie machen Ihre Fotos, und dann können Sie gleich wieder gehen. Mein Onkel ist übrigens schon lange hinter einem Lamborghini her. Der fährt locker seine hundertachtzig Meilen die Stunde.«

»Mit Autos kennst du dich ja gut aus.« Molly holte ihre 35-Millimeter-Kamera aus der Fototasche.

»Ja. Wenn Sie ein paar Schritte zurückgehen, bekommen Sie sie gleich alle aufs Bild. Das würde Film sparen.«

»Keine Bange. Ich habe genug mit.«

Das hatte Jessie befürchtet.

»Ich möchte sie mir erst einmal ansehen –«

»Das da ist ein Ferrari. Und das ist ein Jaguar XJ-S – der ist so leise wie ein Rolls und kommt in sieben Sekunden von null auf sechzig. Das da ist ein Aston Martin – Sie wissen schon, das James-Bond-Auto. Da steht der Porsche. Hier haben wir den Lotus, und da ist mein Mini Cooper –«

»Deiner? Soll das heißen, du fährst ihn?«

»Nein«, antwortete Jess knapp. Sie wollte mit ihrer Präsentation möglichst schnell fertig werden. »Das da ist ein Mercedes 280 SL Kabriolett. Das ist ein –«

Molly lachte. »Halt! Du bist viel zu schnell, das kann ich mir ja gar nicht alles merken.«

Aber Jess machte weiter: »Das ist ein Silver Ghost.«

»Junge, Junge, ein Silver Ghost. Der muss deinen Onkel eine ganz schöne Summe gekostet haben.«

Wenn sie sich bloß ihre Bemerkungen sparen würde, dachte Jessie, damit ich weitermachen kann. »Ist nicht seiner. Gehört unserem Besuch. Würde Ihnen gut gefallen. Er ist Graf, gut aussehend, reich und unheimlich nett.«

»Hmm.«

Jessie fand, ihre Beschreibung hätte eine enthusiastischere Reaktion verdient. Aber manchen Menschen konnte man es offenbar einfach nicht recht machen. »Wie dem auch sei, Sie müssen die Namen von den Autos ja auch nicht behalten, wenn Sie bloß Fotos machen wollen.«

Molly justierte die Kameralinse. »Leider doch. Was hätten unsere Leser von Autos, zu denen keine korrekten Angaben gemacht werden?«

Jessie ärgerte sich, verschränkte die Arme und kratzte sich beide Ellbogen, während sie der Fotografin bei der Arbeit zuschaute. Sie ging sehr sorgsam mit ihrer Ausrüstung um, bei diesem Schneckentempo würden sie hier den ganzen Nachmittag zubringen. »Wie spät ist es?«

Molly sah auf ihre Uhr. »Halb zwei. Wenn du etwas zu tun hast, lass dich nicht abhalten.«

»Nein, das geht schon in Ordnung. Was macht Ihr Mann? Fotografiert der auch?«

»Ich habe keinen.«

Beunruhigt musterte Jessie sie noch einmal von Kopf bis Fuß. Kein Zweifel, eine so gut aussehende Frau war noch nie auf Ashcroft gewesen: glänzendes, schwarzes Haar und hellbraune Augen. »Das tut mir aber leid.«

»Dass ich nicht verheiratet bin? Glaubst du, dass das Leben nur schön sein kann, wenn man verheiratet ist?« Molly lächelte.

»Was? O nein! Ich finde Heiraten sogar ziemlich blöd. Bloß meine Mutter und mein Vater – bei denen war es okay.« Molly schraubte die Kamera auf dem Stativ fest. »Du sprichst wie Hamlet. Kennst du die Stelle? *Ich sage, wir wollen nichts mehr vom Heiraten wissen. Geh in ein Kloster.*«

»Ich weiß.« Die Irre Irene hatte eine grässlich fette Ophelia abgegeben.

»Im Ernst? Dann musst du auf eine sehr gute Schule gehen, wenn du schon Shakespeare kennst.«

»Ich gehe auf gar keine Schule. Hier in der Gegend gibt es keine. Ich habe Erzieherinnen. Aber keine von ihnen bleibt besonders lange. Was ist das denn, ein Krückstock?«

Molly lachte. »So alt bin ich nun auch wieder nicht. Das ist ein Stativ. Das braucht man, damit die Fotos nicht verwackeln.« Sie war froh, über ihre Arbeit reden zu können, denn an diesem unbekannten Ort fühlte sie sich höchst unwohl und befürchtete, dass sie ein Panikanfall überkommen könnte.

»Und was ist das?«, fragte Jessie.

»Ein Belichtungsmesser. Dann brauche ich nicht die ganze Kamera abzubauen, wenn ich die Beleuchtung messen oder eine Nahaufnahme machen möchte.«

»Hört sich kompliziert an. Hört sich an, als ob Sie lange

brauchen. Ich habe auch eine Kamera. Da brauche ich bloß auf einen Knopf zu drücken.«

»Möchtest du ein paar Fotos machen?«

»Nein, nein«, sagte Jessie hastig. »Ich würde Ihnen nur Ihre kostbare Zeit stehlen.«

Molly spürte, dass ihr die Schweißtropfen schon auf der Stirn standen. Sie wischte sie mit der Hand fort, in der sie den Belichtungsmesser hielt. Vielleicht hat sie Recht. *So schieß schon die blöden Fotos, und dann nichts wie weg,* redete sie sich in Gedanken gut zu. *Sollen sie sehen, wie sie ihre Fahndungsfotos kriegen.* Sie erstarrte, als sie hörte, wie sich auf dem Rücksitz des Ferrari etwas bewegte. »Was ist das?«

»Keine Angst, das ist bloß Henry. Er schläft gern im Auto. Sie sehen ein bisschen blass aus. Aber Henry beißt nicht, ehrlich. Er hat noch nie jemanden gebissen. Er ist so alt, dass er nicht mal mehr einen Knochen zwischen den Zähnen halten kann.«

»So einen Hund habe ich noch nie im Leben gesehen.« Molly lachte, und der Druck in ihrem Kopf ließ ein wenig nach.

»Er sieht ulkig aus, was?« Jessie holte Henry aus dem Ferrari.

Molly blickte zu den Wolken hoch, die über den hellen, weiten Himmel segelten. Ihr war übel, und das war immer das erste Symptom ihrer Panikanfälle. Mit einem Papiertaschentuch wischte sie sich den Schweiß vom Gesicht.

»Bald haben Sie nicht mehr genug Licht. Sie sollten lieber gehen und ein andermal wiederkommen. Sie sehen wirklich ziemlich blass aus. Ist Ihnen wirklich nicht schlecht?«

Molly musste lächeln. Das kleine Mädchen wollte sie unbedingt loswerden, aber warum bloß? Doch das Lächeln verging ihr schnell wieder. Plötzlich war ihr, als gingen die Scheinwerfer aller Autos an und kämen auf sie zugerast.

Und der offene Hof bot nicht den geringsten Schutz. Keine Mauern, keine Decken – nichts. Ein Gefühl, als ob gleich etwas Furchtbares passieren würde.

»Sie sehen wirklich krank aus.«

»Es geht – schon. Es ist gleich vorbei –« Molly legte den Kopf auf den Arm, der sich auf das Stativ stützte, mit der anderen hielt sie sich an Jessicas Schulter fest. Das kleine Mädchen legte seine Hand auf Mollys.

Wenngleich sie sich in einer scheinbar endlosen Weite von Himmel und Erde befand, so fühlte sich Molly doch, als würde sie von allen Seiten bedrängt, als hätte man sie in einen dunklen Schrank eingesperrt und als würde sie gleich in einen tiefen Schacht fallen.

Und dann hörte sie Stimmen. Menschen. Das Letzte, wonach ihr der Sinn stand. Gleich würde sie in Ohnmacht fallen –

Sie hob den Kopf. Zwei Männer und zwei Frauen kamen auf sie zu, einer der Männer lächelte. Sie starrte ins Leere und merkte plötzlich, wie das Stativ unter ihrem Gewicht nachgab. Und aus weiter Ferne hörte sie noch: »Es ist Henrys Schuld. Er hat ihr Angst eingejagt.«

Als sie wieder zu sich kam, saß sie in der Bibliothek von Ashcroft, und Mrs. Mulchop versuchte, ihr eine Tasse Tee einzuflößen. Sara Millar schwenkte ein nasses Handtuch, Robert Ashcroft und der andere Mann machten besorgte Gesichter. Jessica sah schuldbewusst aus. Als hätte ihr Wunsch, Molly Singer loszuwerden, den Schwächeanfall der Fotografin verursacht.

»Entschuldigung«, sagte Molly. Sie legte ihre Hand auf Jessicas und versuchte zu lächeln. »Es lag wirklich nicht an Henry.«

Der Mann, der neben Jessicas Onkel stand, wurde ihr als Lord Ardry vorgestellt. »Ich bin beim Anblick von Ashcrofts Autosammlung auch beinahe in Ohnmacht gefallen.« Er bot ihr ein Glas Brandy an, das sie weitaus bereitwilliger annahm als zuvor die Tasse Tee.

»Danke. Ja. Eine wirklich beeindruckende Kollektion.« Dankbar nahm sie die Zigarette an, die ihr Lord Ardry anbot, wobei er sie scharf musterte.

»Wie heißt doch gleich die Illustrierte, für die Sie arbeiten, Miss Singer?«, fragte Ashcroft. »Mir ist der Name entfallen.«

Molly auch, wie sie mit Schrecken feststellte.

»*Executive Cars*, nicht wahr?«, sagte der Earl of Caverness.

Ihre Blicke trafen sich. Er lächelte, fast so, als sei er ein Verbündeter. Was zum Teufel wusste dieser Fremde?

»Ja, ganz recht.« Sie lehnte sich zurück, schlug ein Bein über das andere und gab sich alle Mühe, die frühere, selbstbewusste Molly Singer, die erfolgreiche Fotografin zu spielen. »Erscheint alle zwei Monate. Kennen Sie vermutlich.«

»Ehrlich gesagt, nein. Ich dachte immer, die haben da mit Oldtimern nichts im Sinn, eher mit modernem Kram.«

»Nein. Der Name ist irreführend. Ich bin schon lange dafür, dass sie entweder den Namen oder das Image ändern, aber es hört einfach niemand auf mich«, sagte sie mit einem Lachen, das sogar natürlich klang. Zum Glück hatte ihr der Graf einen zweiten Brandy eingeschenkt. »Versuchen wir's noch mal, ja? Und dieses Mal bleibe ich auch schön senkrecht stehen.«

»Sind Sie ganz sicher?« Ashcroft drückte seine Zigarette aus. »Soll ich auch mit auf das Foto?«

Sie lächelte. »Selbstverständlich. Und du auch, junge Dame.«

Jessica erwiderte das Lächeln. Offenbar machte es ihr nichts mehr aus, Miss Singer bis auf weiteres das Feld zu überlassen.

25

Den Krach aus der Jukebox würde nicht einmal der ergebenste Fan ertragen, dachte Jury, als er an diesem Abend im »Verirrten Wandersmann« vorbeischaute. An einem Ecktisch saßen Macalvie, Wiggins und Melrose Plant.

»Sie sind spät dran«, begrüßte ihn Macalvie.

»Wofür?«

»Für alles«, sagte Macalvie. »Wir drei hocken hier, zählen zwei und zwei zusammen, und was kommt dabei heraus? Fünf. Na ja, viereinhalb vielleicht. Wetten, dass wir immer noch besser sind als Sie?«

»Ich wusste gar nicht, dass wir hier einen Wettbewerb veranstalten.«

»Wiggins, holen Sie dem Kerl was zu trinken. Er sieht aus, als könnte er einen Schluck gebrauchen.« Macalvie streckte die Hand nach einem weiteren Fisherman's Friend aus. Wiggins ließ einen aus der Packung gleiten.

Plant sagte kopfschüttelnd: »Warum lutschen Sie diese Dinger überhaupt, wenn Sie sie so eklig finden?«

Macalvie lächelte. »Ich sage mir, dass Zigaretten noch scheußlicher schmecken.« Er wedelte den würzigen Rauch von Plants handgedrehter Kuba-Zigarre beiseite. »Plant hat die neue Gouvernante in Ashcroft gestern auf eine Spazierfahrt mitgenommen. In Wynchcoombe sind sie auch gewesen. Na los, Melrose, erzählen Sie mal.« Jury wunderte sich gar nicht, dass Plant sich nach ein paar Stunden mit Macalvie nicht mehr als Graf titulieren ließ. London habe jedenfalls den Treibriemen sehr schnell geschickt, wie Melrose berichtete, und jetzt stand er sozusagen wieder auf der Straße.

»Ich hab doch schon erzählt, jedenfalls einen Teil.«

Jury zog Plants Brief aus der Tasche und las: »›Der Earl of Curlew war gleichzeitig Viscount Linley, James Whyte Ashcroft. Der Pastor von Wynchcoombe heißt Linley White. Und ›Clerihew‹ könnte einst ›Curlew‹ gewesen sein. Besteht da ein Zusammenhang?‹ Hört sich ganz danach an. Was haben Sie herausgefunden?«

»Er hat gesagt, dass er tatsächlich ein entfernter Verwandter der Ashcrofts ist. James Ashcroft hat der Kirche ein großzügiges Legat ausgesetzt. Was Pastor White sehr überraschte.«

Macalvie kam dazwischen. »Jemand will also den Ashcrofts an den Kragen. Aber warum dann die Kinder? Wie kann man sich nur auf diese Weise rächen wollen? Lassen Sie mich mal das Testament sehen.«

Jury gab es Macalvie. »Ich habe mich mit Simon Rileys Stiefmutter unterhalten. Ihr Mädchenname, wie Wiggins mich erinnerte, lautet Elizabeth Allan. Geboren im County Waterford, aber nichts Irisches ist an ihr dran, weder das Blut noch die Stimme.«

Macalvie überflog James Ashcrofts Testament. Dann drehte er sich um und schrie, wenn Freddie so auf »Jailhouse Rock« stünde, könne er durchaus dafür sorgen, dass sie ihn vor Ort zu hören bekäme, im Kittchen nämlich. »Hab ich's nicht gesagt, die Fälle hängen zusammen. Und das mit Mary Mulvanney, das hab ich auch gewusst, obwohl Sie's mir immer noch nicht abnehmen.« Er grinste. »Zwei Punkte für Scotland Yard, zwei Punkte für Macalvie.« Er musterte Plant von Kopf bis Fuß. »Und einen für Sie.«

»Danke«, sagte Melrose Plant und bot Macalvie eine Zigarre an, die dieser sich (zu Wiggins' Entsetzen) auch ansteckte.

»Robert Ashcroft, Molly Singer –«

»Mary Mulvanney«, berichtigte Macalvie ihn automatisch. Er hatte die Augen geschlossen, um seine Zigarre so richtig zu genießen.

»Mein Gott, Macalvie«, sagte Jury. »Immer müssen Sie das letzte Wort haben.«

Macalvie öffnete die Augen. »Stimmt.«

»Sam Waterhouse. Nehmen wir einmal an, er hat Rose Mulvanney tatsächlich ermordet –«

Macalvie schüttelte den Kopf.

»Wo steckt er?«

Macalvie zuckte die Schultern.

Jury verbiss sich das Lachen. »Sie sind meines Wissens der einzige Mensch, der mit einem Achselzucken lügen kann. Sie sind ja schlimmer als Freddie. Kein Wunder, dass Sie hier rumhängen. Warum, verdammt noch mal, wollen Sie Sam Waterhouse immer noch schützen?«

Macalvie musterte das glimmende Ende seiner Zigarre. »Okay. Er ist hier gewesen.«

Jury sah Melrose Plant an. »Sie haben ihn kennen gelernt?«

Plant nickte. »Sieht mir wirklich so aus, als hätte die Polizei damals einen Sündenbock gesucht. Das Beweismaterial gegen ihn war ziemlich fadenscheinig. Das ist doch sicher auch Ihre Einschätzung?«

»Ich weiß es nicht. Auf jeden Fall haben Sie auch gegen Molly Singer nur fadenscheinige Beweise.«

»Mary Mulvanney«, sagte Macalvie wie aus der Pistole geschossen.

»Wie hat sie sich auf Ashcroft durchgeschlagen?«, fragte Jury Melrose.

»Miss Singer? Unwahrscheinlich gut –«

»Die hat keine Phobie, genauso wenig wie Sie und ich«, sagte Macalvie.

Melrose Plant lächelte. »Wenn ich Sie wäre, Mr. Macalvie, würde ich mich mit derartigen Vergleichen vorsehen.«

»Wir haben also die Fotos, doch was ist damit gewonnen? Ach ja, es stand übrigens tatsächlich eine Anzeige in der Zeitung. Robert Ashcroft hat sich in Hampstead Heath wirklich einen Rolls angesehen.« Macalvie stopfte sich ein paar von Plants Zigarren in die Tasche, dann stand er auf. »Wir müssen uns jetzt verdammt noch mal endlich Robert Ashcroft vorknöpfen.«

Im Hinausgehen versetzte Macalvie der Jukebox, aus der gerade »Don't Be Cruel« erklang, einen Tritt.

*

»Mr. Ashcroft«, sagte Macalvie, »normalerweise führen Sie die Vorstellungsgespräche mit Erzieherinnen oder Gouvernanten, oder wie auch immer Sie sie zu nennen belieben, zu Hause, oder?«

Da die Karaffe mit Whisky ganz in seiner Nähe stand, schenkte sich Macalvie ohne Hemmungen ein. Schmeckte gut zu Plants Zigarren.

»Stimmt.« Robert Ashcroft blickte von Macalvie zu Jury und dann zu Wiggins, der eifrig mitschrieb. Er runzelte die Stirn. »Entschuldigung, ich verstehe nicht –«

Macalvie bedeutete ihm mit einer Handbewegung, dass er im Moment gar nichts verstehen müsse. Noch nicht. »Aber dieses Mal sind Sie extra nach London gefahren, um sich die Bewerberinnen anzusehen.«

Ashcroft lächelte. Ein heiteres Lächeln. »Es war wirklich besser so. Ich habe meine Nichte überschätzt, sie war der Aufgabe, sich selber ihre Gouvernante auszusuchen, einfach nicht gewachsen.«

»Lady Jessica war wohl nicht gerade ein Ass in Sachen Menschenkenntnis.«

Ashcroft lächelte erneut. »Ganz im Gegenteil, ein Superass. Sie hat immer die genommen, die am wenigsten taugte.«

Macalvie runzelte die Stirn. »Als Gouvernante?«

»Nein. Als Ehefrau. Jess hat Angst, dass mich eine Jane Eyre einfängt.«

»Und dass Sie in Wirklichkeit Rochester sind«, sagte Macalvie. »Sie glauben also nicht, dass tatsächlich Gefahr besteht, Sie könnten heiraten?«

»Die Ehe ist mir nie als Gefahr erschienen. Vermuten Sie bei mir etwa irgendeine sexuelle Perversion? Dass ich alle paar Monate nach London fahre, um meinen abartigen Gelüsten zu frönen?«

Macalvie bewegte seine Zigarre von einem Mundwinkel zum anderen. »Wir haben eigentlich nicht gedacht, dass Sie in einem Kellerlaboratorium verschwinden, dort was trinken und sich in Hyde verwandeln, nein, wirklich nicht.«

»Superintendent –«

»Chief.« Macalvie lächelte.

»Verzeihung. Sind Sie immer noch verärgert, weil Jessica die Polizei mit einer List hergelockt hat?«

»Nein, zum Teufel, so sind Kinder eben. Sie haben im Ritz gewohnt, ja? Vom Zehnten bis zum Fünfzehnten?«

»Ja. Was hat das –«

»Sie haben mehrere Vorstellungsgespräche geführt?«

Robert Ashcroft nickte und runzelte die Stirn.

»Was haben Sie sonst noch gemacht?«

»Nicht viel. Habe mir in Hampstead einen Rolls angesehen. War aber nicht das, was mir vorschwebte.«

»Und –?«

Ashcroft war aufgestanden und warf seine Zigarette in den Kamin. »Ich bin ins Theater und die Tate Gallery gegangen. Bin im Regent's Park und in Picadilly herumgebummelt. Was soll das Ganze?«

»Was haben Sie gesehen?«

Jetzt wunderte sich Ashcroft nicht mehr, jetzt war er ärgerlich. »Tauben.«

»Sehr komisch. Das Stück, meine ich.«

»*The Aspern Papers*. Mit Vanessa Redgrave.«

»War es gut?«

»Nein. Ich bin gegangen, ich konnte es einfach nicht bis zum Ende aushalten.«

»Aber, aber, wer lässt schon eine Vanessa Redgrave sitzen?«, fragte Macalvie ironisch.

»Es war ja nicht wegen einer anderen.«

»Waren Sie der Einzige, der Vanessa sitzen gelassen hat?«

»Darum habe ich mich nicht gekümmert. Nur um meinen Mantel«, sagte Ashcroft bissig.

»Da Sie vermutlich der Einzige sind, der früher gegangen ist, dürfte sich die Garderobenfrau an Sie erinnern.«

Ashcroft kochte vor Wut: »Was zum Teufel soll das Ganze, Chief Superintendent Macalvie?«

»Was gab's in der Tate Gallery zu sehen?«

»Bilder.«

Es war gar nicht so leicht, Ashcroft aus der Fassung zu bringen, merkte Jury.

»Mr. Ashcroft, unterlassen Sie bitte Ihre Scherze. Was gab's in der Tate Gallery zu sehen?«

»Die Präraffaeliten.«

Macalvie schwieg und spielte mit seiner Zigarre.

»Schon mal davon gehört?«

»Rossetti und seine Jungs«, sagte Macalvie und lächelte.

26

»Schluss für heute Abend.« Sara klappte das Buch zu. Sie lagen auf Jessies Bett, da sich Jessie ihre Gute-Nacht-Geschichte nicht im Laura-Ashley-Zimmer hatte vorlesen lassen wollen. Jessie war mittlerweile so müde, dass ihr Kopf beinahe auf Saras Arm gerutscht wäre. Sie gab sich einen Ruck. Sara sollte sich ja nicht einbilden, dass sie sich an sie herankuscheln wollte. »Die beste Stelle haben Sie ausgelassen. Wo Heathcliff Cathys Leiche durch die Gegend schleppt.«

»Du hast aber eine makabre Ausdrucksweise!«

»Hab ich das etwa geschrieben?«, fragte Jessie. Das hatte sich ganz nach einem Rüffel angehört, wenn auch nach einem eher kleinen. Jess gab Henry, der am Fußende des Bettes lag, einen sanften Tritt. Wenn sie schon ausgeschimpft wurde, dann sollte Henry auch sein Fett abbekommen. Was ihr aber eigentlich zu schaffen machte, war etwas ganz anderes, dass sie nämlich Sara ganz gegen ihren Willen allmählich lieb gewann. Aber Molly Singer mochte sie vielleicht noch lieber. Möglicherweise, weil Molly, genau wie sie, Ängste hatte, diese aber niemals jemandem eingestehen würde. Jessie seufzte.

Eine scheußliche Klemme, jemanden zu mögen, den man unausstehlich finden wollte. Jessie griff nach dem Hochglanzmagazin, das ihr Molly Singer geschenkt hatte. *Executive Cars*.

Sara war noch immer bei Heathcliff. »Ich dachte, du findest ihn so romantisch.«

Romantik? Nein, danke. Da malte sie sich lieber Mörder aus, die ihr (und Henry) im Moor auflauerten. Tiefgrüne Sümpfe mit Lebermoos, wie der Cranmere Pool, und Torf und morastiger Boden, in dem man versank, sodass bloß noch der Kopf rausguckte, als hätte man sie geköpft, und dann ein Händchen und Henys Pfote, die als Letztes versanken, während die Umstehenden ihr Seile zuwarfen und nach ihr riefen.

»Romantik ist doof.«

Sara gab ihr mit dem Buch einen Klaps. »Wer wollte hier vorgelesen haben?« Auf einmal richtete sich Sara kerzengrade auf. »Was war das?«

»Was war was?« Jessie sah sich gerade ein Foto von einem Lamborghini an, einem brandneuen Modell für zwanzigtausend Pfund.

»Das hat sich wie ein Auto angehört. In der Einfahrt.«

Jessie gähnte, die Augen wollten ihr zufallen. »Vielleicht Onkel Rob und Victoria, die nach Haus kommen.« Sie fand, ihr Onkel war beim Abendessen einfach unausstehlich gewesen. Victoria hatte ihn zu einer Spazierfahrt und einem Drink in einem neuen Pub ganz in der Nähe überredet. Vielleicht würde sie ihm ja aus der Nase ziehen, was los war. Jess riss die Augen auf.

Soeben war ihr aufgegangen, dass Victoria sich ziemlich gut darauf verstand, ihren Onkel aufzuheitern. Jessie kräuselte die Stirn und dachte darüber nach.

»So früh kommen die nicht«, sagte Sara.

Sara sah besorgt, ja ängstlich aus. Was war bloß mit den Leuten im Haus los? »Ich will eine heiße Schokolade und Toast haben. Komm, Henry.«

*

JESS SASS AM KÜCHENTISCH und blätterte in ihrem *Executive Cars*. Sara setzte Teewasser und einen Topf Milch für die Schokolade auf. Dann schnitt sie das Vollkornbrot für die Toasts. »Wenn doch bloß die Mulchops da wären«, sagte sie. Die Mulchops waren nach Okehampton gefahren, um Verwandte zu besuchen.

»Die Mulchops? Wieso das denn?«

Sara sagte mit einem Achselzucken: »Ach, ich bin einfach nervös.«

Jess blätterte mit einem Ruck um und zerriss dabei eine Seite. »Die könnten uns auch nicht helfen. Ich meine, wenn hier ein Geist umgehen würde oder so.«

»Hör auf damit.«

Jess zuckte die Schultern. Sara war eine Spielverderberin. Ausgerechnet jetzt, da Jess die Kälte in der Küche und die Wärme und Behaglichkeit rings um den Kamin einmal ohne Mrs. Mulchop genießen wollte, die nie die Hände in den Schoß legen konnte und ewig Teig knetete, ausgerechnet jetzt, da Mulchop mal keine Suppe schlürfte und sie nicht beschimpfte, weil sie Autos mochte, kam Sara mit ihren Ängsten.

Weil Sara nervös war, fing sie wohl auch an, vor sich hin zu summen. Anscheinend glaubte sie, Geister, Vampire und Werwölfe würden Reißaus nehmen, wenn sie alte Volksweisen hörten. Sara war nicht zu bremsen, und jetzt sang sie »... mit ihren Wangen weiß wie Schnee, man legte sie ins Grab –«

»Das ist ja ›Barbara Allan‹.«

»Oh, mein Gott, das tut mir leid. Wirklich. Das kommt wohl, weil so viel von deiner Mutter die Rede ist –« Sie verstummte und starrte zur Küchentür, die auf den Hof ging. »Hörst du nicht, da draußen?«

Jetzt hatte es Jess auch gehört. Eine Art Scharren. Aber der Wind heulte jetzt stärker, und eine Schuppentür klapperte, wodurch das Geräusch übertönt wurde. »Sind doch bloß die Pferde.« Sara war wirklich ein ausgemachter Angsthase. Genau wie die Frau von de Winter in *Rebecca*.

Nun machte sich Sara wieder ans Brotschneiden, hielt aber plötzlich erneut inne. »Das hört sich an wie Schritte.« Sie lauschte angespannt, schüttelte den Kopf und schnitt weiter. Es hatte sich wirklich wie Schritte angehört, aber Jess wollte es nicht wahrhaben. »Ist bloß Henry. Der bewegt manchmal im Schlaf seine Pfote.« Henry schlief wie ein Klotz, das wusste Jess nur zu gut.

Sie sah sich weiter die Autos in der Zeitschrift an. Daimler, Rolls, Ferrari, alles Sammlerstücke. Neben dem schwarzen Daimler stand ein kleiner Morris Minor, Vorkriegsmodell.

Der Daimler … Tränen standen ihr in den Augen. Mit einem Daimler hatte man ihren Vater zum Friedhof gefahren. Es war ihr, als sei alles erst gestern gewesen, plötzlich fühlte sie sich wieder, als stände sie vor dem Grab. Und die Trauernden – verschleierte Frauen, Männer in schwarzen Anzügen. Ihr Onkel war der einzige Lichtblick in einer schwarz verhängten Welt gewesen.

Der Daimler von damals war 1982 zugelassen worden. Jessie errötete bei dem Gedanken, dass sie damals auf die Zulassungsnummer des Leichenwagens geachtet hatte. Und dann erstarrte sie.

Die Küchentür quietschte, es war ganz deutlich. Sara war

blass geworden, wie Jessie starrte sie reglos in Richtung Tür, die sich langsam öffnete.

Auf der Schwelle stand Molly Singer in ihrem silbrigen Cape, ihr Gesicht kalkweiß, das Haar schwarz wie die Nacht. Sie sah furchtbar aus, wie ein Gespenst – und sie hielt eine Pistole in der schwarz behandschuhten Hand und richtete sie ganz langsam, wie in Zeitlupe, auf Sara.

Und ausgerechnet da fiel es Jess ein: Sie hatte Sara Millars Auto schon einmal gesehen. Und zwar auf der Beerdigung ihres Vaters.

*

FÜNF MEILEN VON ASHCROFT ENTFERNT, im »Verirrten Wandersmann«, war Macalvie einfach nicht davon abzubringen, dass Robert Ashcrofts Geschichte über die Einstellungsgespräche höchst verdächtig war.

Melrose Plant trank einen Old Peculier und rauchte. Auch er dachte über Robert Ashcrofts Einstellungsgespräche nach. »Er könnte die Vorstellung doch mit der Absicht verlassen haben zu beweisen, dass er wirklich in London war. Wer würde aus einer Vorstellung mit Vanessa Redgrave rausgehen?«, gab Macalvie zu bedenken.

Wiggins sagte: »Die Garderobenfrau hat ihn auf dem Foto sofort erkannt. Kein Glück bei den Autohändlern. Aber wir hatten ja auch nur ein paar Stunden.« Er machte demonstrativ eine Tüte Bonbons auf, anscheinend wollte er den Divisional Commander damit um jeden Preis darauf aufmerksam machen, dass er rauchte.

»Und warum hat er nicht zu Hause angerufen? Ist fünf Tage weg und kein Sterbenswörtchen an seine heiß geliebte Nichte«, fuhr Macalvie fort und blickte Plant und Jury fragend an, da ihm keiner von beiden widersprach.

»Ein Zufall, dass die Nachricht an Jessica buchstäblich unter den Teppich gekehrt wurde. Ein Zufall mit unseligen Folgen, leider. War das bei Angel Clare nicht auch so ähnlich?«, fragte Jury.

»Wer zum Teufel ist Angel Clare?«, fragte Macalvie.

Melrose Plant schaute ihn triumphierend an. »Commander, wenn Sie eine Hauslehrerin einstellen wollten, würden Sie sich doch sicherlich davon überzeugen, dass sie sehr belesen ist, oder?«

»Falls Sie einen Hauslehrer suchen, Plant, ich fürchte sehr, ich würde Ihren Anforderungen nicht gerecht.«

»Aber ja doch, Superintendent. Jury hat mir erzählt, dass die Präraffaeliten für Sie gute Bekannte sind. Und *Jane Eyre* ebenso. Und was ist mit Hester und Chillingworth?«

Macalvie nahm sich eine Zigarre und sah Plant an, als sei dieser plötzlich verrückt geworden. »Was zum Teufel ist das? Ein Literaturquiz?«

»So ähnlich.«

»Also gut, *Der scharlachrote Buchstabe*. Kann mich auch nicht erschüttern.«

Plant zuckte mit den Schultern. »Ich meine ja nur, dass jeder Hauslehrer –«

»*Tess von d'Urbervilles*«, sagte Jury wie geistesabwesend. Er war sehr blass und stand auf. »Mein Gott, da überlegen wir hin und her und vergessen vollkommen –«

Jury rannte zum Telefon. Elvis sang gerade »Heartbreak Hotel«.

*

»Lass sie los, Tess.«

Jess hatte Angst. Der Druck des Arms, der sie an den Schultern gepackt hatte, wurde stärker, und das Messer saß ihr an der Kehle. Sara – aber war das überhaupt ihr richtiger Name? – flüsterte: »Raus! Wer sind Sie?«

»Ich bin Mary!«

Der Arm glitt höher, und Jessica rang nach Luft. Sie wollte schreien, aber es ging nicht. Wo, wo waren die anderen bloß? Sie hörte Henry jaulen. Henry wusste, dass sie in Gefahr war.

Sara hauchte: »Ich kenne Sie nicht. Ich kenne Sie nicht.«

»Aber ich kenne dich, Tess.« Mollys Stimme zitterte. »Ich habe Fotos gemacht. Schon vor Jahren. An der Strandpromenade. Du siehst aus wie Mama, schon als kleines Mädchen –«

»Leg die Pistole weg, oder ich mache Hackfleisch aus Jessie, gleich, hier. Ich habe gewartet, dass er zurückkommt. Zum Teufel mit ihm und allen Ashcrofts. Hier in der Küche. Ich schreibe ihm eine Botschaft mit ihrem Blut ... *Er hat Mama umgebracht, ist dir das nicht klar?* Sie waren zusammen, bei uns zu Hause. Und als ich morgens runtergekommen bin –«

Die Frau, die sie umklammert hielt, weinte plötzlich. Jess spürte, wie Tränen auf ihre Haare tropften. Die scharfe Schneide lag jetzt auf ihrer Brust. »Leg die Pistole weg!«

Der Arm hatte sich wie eine Stahlklammer um Jessies Schultern geschlossen, und Molly ließ tatsächlich die Pistole fallen. Als sie aufschlug, überkam Jess panische Angst.

Sara schob Jess zum Küchentisch und flüsterte – galt das ihr oder Molly? –: »Es ist genau wie bei Isaaks Opferung. Ich muss es tun. Wie bei den anderen. Nur dass ich die nicht zerstückeln musste.«

»Und mit Jessica werden Sie das auch nicht tun.«

Eine andere Stimme, eine Männerstimme.

Jess spürte, dass das Messer auf einmal verschwunden war,

ihre Schultern wieder frei waren. Dann befahl die Stimme ihr: »Lauf, Jess!«

Sie rannte zum kleinen Flur.

Aber dann fiel ihr Henry ein. Jess lief zurück, nahm ihn in die Arme und sauste aus der Tür und ins schützende Dunkel der Nacht.

Teresa Mulvanney tobte. Sie entwand sich dem Griff des Mannes, rutschte über den Fußboden und griff sich die Pistole, ehe Molly sie schnappen konnte.

Tess Mulvanney fuhr herum und schoss Sam Waterhouse nieder.

Molly wollte schreien. Aber sie brachte keinen Ton heraus. Sie versuchte, sich langsam zum Tisch vorzuarbeiten, auf dem das Messer und der aufgeschnittene Laib Brot lagen. Und die ganze Zeit über redete sie auf ihre Schwester ein, wobei ihr die Tränen übers Gesicht liefen. »Tess. Das ist Sammy. Weißt du nicht mehr? Du hast ihn so gern gehabt –«

Teresa riss die Augen auf. »Ist er nicht.« Dann schloss sie die Augen, als wollte sie sich an ihn erinnern, und Molly konnte sich dem Tisch noch einen Schritt nähern. »Sie haben ihn eingesperrt. Vor einem Jahr habe ich über den Prozess gelesen. Als ich aus dem Krankenhaus kam. Alle haben gelogen … Finger weg!«

Tess hob die Pistole und ließ sie langsam wieder sinken. Ihr Blick war jetzt nicht mehr zornig, sondern ratlos, fast sanft. »Mary.« Tränen liefen ihr übers Gesicht. »Begreifst du denn nicht? Ich hätte sie retten müssen. Ich hätte Mama retten müssen. Wenn ich nur den Mut gehabt hätte, ihn niederzustechen, aber ich wusste nicht, was ich –« Sie betrachtete das Messer in ihrer Hand und ließ es zu Boden fallen. Tess fuhr sich mit der Hand, die immer noch die Pistole hielt, über die feuchte Stirn. Als Molly sich vorsichtig auf sie zubewegte, wurde ihre Hand wieder ruhig, und sie schüttelte heftig den Kopf. »Auf Wiedersehen, Mary.«

Und schon war Tess durch die Tür geschlüpft, durch die auch Jess mit Henry im Arm geflohen war.

Molly kniete neben Sam. Die Kugel hatte ihn in der Seite erwischt. Seine Augen waren geschlossen, aber dann kam er zu sich. Blut benetzte seine Hände. »Es geht schon. Aber fang um Himmels willen Teresa ein. Sonst kommt sie zurück –« Sam verlor das Bewusstsein.

Durch das Küchenfenster sah Molly den Lichtkegel einer Taschenlampe.

Teresa würde wohl kaum noch draußen im Dunkeln nach Jessie suchen, denn Robert Ashcroft konnte jeden Augenblick nach Haus kommen ...

Und dann fiel ihr der Lamborghini ein.

Molly rannte aus dem Haus, durch die Vordertür und die Auffahrt entlang zu ihrem Auto. Von fern hörte sie einen Motor anspringen.

Das Herrenhaus hatte nur eine Zufahrt.

*

»Heartbreak Hall«, sagte Jury. »So haben Sie es genannt!« Macalvie sah Jury mit aufgerissenen Augen an, dann stand er auf. Plant und Wiggins folgten ihm.

Zum ersten Mal war Divisional Commander Macalvie aschfahl und sah unsicher aus. Es hatte ihm die Sprache verschlagen. Aber als die vier Männer schon fast an der Tür waren, sagte er schließlich: »Guter Gott, Jury. Doch nicht Teresa Mulvanney. Ich habe vergessen, Tess überprüfen zu –«

»Wir haben es alle vergessen, Brian. Das vergessene kleine Mädchen. Sie haben mir erzählt, wie Mary Mulvanney in Ihr Büro gestürmt kam. Sie hat gesagt, sie könne nicht dorthin zurückgehen. Den Ärzten von Harbrick Hall zufolge schien sich Teresa Mulvanneys Zustand zu bessern, wie bei jemandem, der aus einem Dämmerschlaf erwacht. Das war vor sechs Jahren. Im folgenden Jahr grenzten ihre Fortschritte ans Wunderbare. Man übertrug ihr Aufgaben. Sie hat ihre Arbeit tadellos ausgeführt. Sie war beredt, wohlerzogen, ruhig. Und dann hat Lady Pembroke, eine gütige, alte Dame, angeboten, sie würde sich weiter um Teresa Mulvanney kümmern.«

»Verdammt, nichts wie los.« Macalvie fragte Melrose: »Was dagegen, wenn wir Ihren Schlitten nehmen, Kumpel? Meiner braucht von null auf zehn glatt eine Stunde.«

Wiggins war gar nicht wohl, als Melrose Macalvie seine Schlüssel übergab. »Der hier ist ein bisschen schneller.«

Eine ziemliche Untertreibung, wie Macalvie mit seinem Tempo unter Beweis stellte. Wiggins machte sich auf dem Rücksitz so klein, wie er nur konnte. Die schmale Straße, die stellenweise dichten Hecken, die Nacht, der tückische Moornebel – Macalvie fuhr für diese Bedingungen eindeutig zu schnell.

Doch Macalvie scherte sich nicht weiter darum und raste durch eine scharfe Kurve. »Woher wusste sie das? Nach welchen Kriterien hat sie ihre Opfer ausgewählt?«

»Furchtbar einfach. Mr. Mack hat gesagt, dass ein einmal eröffnetes Testament jedermann zugänglich ist. Sara Millar/Teresa Mulvanney brauchte sich nur die Erben des Ashcroft-Vermögens herauszupicken. Was George Thorne anbetrifft, so dürfte sie ihn für einen Mitverschwörer gehalten haben, was weiß ich. Praktischerweise wohnten alle in der gleichen

Gegend. Das Endziel war Jessica Ashcroft. Die anderen hat sie ... sozusagen auf dem Weg zu ihr umgebracht.« Jury war jetzt auch schon ein bisschen übel.

Macalvie schrammte mit dem linken Kotflügel an einer Steinmauer entlang, als er eine Kurve zu scharf nahm. »Tschuldigung, Sportsfreund.«

Melrose saß friedlich rauchend auf dem Rücksitz und sagte: »Es gibt doch Ersatzteile.«

Macalvie hämmerte auf das Lenkrad ein. »Aber verdammt, Jury! Es waren Kinder! Warum zum Teufel hat sie nicht gleich Ashcroft abgemurkst, wenn der es war, der Rose Mulvanney umgebracht hat?«

»Konnte sie nicht.«

»Was zum Teufel soll das heißen?«

»Er war schon tot.«

*

Es war eine lange Auffahrt, und Molly hörte das Auto, das gleich um die Ecke biegen musste. Aber noch war das Licht der Scheinwerfer nicht zu sehen.

Sie wollte schon ihre eigenen Scheinwerfer einschalten, doch dann zögerte sie. Tess würde denken, es sei Robert Ashcroft, und es auf einen Frontalzusammenstoß ankommen lassen. Molly stellte zu ihrem Erstaunen fest, dass sie doch noch ganz gern lebte. Vielleicht konnte sie Teresa irgendwie aufhalten, ohne dass sie selber dabei draufging.

Man müsste sie überraschen, sie dazu bringen, dass sie ins dichte Gehölz abbog, einen Unfall riskieren, aber keinen tödlichen. Die Fotoausrüstung. Blitzlicht? Nicht genug Birnen, nicht genug Zeit. Und als sie aufblickte, sah sie am Ende des Tunnels, in der Ferne, die Scheinwerfer von Tess' Auto.

Das Licht am Ende des Tunnels/Ist das Licht eines na-

henden Zugs ... Auf einmal fielen ihr diese Zeilen von Lowell wieder ein. Sie griff sich das Stativ vom Rücksitz, schlug den rechten Scheinwerfer ein, warf das Stativ wieder nach hinten und stieg ein. Was konnte einen Autofahrer mehr irritieren, als statt zwei Lichtern nur eins auf sich zukommen zu sehen? Was mochte das sein? Auto? Motorrad? Wenn sie das Überraschungsmoment ausnutzte ...

Das andere Auto hatte die Auffahrt nun schon zur Hälfte passiert, die Scheinwerfer kamen im Nebel auf sie zu. Molly ließ den Motor an und fuhr ihm entgegen. *Ach, zum Teufel. Man stirbt nur einmal.*

Sie waren nur noch wenige Meter voneinander entfernt, da kreischten die Räder des Morris, er schwenkte ab und krachte in die Mauer, schleuderte zurück, drehte sich und prallte auf den Lamborghini.

Der Rolls war nur noch eine Minute von der Einfahrt entfernt, als sie den Zusammenstoß hörten.

Macalvie bremste, und die vier Männer sprangen aus dem Auto.

Während sie noch liefen, ging der Morris in Flammen auf. Mollys Auto war ein Wrack, aber es brannte nicht. Es stand ein Stückchen von dem lichterloh brennenden Morris entfernt.

Macalvie zog Molly Singer blitzschnell aus dem Schrotthaufen. Blut rann ihr vom Ohr und aus dem Mundwinkel. Macalvie hielt sie im Arm, und sie blickte lächelnd zu ihm auf. »Verdammich. Warum müssen Sie immer Recht behalten, Mac –« Das letzte Wort brachte sie nicht zu Ende. Die langen Finger, die seine Schulter umklammerten, glitten so langsam an seinem Mantelärmel herunter, als wollten sie eine Harfe zum Erklingen bringen.

Macalvie schüttelte sie und schrie: »Mary, Mary!«, bis Jury ihn wegzog.

Melrose Plant zog seinen Mantel aus und legte ihn Mary unter den Kopf. Jury deckte sie mit seinem zu.

27

JURY ENTDECKTE SIE SCHLIESSLICH auf dem Rollbrett, unter dem Zimmer. Sie klammerte sich an Henry und wollte um keinen Preis hervorkommen.

»Bitte, Jessie. Ist ja alles vorbei. Ist ja alles gut.«

»Hier ist es besser«, sagte Jessie. Schweigen. »Ich will nicht sterben. Und Henry auch nicht.«

Jury hockte sich auf die kalten Steine des Hofes, ohne seinen Mantel war ihm bitterkalt. Jess fragte: »War Sara der Axtmörder?«

»Nein. Es gibt gar keinen Axtmörder, Jess. Sara –« Er zögerte, ob er ihr wirklich alles erzählen sollte, aber am besten fuhr man immer mit der Wahrheit: »Sara war krank, sehr krank. Sie hat auch die anderen Kinder umgebracht.«

»Aber warum wollte sie mich umbringen? War sie bei den anderen auch Gouvernante?«

»Nein. Nein, das nicht. Und dich wollte sie umbringen, weil sie verstört war. Vor langer Zeit, lange bevor du auf der Welt warst, hat ihr jemand sehr wehgetan, und dafür wollte sie sich rächen. Jemand hat ihre Mutter umgebracht. Du weißt ja, wie schlimm es ist ohne Mutter.«

»Aber das waren doch nicht wir – ich meine, ich, Davey, der andere Junge und das Mädchen! Und ich habe solche Angst um Henry!«

Sie weinte, und Jury versuchte, sie zu beruhigen. »Es kann wirklich nichts mehr passieren.«

»Können Sie Henry ins Auto setzen, da fühlt er sich wohler. Aber dass er ja nicht wegläuft.«

»Komm, Henry«, sagte Jury. Er zerrte den Hund hervor und setzte ihn vorn in den Zimmer. Henry schüttelte sich und blinzelte.

»Sie haben meine Frage nicht beantwortet, Mr. Jury. Wir haben ihre Mutter doch nicht umgebracht!«

»Ich weiß.«

»Also?«

Jury fand, das hörte sich schon besser an. Der gewohnte ungnädige Ton. »Ich erzähle dir jetzt etwas, das nicht leicht zu verstehen ist, Jess. Ich glaube, Sara war deshalb so krank, weil sie ein schlechtes Gewissen hatte. Sie war erst fünf, als ihre Mutter starb. Und sie hat es mit angesehen.« Jury schwieg einen Augenblick. Seine Unterhaltung mit Mrs. Wasserman war ihm eingefallen. Wie gedankenlos er seine Nachbarin gefragt hatte, wen sie mit ihren vielen Schlössern eigentlich aussperren wollte. Ihn. Mrs. Wassermans ganze Ängste kreisten um ein dubioses »Er«. Übertragung, oder wie auch immer Psychiater das nennen mochten. »Sara hat, glaube ich, ein furchtbar schlechtes Gewissen gehabt –«

»O ja. Sie hat gedacht, sie ist daran schuld. Sie hat gedacht, sie hat es getan. Und vielleicht hat sie geglaubt, sie bringt sich selber um, als sie Davey und das Mädchen umgebracht hat.«

Jess weinte immer noch. Jury ging auf, dass sie die schönste und liebevollste Frau, die sie sich vorstellen konnte, niemals kennen gelernt hatte. Jessica musste wohl auch Schuldgefühle haben, denn Barbara Allan war kurz nach der Geburt ihrer Tochter gestorben ...

»Wie geht es dem Mann, der mich gerettet hat?«

»Gut. Gerade ist der Krankenwagen gekommen, der ihn ins Krankenhaus bringt.«

Sie rollte unter dem Auto hervor und stand auf. Ihr Nachthemd, ihr Gesicht, ihr Haar, alles ölverschmiert und schmutzig. »Komm, Henry«, sagte sie in ihrem gewohnt unwirschen Ton.

Henry kletterte aus dem Auto und trottete gemächlich über den Hof hinter ihnen her. Jessie hielt Jury an der Hand gefasst.

»Soll ich Ihnen mal was sagen?«, fragte sie mürrisch.

»Ja. Was denn?«

»Hoffentlich muss ich es nie mit Jane Eyre aufnehmen.«

*

ALS ROBERT ASHCROFT und Victoria Gray ein paar Minuten später nach Hause kamen, hörten sie schon von weitem die Sirenen, sahen schon von fern die Blaulichter und das Feuer in der Einfahrt.

»Lieber Gott, du lieber Gott«, flüsterte Victoria.

Robert Ashcroft gab Gas.

Er sprang aus dem Auto, bahnte sich einen Weg durch die Polizisten und die Krankenpfleger und rannte auf das Haus zu. Und die ganze Zeit rief er nach seiner Nichte.

Noch nie hatte Jury einen Mann gesehen, dem erst die Angst und dann die Erleichterung so ins Gesicht geschrieben stand.

Jessica, das Gesicht voller Schmieröl, die Hände in den Hüften und Öl im Haar, funkelte ihren Onkel an. »Ich will keine Gouvernanten mehr. Bis ich ins Internat komme, will ich einen Leibwächter haben. Den Mann, der mir das Leben gerettet hat.«

Ashcroft nickte nur. In seinen Augen standen Tränen. »Komm, Henry.« Langsam stiegen Jess und Henry die Treppe hoch. Auf halber Höhe drehte sie sich noch einmal um: »Nie bist du da, wenn die Axtmörder kommen«, sagte sie zu ihrem Onkel.

SIEBTER TEIL

IN EINEM KÜHLEN GRUNDE

28

IN DER KIRCHE VON WYNCHCOOMBE wrang die alte Putzfrau ihr Scheuertuch aus. Sie sang vor sich hin, verstummte dann aber plötzlich, vielleicht aus Pietät, denn erst gestern hatte man den Enkel des Pastors begraben, vielleicht aber auch, weil sie sich vor Jury genierte.

Der Tod nahm auf den Steinfußboden keine Rücksicht, der wurde trotzdem schmutzig, und die Blüten welkten, selbst die Blumen auf dem Altar würde sie bald durch frische ersetzen müssen. Er sah zu, wie sie mit dem schmuddeligen Scheuertuch die Platten bearbeitete und sinnierte darüber nach, dass der Alltag trotz fürchterlicher Todesfälle immer weiterging.

Die alte Frau mit dem Scheuertuch und dem Eimer beachtete ihn nicht weiter, noch so einer, der sich dieses kleine Wunderwerk ansehen wollte, diese Kirche, die sich kathedralengleich über dem Tal im Moor erhob.

Jury warf ein paar Münzen in den Opferstock und lauschte der Putzfrau, die nun doch wieder begonnen hatte, vor sich hin zu summen.

Warum müssen Sie immer Recht behalten, Mac?

Er betrachtete das Gemälde, das Abraham darstellte, wie er das Messer auf den entsetzten Isaak richtete. Sein Vater war bereit, ihn zu opfern. Gott brauchte nur noch den entsprechenden Befehl zu geben.

Für Macalvie, der in ihrem Fall die ganze Zeit Recht gehabt hatte, war sie Mary Mulvanney.

Für Jury würde sie immer Molly Singer sein.

Er verließ die Kirche und spürte den Blick der alten Putzfrau im Rücken.

*

Als er den »Verirrten Wandersmann« betrat, hörte er zu seiner großen Erleichterung den Divisional Commander Macalvie brüllen und den Lärm der Jukebox noch übertönen: Er würde Freddie an einen Baum in Wistman's Wood binden, wenn sie nicht augenblicklich aufhörte, bei Elvis mitzusingen. Es war eine Version von »Are You Lonesome Tonight?«, Elvis vergaß den Text, lachte über sich selbst, und die Zuhörer lachten mit. Kommt der gut bei seinem Publikum an, dachte Jury. Es war ein Song, den Elvis an die hundertmal gesungen haben musste, und doch hatte er den Text vergessen.

»Sie sind mir aber 'n komischer Vogel, Sie. Der is tot, Mann. Ham Se keine Ehrfurcht nich vor die Toten?«

Macalvie brüllte zurück: »Wenn, dann müsste ich ja auch Ehrfurcht vor Ihnen haben.« Dann begrüßte er Jury mit einem gequälten »Hallo«. Melrose Plant saß neben Macalvie, und der war betrunken. »Na, wie wär's mit einer von Ihren noblen Zigarren, Sportsfreund?«, sagte er zu Plant. Und als Wiggins den Mund aufmachte, sagte er: »Maul halten.«

Freddie stellte Macalvie sein Bier hin und sagte in die Runde: »Bringt nix, sich mit Macalvie anzuleg'n.«

»Wie geht's Sam?«, fragte Jury.

»Gut. Es geht ihm gut. Noch ein paar Wochen, und er kann aus dem Krankenhaus.« Macalvie rauchte und starrte in sein Bierglas.

»Woher hat er's gewusst, Brian? Dass Jessica Gefahr drohte?«

Macalvie drehte sein Glas in den Händen herum und antwortete: »Das Scheißwappen. Der Brief, den Plant Ihnen geschrieben hat. Und das Foto. Sie wissen doch, er hatte ihren Schreibtisch durchsucht. Der nicht identifizierte Mann. Sammy hat Robert Ashcroft im ›George‹ in Wynchcoombe gesehen. James und Robert sehen sich mächtig ähnlich. Zuerst hat er bloß gedacht, der Kerl sieht dem Mann auf Roses Schnappschuss aber verdammt ähnlich. Erst bei dem Wappen, das er zuvor schon einmal auf einem Stück Papier auf Roses Schreibtisch gesehen hat, da hat's endlich geklingelt. Jedenfalls hat er Ashcroft von da an im Auge behalten.«

»Sie hatten also Recht. Ziemlich unvorsichtig von James Ashcroft, Rose Mulvanney zu schreiben.«

»Ach, wenn's nur das wäre. Er hat Sammys Leben ruiniert, dieser Dreckskerl.«

Plant sagte: »Robert Ashcroft wird sich sicher erkenntlich zeigen.«

Macalvie funkelte ihn böse an. »Und kauft ihm vielleicht ein Auto. Sam hat mir erzählt, dass er im Freien kampiert und das Haus vom Moor aus beobachtet hat. Er hatte es im Gefühl, dass etwas passieren würde.«

Ein großer, fleischiger Mann steckte Geld in die Jukebox. »Ein paar goldene Oldies bitte, ja?«, brüllte Macalvie.

Der Unbekannte sah sich um, und das nicht eben freundlich. »Ich spiele, was mir passt, Kumpel.« Und er spannte die Muskeln, so gut das unter der Lederjacke ging. »Wer zum Teufel sind Sie überhaupt?«

Schon wollte Macalvie aufspringen, aber Jury zog ihn auf den Sitz zurück. »Lassen Sie, Brian.«

»Noch vier von der Sorte, aber diesmal ohne Leitungswasser«, brüllte Macalvie zu Freddie.

»Sofort, Herzchen«, übertönte Freddie die Musik und das

laute Gerede der Gäste. Das Pub war heute überraschenderweise gerammelt voll, sogar an den Dartscheiben war mächtig was los.

Und dann sang eine Stimme aus der Jukebox, dünn und silberhell (der Mann in der Lederjacke schien eine sentimentale Ader zu haben):

> In einem kühlen Grunde
> Da geht ein Mühlenrad –

Macalvies Zigarre verharrte auf halbem Weg zum Mund. Er starrte ins Leere.

> Mein Liebchen ist verschwunden,
> Das dort gewohnet hat –

Macalvie hatte seine Brieftasche herausgeholt und blickte enttäuscht hinein. »Da Sie ein Graf sind«, sagte er zu Melrose, »und Ihnen vermutlich ein großer Teil Englands gehört, hätten Sie da die Freundlichkeit, mir, sagen wir, achtzig Pfund zu leihen, ja?«

Anstandslos zückte Melrose seine Geldbörse, zog vier Zwanziger heraus und reichte sie Macalvie.

> Sie hat mir Treu versprochen,
> Gab mir ein' Ring dabei

Macalvie ging zur Theke und blätterte Freddie, die mitsang, hundertdreißig Pfund hin.

> Hör' ich das Mühlrad gehen,
> Ich weiß nicht, was ich will –

Ich möcht' am liebsten sterben,
Dann wär's auf einmal still.

Freddie brüllte: »He, Mac, was haste denn nun schon wieda vor?«

Doch da war Macalvie schon in Stellung gegangen und warf sich mit voller Wucht gegen die Jukebox.

Es war, als zersplittere das Lied wie eine berstende Windschutzscheibe. Alle im Raum erstarrten.

Macalvie ging zu seinem Stuhl zurück und schnappte sich seinen Mantel.

Er zog ihn an, drehte sich um und ging hinaus ins Dunkel. In nicht allzu weiter Ferne erhob sich das Gefängnis aus dem Dartmoor-Nebel, bedrohlich wie ein großer schwarzer Rabe.

Um die ganze Welt des
GOLDMANN Verlages
kennenzulernen, besuchen Sie uns doch
im Internet unter:

www.goldmann-verlag.de

Dort können Sie
nach weiteren interessanten Büchern *stöbern*,
Näheres über unsere *Autoren* erfahren,
in *Leseproben* blättern, alle *Termine* zu Lesungen und
Events finden und den *Newsletter* mit interessanten
Neuigkeiten, Gewinnspielen etc. abonnieren.

Ein *Gesamtverzeichnis* aller Goldmann Bücher finden
Sie dort ebenfalls.

Sehen Sie sich auch unsere *Videos* auf YouTube an und
werden Sie ein *Facebook*-Fan des Goldmann Verlags!

www.goldmann-verlag.de
www.facebook.com/goldmannverlag